KB235443

재미있는 완주 이야기

ⓒ 완주군 · 선샤인뉴스, 2009

2009년 6월 22일 1쇄 찍음
2009년 6월 29일 1쇄 펴냄

엮은이 | 완주군 · 선샤인뉴스
펴낸이 | 강준우
기획편집 | 정지희, 김윤곤, 김수현, 이지선
교정교열 | 김달
디자인 | 이은혜, 임현주
마케팅 | 이태준, 최현수
관리 | 김수연

펴낸곳 | 인물과사상사
출판등록 | 제17-204호 1998년 3월 11일

주소 | (121-839) 서울시 마포구 서교동 392-4 삼양E&R빌딩 2층
전화 | 02-325-6364
팩스 | 02-474-1413
www.inmul.co.kr | insa@inmul.co.kr
ISBN 978-89-5906-113-6 03810

값 11,000원

재미있는 완주 이야기

완주군 · 선사인뉴스 엮음

"이번엔 당신이 고향을 안아주세요"

강준만 전북대 신문방송학과 교수

나는 매일 두 시간 이상 걷는 걸 생활신조로 삼고 있다. 걸으면서 무엇을 보는가? 보려고 하건, 보려고 하지 않건 간판이 눈에 많이 들어온다. '완주군' 은 내가 매일 마주치는 간판 중의 하나다. 완주군청이 전주시내, 그것도 나의 걷기 코스에 있기 때문이다. 전북도청과 전주시청은 나의 걷기 코스에 들어 있지 않아 내겐 완주군청이 훨씬 더 가깝게 느껴진다. 이게 나와 완주군의 첫 번째 인연이다.

두 번째 인연은 첫 번째 인연에서 비롯된 것으로 이른바 '내부 식민지' 와 관련이 있다. 중앙-지방의 종속관계를 가리키는 내부 식민지는 같은 원리로 지방 내에서도 똑같이 나타난다. 한 지역의 대표적인 도시에 여타 지역이 종속되는 것이다. 김지석은 이를 '인구 프랙털' 이라 불렀다. 프랙털은 '쪼개다' 라는 뜻의 라틴어 '프락투스' 에서 나온 말인데, 프랑스 수학자 베누아 만델브로가 1970년대에 "부분이 전체와 비슷한 구조로 되풀이되는 구조"를 가리키는 데 쓴 이후 수학·과학의 주요 개념이 되었다. 그런데 한국의 인구 분포 역시 프랙털 모습을 보인다는 것이다.

2004년 말 현재 수도권의 인구는 주민등록 인구 기준으로 2321만 명으로 전체 4858만 명의 47.8퍼센트이며, 서울(1017만 명)과 인천(258만 명)에 주민의 54.9퍼센트가 몰려 산다. 경남권(789만 명)에서도 60.2퍼센트가 부산과 울산에 살고, 경북권(522만 명)도 58퍼센트가 대구와 포항에 살고, 전남권(339만 명)도 57.2퍼센트가 광주와 여수에 살고, 전북권(191만 명)도 49.2퍼센트가 전주와 익산에 살고, 충남권(339만 명)도 57.2퍼센트가 대전과 천안에 살고, 충북권(149만 명)도 55.7퍼센트가 청주와 충주에 산다. 권역별로 가장 큰 도시에 주민의 40~50퍼센트가 몰려 있고, 다음 도시가 10~15퍼센트 안팎을 차지하는 것도 판박이다. 땅이 비교적 넓고 산지가 많은 강원도(152만 명)도 50.7퍼센트가 춘천·원주·강릉에 산다. 김지석은 이를 '악성 인구 프랙털'로 규정했다.

인구만 그런 게 아니라 모든 면에서 그런 쏠림 현상이 나타나고 있다. 이게 내가 완주군에 관심과 더불어 애정을 갖게 된 배경이다. 어느 지역에서건 도시 주변의 군(郡)이 겪는 현상이겠지만, 완주군이 전주에 치이고 있지 않느냐는 게 나의 판단이다. 그래서 신문을 볼 때에도 완주군을 비롯한 군(郡) 뉴스에 주목하는데, 지난해 2월 초순 내 눈길을 강하게 끄는 기사를 하나 발견하게 되었다. 이런 내용이었다.

지난해보다 규모가 2배 늘어난 고가의 선물꾸러미를 주고받느라 북새통을 이룬 여의도 국회 의원회관. 일반적인 선물꾸러미는 말할 것도 없고 농민의 정성과 선의가 담긴 농산물 선물마저 일일이 되돌려 보내느라 바쁜 전북 완주군 청사. 『경향신문』 2008년 2월 6일자 사설 「설을 맞는 전북 완주군의 경우」는 두 장면을 대비하면서 다음과 같은 결론을 내렸다.

"완주 군수는 할 일을 했을 뿐이라며 '신문에 날 일은 아닌 것 같다' 고 말했다. 군수 말이 맞다. 그런데도 완주군이 돋보이는 것은 여전히 원칙대로 하기가 겉도는 현실 때문일 터이다. 매관매직도, 뇌물수수도, 청와대 비서관의 로비 의혹도, 의원회관의 고가 설 선물 쇄도도 제도의 허점 때문만은 아니다. 완주군은 투명 행정은 제도보다 사람과 의지가 더 중요한 문제임을 거듭 확인해주고 있다."

나는 이 미담을 내 일처럼 기뻐했다. 짧은 1단 기사 하나까지 일일이 챙겨 본 나로선 완주군에 '혁신군' 이라는 별명을 붙여줘도 무방하지 않을까 하는 생각을 하곤 했다. 새롭고 파격적이고 진취적인 혁신 사례들이 그치지 않고 나타났다. 이른바 '전시행정' 도 아니었다. 다 내실이 있었을 뿐만 아니라 뭔가 제대로 해보겠다는 진정성이 느껴졌다.

완주군엔 청렴과 혁신만 있을 뿐만 아니라 아름다운 자연과 전통과 민속이 있다. 이 책은 '콩쥐 팥쥐' , '선녀와 나무꾼' 으로 대변되는 완주군의 민속을 스토리텔링(storytelling)과 접목시킨 작품이다. 국민적 참여라고 해도 과언이 아닐 정도로 전국의 많은 분들이 깊은 관심과 애정으로 참여를 해주셨다. 이 또한 쌍방향 커뮤니케이션의 확대라고 하는 점에서 '소통 혁신' 이다.

누구나 인정하겠지만, 한국은 소통에 무능한 사회다. 아니 소통에 무감각한 사회라고 보는 게 옳으리라. 한국이 세계적인 '시위 공화국' 이 된 현실이 그걸 잘 말해준다. 언론과 지식인들은 소통의 필요성을 외쳐대지만, 그들 역시 소통의 가장 중요한 제1의 원칙을 지키지 않는 건 마찬가지다. 그 제1의 원칙은 '아래에서 위로' 다. 서울 중심적인 사고를 하는 한 소통은 어려워진다. 소통은 일방적인 홍보와 계몽으로 전락하고 만다.

진정한 소통을 하려면 우선 눈부터 하방(下方)시켜야 한다. 서울에서 한 방에 대한민국을 바꿔보겠다는 헛된 한탕주의 망상을 버리고 지역의 풀뿌리를 착실하게 가꾸는 데서부터 출발해야 한다. 한국의 진보세력이 정치적으로 마땅히 누려야 할 몫을 누리지 못하는 가장 큰 이유도 그들 역시 서울에서 크게 한번 해보겠다는 한탕주의 습속에 얽매여 있기 때문이다.

이 책은 작지만 그 의미는 크다. 민속을 말하지만 실은 모든 걸 말하고 있다. 완주군에 대해 말하지만 실은 전국의 모든 군(郡)에 대해 말하고 있다. '주목(注目)의 서울 집중'에 대한 문제 제기를 포함하여 우리 스스로 방기해버린 우리의 국토에 대해 말하고 있다. 스스로 자신들을 대도시의 콘크리트 더미에 가두는 걸 발전과 번영의 증거로 간주하는 낡은 삶의 패러다임에 대한 성찰을 시도하고 있다.

이제 고향을 설과 추석 때마다 벌이는 '민족 대이동'의 쉼터로 생각하는 발상을 뜯어고칠 때가 되었다. 점진적으로 상시적으로 군(郡)으로의 인구 이동을 고려하는 발상의 전환과 그에 따른 비전에 근거한 정책의 대전환을 모색할 때가 되었다. 군(郡) 단위의 개발만 한사코 저지하면서 자신들의 삶의 터전인 대도시의 팽창은 문제 삼지 않는 환경운동가들의 대각성도 당당히 요구할 때가 되었다. 비좁은 나라라고 외치면서 수도권을 중심으로 더욱더 비좁게만 살려고 발버둥치는 건 광란이다. 그러나 우리는 그게 광란인지도 모르고 살아간다.

엉뚱하게 여겨지겠지만, 이 책을 읽으면서 해본 생각이다. 내가 해석한 이 책의 메시지는 '고향의 박물관화'에 대한 역설적 고발이다. 고향을 박제하지 말자. 살아 숨 쉬는 삶의 터전으로 키우자. 고향 떠나 수도권에서 출

세한 이들이여, 고향을 추억과 향수의 대상으로만 소비하지 말고 어린 시절의 당신들이 아직도 많이 살고 있음을 기억해주시기 바란다. 무언가 할 수 있는 일이 있을 것이다.

한국일보는 올 초부터 '내 고장 사랑운동' 을 전개하면서 "이번엔 당신이 고향을 안아주세요"라고 외치고 있다. 이게 꼭 신문사가 나서서 해야 할 일이겠는가? 이렇게 범국민적으로 고향에 대해 배신을 때려도 되는 건가? 다시 말씀드리지만, 고향은 박물관이 아니다. 그게 아님을 실천으로 보여주려고 애를 쓰는 완주군민들과 공무원들, 아니 전국의 모든 군민들과 공무원들에게 뜨거운 감사와 더불어 지지를 보낸다.

"완주군을 아십니까?"

지금 여러분은 대부분 "완주군이 어디지?"라는 의문을 품고 책장을 넘기셨을 겁니다. 그렇습니다. 이 책은 여러분이 조금은 낯설게 느끼실 수도 있는 '전라북도 완주군'을 이야기하고 있습니다.

여러분께서는 완주군을 얼마나 알고 계신지요? 완주군을 낯설어하시는 많은 분들은 전주시 옆에 있는 조그만 농촌지역으로 알고 있을 것입니다. 그러나 완주군은 유구한 역사와 찬란한 문화유산, 그리고 화려하고 청정한 자연환경, 넉넉한 인심과 고향에 대한 자긍심이 가득한 사람들, 첨단산업 등을 기반으로 미래 10년, 100년을 위해 힘찬 비상의 날개를 활짝 펴고 있는 지역입니다. '전북의 보석'이자, 희망이 가득한 지역이지요.

지금부터 여러분들의 이해를 돕기 위해서 간략하게 완주군에 대해서 소개해 드리겠습니다.

먼저 완주군은 지리적으로 어머니가 자식을 보듬고 있듯이 전주시를 품고 있습니다. 마한의 영토로 태어난 완주군과 전주시는 백제시대 555년

‘완산주’ 라는 이름을 처음 가진 뒤 565년 폐지될 때까지 계속되다가, 660년 백제가 멸망한 후 신라 경덕왕 16년(757년)에 ‘전주’ 라는 이름으로 바뀌었습니다. 이후 고려와 조선시대, 근대를 거치면서 여러 번 지명이 바뀌다가 1935년 현 전주시 지역이 전주부로 승격되면서 현재의 완주군이 됩니다.

지도를 보면 더욱 이해가 빠르실 텐데, 완주군은 진주시를 끌어안고 있는 형상에다 용이 여의주를 물고 승천하는 모습으로도 보입니다. 완주군은 ‘어머니’ 의 부드러움과 ‘용’ 의 강인함을 동시에 지닌 그야말로 보기 드문 지역이지요.

이렇게 하늘이 베푼 지형 속에 자리한 완주군은 아름다운 자연과 경관, 천연자원 등 다양한 ‘보석’ 들을 지니고 있습니다. 전국 어느 곳과 비교해도 손색없으리만큼 기암절경이 어우러져 금강산에 와 있는 것처럼 착각하게 만드는 대둔산은 신라시대 원효대사가 “사흘을 둘러보고도 발길이 떨어지지 않는 산” 이라고 극찬했다 하지요. 또 견훤이 전주성을 공격하려는데 연못 속에서 용이 닭 우는 소리를 내니 산신이 환한 빛으로 앞길을 밝혀 승리를 도왔다는 천등산, 병인박해 당시 천주교도들이 피신해 은거했던 천호산과 천호성지, 태고의 원시림을 간직하며 ‘호남의 조망대’ 라 불리는 운장산, 태조 이성계의 영정을 봉안하기 위해 축성한 위봉산성과 위봉폭포 등이 있습니다. 그리고 운장산과 은천계곡, 옥계천과 피목계곡, 신흥계곡은 여름 무더위도 잊을 만큼 시원한 계곡으로 유명합니다.

유명 사찰 또한 빼놓을 수 없는데, 벚꽃이 아름다운 송광사와 진묵대사가 나한전에서 기도하고 뜻을 이루었다는 원등사, 우리나라에서는 유일한 명나라 건축양식인 천년 고찰 화암사, 위봉폭포와 함께하는 위봉사 등 헤아릴 수 없을 만큼 많습니다.

그뿐만이 아닙니다. 열린 문화예술 공간인 전북도립미술관, 자연 속 다목적 문화 공간인 오스갤러리, 사계절 가족 휴양지 고산자연휴양림, 온갖 꽃과 나무들의 향연이 펼쳐지는 대아수목원 등 시선 닿는 곳곳마다 아름다움과 경이로움으로 가득합니다.

이렇게 아름다운 환경에서 살아가는 사람들, 넉넉한 인심과 사람 사는 향기를 물씬 풍기는 이들, 아직도 5일장이 열려 서로의 옛정을 나누는 푸근한 이들이 바로 완주 사람들이랍니다.

정신없이 완주군 이야기를 하다 보니 책에 대한 소개가 늦었군요. 이 책은 완주군을 대표하는 동화인 '콩쥐 팥쥐'와 '선녀와 나무꾼' 이야기입니다. 두 동화는 각각 이서면 앵곡마을과 운주면 삼거리마을을 그 배경으로 하고 있습니다. 우리가 어렸을 적부터 이야기로 들어 왔던 동화의 배경이 완주라니 재미있지 않습니까?

이 책은 공모전을 통해 전국에서 참여하신 많은 분들의 이야기를 담았습니다. 두 가지 전래동화를 소재로 하여 현대판 스토리로 재구성하였습니다. 2009년 완주군에는 '콩쥐 팥쥐'와 '선녀와 나무꾼'이 살고 있습니다. 자, 그들을 만나기 위해 이제 떠나 볼까요?

완주군 · 선샤인뉴스

3부 창작동화

심사평1

심사평2

캐릭터 디자인 부문

콩쥐팥쥐 대상 김예지

선녀와 나무꾼 대상 박영은

I ♥ WJ

선샤인뉴스는 '2009 완주군 전래동화 공모전'을 맞아 '콩쥐 팥쥐'와 '선녀와 나무꾼' 이야기의 배경이 되는 완주군 앵곡마을과 삼거리마을을 찾아 두 전래동화와 완주군의 연관성에 대해 기획취재를 진행했다. 취재팀은 두 전래동화의 기원에 대한 연구에서부터 이야기의 배경이 되는 마을 현지답사와 주민들의 증언 그리고 참고 문헌 등을 통해 두 이야기 속에는 그간 우리가 알고 있었던 '동화' 그 이상의 가치가 있음을 깨달을 수 있었다.

고대설화에 남성의
욕망이 자리잡다

옛날, 아주 먼 옛날, 그러니까 호랑이 담배 피우고 노루와 인간이 대화를 나누던 그 옛날의 이야기다.

"한 산골 마을에 나무꾼이 어머니를 모시고 살았다. 나무를 해다 팔며 생계를 유지하던 나무꾼은 어느 날 사냥꾼에 쫓기는 노루를 구해주고 그 보답으로 선녀와 살 수 있는 방법을 노루로부터 전해 듣는다. 나무꾼은 노루가 일러준 대로 목욕하는 선녀의 날개옷을 감추고, 결국 하늘로 가지 못한 선녀는 나무꾼과 살게 된다. 노루는 나무꾼에게 선녀가 아이를 넷 낳기 전에는 옷을 돌려주지 말라고 얘기했는데, 나무꾼은 선녀가 매일 하늘나라를 그리워하는 것에 마음이 약해져 결국 아이 셋을 낳았을 때 날개옷을 보여준다. 그러자 선녀는 아이들을 양팔과 등에 업고 하늘로 올라가 버린다. 슬픔에 잠긴 나무꾼은 다시 노루의 도움으로 하늘에서 내려온 두레박을 타고 하늘로 올라가 선녀와 아이들을 만나 행복하게 살았다. 하지만, 나무꾼은 지상에 있는 어머니가 그리워 다시 용마(龍馬)를 타고 어머니를 만나러 온다. 선녀는 나무꾼에게 절대 용마에서 내리지 말라고 당부하지만, 나무꾼은 어머니가 준 호박죽을 먹다가 용마의 등에 떨어트려 말에서 떨어지고 만다. 하늘로 올라가지 못한 나무꾼은 결국 수탉이 되어 매일 하늘을 향해 울었다고 한다."

위 이야기는 어렸을 적부터 익히 수십 번 이상은 들어봤고, 또 동화책이며 만화로도 봐 왔을 법한 '선녀와 나무꾼' 이다. 전래동화로 잘 알려진 '선녀와 나무꾼' 은 그 버전에 따라 결말이 달라지는데, 크게 선녀가 하늘로 올라가 버리자 나무꾼이 선녀를 그리워하며 죽었다는 결말, 두레박을 타고 하늘로 올라가 선녀와 자식들을 만났다는 결말, 나무꾼이 노모를 만나려고 지상으로 내려왔다가 다시 올라가지 못했다는 결말 등으로 나누어진다.

이는 입에서 입으로 전해져 내려오는 구비문학의 특성이기도 한데, 이야기가 전승되는 과정에서 그 세대의 윤리의식이 반영되고 또 전승되는 지역의 특수성과 지역성이 설화 등에 덧씌워지기 때문이다.

때문에 '선녀와 나무꾼' 은 이야기가 전승되는 지역에 따라 '선녀와 나무꾼' , '노루와 나무꾼' , '사슴을 구해준 총각' , '금강산 선녀설화' , '선녀의 깃옷' , '수탉의 유래' , '닭이 높은 데서 우는 유래' , '뻐꾸기의 유래' 등 다양한 이름으로 전해 내려오고 있다.

하지만, 약간씩 다른 이 공통된 이야기 속에도 바뀌지 않는 부분이 있는데, 그것은 바로 선녀와 나무꾼이 지상에서 노모를 모시고 행복하게 잘 살았다는 결말이 없다는 것이다. 유독 해피엔딩을 좋아하고 권선징악(勸善懲惡)적 결말 만들기를 좋아하는 우리나라 사람들이 왜 '선녀와 나무꾼' 만큼은 '비극'으로 놔둔 것일까. 그 이유는 바로 이 이야기의 원형이 고대 몽골 부랴트족 신화에서 비롯됐기 때문이라는 해석이 지배적이다.

'선녀와 나무꾼'의 원형 - '백조 처녀' 이야기

바이칼 호수 부근에 사는 몽골 부랴트족은 백조를 신성하게 여기는 풍습이 있는데, 그 이유는 바로 부랴트족 건국 신화와 연관이 깊다. 우선 이들의 건국 신화를 한번 살펴보기로 하자.

"옛날 어떤 사냥꾼이 새를 잡으러 갔다가 호수에서 깃옷을 벗고 여자가 되어 헤엄을 치고 있는 백조 세 마리를 본다. 사냥꾼은 한 마리의 깃을 감춘다. 날아가지 못하고 남은 여자를 붙들어 살았는데, 여섯 아이가 태어난다. 어느 날 아내가 소주를 빚어 남편을 취하게 한 후 깃을 달라고 한다. 감추었던 깃을 내주자 순식간에 백조로 변한 아내는 다섯 아이를 데리고 하늘로 날아가 버린다."

이 신화는 여기서 그치지 않는다. 알고 보니 백조가 바로 천신 에세게 마린의 딸이고 이 백조로부터 바이칼 지역 부랴트인들의 족보가 시작됐음을 신화는 뒤이어 설명해준다. 또한, 이런 유형의 '백조 처녀' 이야기는 유럽에서 몽골, 시베리아, 중국(곡녀 전설)과 일본(우의 전설)에 이르기까지 널리 퍼져 있다.

흥미로운 점은 앞서도 밝혔듯이, '선녀와 나무꾼' 이야기가 한국인들의 입에서 입으로 전해져 내려왔음에도 불구하고 지상에서 행복한 가정을 꾸미는 결말이 없다는 것인데, 조현설은 『우리 신화의 수수께끼』(한겨레출판사, 2006년)에서 다음과 같이 풀이하고 있다.

"부랴트족 건국 신화는 백조와 지상의 사냥꾼이 헤어져야 부랴트족이 지상에 존재할 수 있게 되는 구조이다. 때문에 마치 유전자와 같은 신화에 대한 기억이 행복한 결말을 원하는 한국인의 심성이 발동하지 못하도록 훼방을 놓았던 것이다. 다만 우리나라에서는 신화가 아닌 전설이나 민담으로 구전되는 과정에서 선녀와의 이별을 나무꾼의 통곡이나 하늘나라의 재회로 마무리했던 것……."

전승자에 따라 달라지는 '선녀와 나무꾼'의 유형

한편, 말하기 좋아하는 전승자가 관심을 두는 대목에 따라서 우리나라에 전해져 내려오는 '선녀와 나무꾼' 이야기는 그 유형도 가지각색인데, 배원룡은 『나무꾼과 선녀 설화 연구』(집문당, 1993년)에서 그 유형을 크게 여섯 가지로 분류하고 있다.

첫째는 '선녀 승천형'으로 우리가 익히 알고 있는 유형이다. 선녀가 하늘나라로 올라간 뒤 나무꾼이 좌절에 빠졌다는 서사구조다. 둘째는 '나무꾼 승천형'으로 나무꾼이 두레박을 타고 하늘로 올라갔다는 이야기다. 하지만, 이 부분에 있어서는 옥황상제가 나무꾼을 죽이려고 썩은 두레박을 내려 보냈는데 선녀의 도움으로 승천하게 됐다는 각색 본도 있다.

셋째는 '나무꾼 천상 시련 극복형'으로 하늘로 올라간 지상의 인간 나무꾼이 시련을 극복하고 하늘나라에서 살게 됐다는 유형이다. 넷째는 '나무꾼 지상 회귀형'으로 이 역시 우리가 잘 알고 있는 구조이다. 노모를 보려고 용마를 타고 지상에 내려온 나무꾼이 용마에서 떨어져 하늘로 올라가지 못하고 죽어 수탉이 됐다는 이야기다.

다섯째는 '나무꾼 시신 승천형'으로, '나무꾼 지상 회귀형'에서 죽은 나무꾼이 수탉이 돼 하늘을 향해 울부짖는 것을 불쌍하게 여긴 전승자가 나무꾼의 시신을 하늘로 올려 보내는 모티브를 첨가한 유형이다. 끝으로 여섯째는 '나무꾼과 선녀 동반 하강형'인데, 천상에서 이웃의 구박을 피해 선녀와 나무꾼이 함께 지상으로 내려오고 '하늘에 다녀온 사람'이라 하여 나라의 싸움에 참가하게 되는 이야기로 발전한 형태이다. 이 서사구조에는 국익을 우선해야 한다는 전승자 의식이 반영된 경우라고 볼 수 있겠다.

이처럼, 선녀와 나무꾼의 이야기는 그 유형만 하더라도 전승자의 부풀리는 말과 상상력에 따라 다양하게 나타난다. 특히, '백조 처녀' 신화에서 '선녀와 나무꾼'으로 이야기가 변형되는 과정에서 이야기의 주체가 백조에서 나무꾼으로 변이되는데, 이는 결국 남성을 여성보다 우위로 보는 우리 민족의 전통적 의식이 반영된 것으로 풀이된다. '선녀와 나무꾼'을 두고 여성을 가정 안에 붙잡아 두고 싶은 남성의 욕망이 녹아있다고 해석하는 것도 같은 이유에서다.

결국, '선녀와 나무꾼'은 그 기본적 토대에서 시작해 전승자의 성별적 사고와 상상력 등이 결합해 다양한 유형의 이야기로 구전되어 왔다고 보는 시각이 가장 타당하다. 전승자가 자신만이 알고 있는 이야기에 자부심을 느끼고, 보다 더 재미있는 이야기를 만들고자 확장 혹은 축소해 온 것이다. 이는 기록문학과 달리 구비문학만이 갖는 특유의 멋인 동시에 구비문학을 두고 역사계와 문학계의 논지와 입장이 달라지는 주요 원인이기도 하다.

이유야 어찌 됐든, 청자와 독자 입장에서는 다양한 이야기를 접할 수 있다는 하나의 기쁨에 지나지 않는데, 그렇다면 '선녀와 나무꾼' 설화가 대대로 이어져 내려오고 있다는 완주군 운주면 삼거리마을에서는 어떤 유형의 이야기가 숨어 있을까. 그리고 그 이유는 무엇일까. 삼거리마을만의 지역성이 반영된 까닭일까.

'선녀봉'과 '선녀탕'에 얽힌 이야기

산은 높고 길은 험했다. 원하는 곳은 어디든 안내해주는 '내비게이션'에도 찍히지 않는 완주군 운주면 고당리 삼거리마을을 찾아가기는 생각보다 쉽지 않았다. 운주면사무소를 비롯해 길거리 곳곳에서 마주친 마을 주민들의 도움이 없었다면 아마도 수 시간은 헤매지 않았을까 한다.

"멀리서 보면 산으로 막혀 있는 것처럼 보여요. 옛날에 관군에 쫓기던 한 사람이 말을 타고 이 마을로 들어왔는데, 관군은 멀리서 산만 보고 길이 막혀 있는 줄 알고 돌아갔다는 이야기도 있거든요."

아닌 게 아니라, 이 마을 한 주민의 설명대로 삼거리마을까지 가는 내내 '이 길 끝에 정말 마을이 있을까' 하는 의문이 머릿속에서 지워지지 않았다. 마을은 협곡을 끼고 자리 잡고 있었는데, 여름이면 피서를 즐기려고 수십만 명의 사람들이 이 삼거리마을을 방문한다고 한다. 매년 적게는 25만

완주군 운주면 삼거리마을에 있는 '선녀봉'

명에서 많게는 50만 명까지 찾을 정도로 삼거리마을의 계곡과 협곡은 가족 단위 혹은 연인들이 놀러 오기 딱 좋은 정취를 자랑하고 있었다.

마을에 들어서면 커다란 산봉우리가 가장 먼저 눈에 들어오는데, 바로 이 봉우리 때문에 삼거리마을에서 자자손손(子子孫孫) '선녀와 나무꾼' 이야기가 이어져 내려왔다는 주민들의 설명이다. 이 산봉우리는 그 형상이 옷을 벗은 여자의 나체를 닮았다 하여 그 이름도 '선녀봉' 이라고 전해지고 있다.

'선녀와 나무꾼' 이야기의 매개체, '선녀봉'

대개 마을의 전설이나 민담이 세대를 거쳐 전승되는 경우에는 매개체가 필요한 법인데, 이곳 삼거리마을에서는 '선녀봉'이 그 매개체가 되어 '선녀와 나무꾼' 이야기가 대대로 전승될 수 있었던 것이다. 그 시작이 언제부터였는지는 주민들도 정확히 알지 못했으나, 입을 모아 '아주 아주 오래전', '할머니의 할머니의 할머니……대부터'라고 하니 그저 옛날 옛적부터라고 짐작할 따름이다.

"내가 이 마을에서 태어나 6·25때 학교를 다녔어. 철이 막 들기 시작했을 때부터 할머니, 할아버지를 통해 '선녀와 나무꾼' 이야기를 들었는데, 사실 그때만 하더라도 이곳이 선녀가 내려온 곳이 맞다 아니다 라는 식으로 이야기가 전해져 내려왔어. 친구들하고는 학교를 왔다 갔다 할 때마다 저 선녀봉을 가리키며 들은 이야기를 주고받았지. 저기 선녀봉에서 물이 흘러내리는데, 지금은 얼어서 잘 보이지는 않을 거야. 아무튼 거기서 흘러내린 물로부터 마을 계곡이 시작되는 거지……."

올해 67세의 강명렬 할아버지는 선녀봉을 바라보며 새삼 어렸을 적 들었던 '선녀와 나무꾼' 이야기를 회상했다.

"그러니까 마지막에 나무꾼이 선녀에게 말을 빌려 타고 어머니를 보기 위해 땅으로 내려오잖아. 말에서 내리면 안 되는데, 그만 어머니가 끓여 준 호박죽을 먹다가 말 등에 떨어뜨려 말에서 떨어지고 말지. 결국 나무꾼은 다시 하늘로 올라가지 못하고 죽게 되고…… 나중에 수탉으로 태어나 하늘을 바라보며 선녀를 그리워하지."

삼거리마을에서 전해져 내려오는 '선녀와 나무꾼'은 「'선녀와 나무꾼' 원형 탐구」에서 언급했던 다양한 유형 중에서 '나무꾼 지상 회귀형'에 속했다. 이는 전승자의 특성과도 관계가 깊은데, 강명렬 할아버지는 '선녀와 나무꾼' 이야기가 주로 할머니들의 입에서 전승돼 온 것이 아닌가 하는 개

인적 의견을 밝혔다.

삼거리마을의 '선녀와 나무꾼'은 '나무꾼 지상 회귀형'

그런데 실제로 삼거리마을은 행정구역상 운주면 고당리에 속하는데, '고당리'는 할머니 고(姑) 자에 마을 당(黨) 자를 써 예로부터 장수하는 할머니들이 많이 살았던 곳으로 전해지고 있다. 또한 삼거리마을은 현재 100세 이상의 할머니가 두 분 계실 정도로 운주면에서는 손꼽히는 장수마을로 소문나 있다.

장수하시는 할머니들의 입에서 입으로 이야기가 전승되다 보니 나무꾼이 두레박을 타고 하늘로 올라간 뒤, 집에 혼자 남아 있는 늙은 어머니를 빼놓고 결말을 맺기가 아쉬웠던 모양이다. 전승자들은 여기에 효(孝)의 가치를 첨부, 나무꾼이 다시금 노모를 만나려고 지상으로 내려온다는 모티브를 만들어내기에 이른 것이다.

앞선 「'선녀와 나무꾼' 원형 탐구」에서 밝혔듯이, '선녀와 나무꾼' 이야기는 그 시작이 부랴트족 건국신화에 있었던 만큼, 비극적인 결말로 끝날 수밖에 없는 구조다. 그렇다면 결말을 바꾸지 못하는 한, 적어도 이야기를 듣는 후대에게 선대의 윤리의식이나 전통가치 등을 전하고자 하는 전승자들의 '마음'이 이야기 속에 배어난 것은 아닐까. 삼거리마을의 '선녀와 나무꾼'은 구비문학 그 특유의 멋을 새삼 확인시켜 줬다.

한편, 삼거리마을에서 '선녀봉'과 함께 '선녀와 나무꾼' 이야기 구전의 매개체가 되는 것이 하나 더 있으니, 바로 이야기 속에서 선녀가 목욕을 했다는 곳, '선녀탕'이다.

"선녀가 목욕하는 사이 나무꾼은 선녀의 날개옷을 훔치고, 하늘로 올라

선녀가 내려와 목욕했다는 곳으로 알려진 삼거리마을의 '선녀탕'. (위)
나무꾼이 숨어서 선녀가 목욕하는 것을 훔쳐본 장소. (아래)

가지 못한 선녀는 결국 나무꾼과 함께 살게 된다…….”

'선녀탕'은 수심이 2m가 넘을 정도로 꽤 깊은 계곡이라 할 수 있는데, 이곳 마을 사람들에게는 어렸을 적 미역을 감고 놀았던 추억의 장소라고 한다. '선녀봉'과 마찬가지로 실제로 이곳에서 선녀가 목욕을 했다는 '사실'에 대해선 주민들 사이에서도 의견이 분분하나, 그런 과정을 거치면서도 '선녀와 나무꾼' 이야기가 마을에서 계속 이어져 내려오고 있는 것만큼은 확실해 보였다.

“선녀탕에 얽힌 이야기도 많아. 예전에는 명주실 한 타래를 다 풀어도 그 깊이를 못 잴 정도로 수심이 깊었는데, 지금은 그래도 많이 얕아졌지. 팔뚝만 한 장어가 튀어나와 마을 사람들 모두가 매운탕을 끓여 먹었다는 이야기도 있지……. 아 참, 그리고 바로 저기가 나무꾼이 선녀 목욕하는 장면을 훔쳐본 곳이야.”

마을 주민 전승수(47) 씨가 가리킨 곳은 선녀탕에서 도로 맞은편에 있는 조그마한 언덕이었는데, 바로 그곳에서 선녀가 목욕하는 장면을 몰래 훔쳐보고 날개옷을 훔치게 됐다는 이야기다.

삼거리마을 주민들은 자신들이 살고 있는 지역에서 '선녀와 나무꾼' 이야기가 전해져 내려오고 있다는 사실에 상당한 자부심을 느끼고 있었다. 무엇보다 주민들은 '효'의 가치가 살아있는 이야기라는 점에서 뿌듯함을 느끼는 모습이었는데, 이들은 이를 마을만의 이야기가 아닌 운주면과 완주군의 이미지로 알리고자 지난해 '선녀와 나무꾼' 축제를 만들기도 했다.

'선녀와 나무꾼' 축제는 순수하게 마을 주민들의 '의기투합'으로 만들어진 축제로, 수많은 지역축제와는 다른 의미를 갖는다. 특히 이 마을을 대표하는 '선녀봉'과 '선녀탕'을 바탕으로, '선녀와 나무꾼' 이야기라는 무

형의 마을 문화자산을 활용해, 삼거리마을을 전국에서 가장 '효' 의 가치가
살아 있는 마을로 만들어보고자 하는 마을 주민 70여 명의 순박한 마음이
녹아 있기 때문에 더욱 그렇다.

'선녀와 나무꾼' 축제를 아시나요?

총 마을 주민 약 70여 명. 표고와 오미자 같은 임산물 재배가 마을 주민의 주요 생계 수단이다. 아프면 병원으로 가는 것보다 산 약초 캐는 게 더 빠르고 비라도 오는 날에는 학교를 가지 않았다는 이 마을은 운주면 산자락에 자리 잡은 삼거리마을이다.

젊은이들이 직장과 학교를 찾아 시골을 떠나면서 자연스레 우리나라 대부분의 농산어촌 마을에는 나이 드신 할머니, 할아버지들만이 남아 고향을 지키고 있다. 해가 거듭할수록 인구가 줄고, 마땅한 마을 발전 계획이 없는 것이 작금의 농촌 현실이다.

삼거리마을도 예외는 아니었다. 정부에서 지원하는 각종 마을 지원 프로젝트에서 번번이 떨어져 마을 주민 모두가 암울한 상황이었다. 하지만 삼거리마을 주민들은 포기하지 않았다. 마을을 발전시킬 수 있는 방안에 대해 이들은 외부의 지원이 아닌 마을 내부에서 찾기로 했다. 눈을 돌리니 답이 보였다. 바로 삼거리마을에서 대대로 내려온 '선녀와 나무꾼' 이야기를 가지고 마을을 적극적으로 홍보해보자는 것이 이들의 생각이었다.

"어떻게 보면 선녀봉과 선녀탕 자체가 마을의 자원이거든요. 그런데 지금까지는 마을 차원에서도 이를 활용할 생각을 못했죠. 우리는 그냥 어렸을 적부터 '선녀와 나무꾼' 이야기를 듣고 자라서 그냥 당연한 것처럼 받아들였습니다. 하지만 이를 마을의 대표 이미지로 삼는다면 커다란 문화콘텐츠가 될 거라 생각했습니다."

눈을 돌리니 답이 있네, '선녀와 나무꾼' 축제

강명렬 축제제전위원장은 축제의 아이디어부터 기획, 행사준비까지 모두 마을 주민들이 주체가 돼 만들어낸 축제라는 점에서 다른 축제가 갖는 의미보다 '선녀와 나무꾼' 축제의 의의를 높게 평가했다.

하지만 지난해 8월 2일부터 이틀간 펼쳐진 1회 '선녀와 나무꾼' 축제는 사실상 운주면 고당리 삼거리마을을 찾은 관광객들을 대상으로 펼쳐진 이벤트성 축제의 성격이 강했다. 선녀와 나무꾼이라는 축제명만 이용했을 뿐, 프로그램이나 축제의 성격에 있어 삼거리마을만의 특징을 담아내지 못한 것도 사실이다.

당시 진행된 프로그램만 살펴봐도, 물고기 잡기와 모닥불 아래서 노래자랑, 민속놀이와 체험마당 등 사실상 계곡을 찾아 놀러 온 사람들과 함께 어울리는 형식의 축제였지, 삼거리마을에서 구전돼 내려온 '선녀와 나무꾼' 이야기를 널리 알리기 위한 행사는 아니었다.

하지만 올해는 다르다. 주민들 역시 지난 축제의 경험을 바탕으로 올해

'선녀와 나무꾼' 축제제전위원장을 맡고 있는 강명렬 씨.

는 '선녀와 나무꾼' 축제를 브랜드화하기 위한 의욕을 강하게 내비치고 있었다.

축제제전위원회 위원으로 참여하고 있는 주민 전승수(47)씨는 "마을에서 가장 장수하신 할머니를 제1대 선녀로 추대, 우리 마을을 가장 효(孝)가 살아있는 마을로 이미지화할 계획"이라며 "마을 이름 역시 삼거리마을에서 나무꾼마을로 바꿀 생각"이라고 밝혔다.

「'선녀봉'과 '선녀탕'에 얽힌 이야기」에서 밝혔듯이, 삼거리마을에서 구전돼 내려온 '선녀와 나무꾼' 이야기는 그 유형에 있어 '나무꾼 지상 회귀형'으로 이는 노모를 생각하는 나무꾼의 효심이 모티브로 작용한 것으로 해석된다. 때문에 주민들은 이를 평소 장수마을로 소문난 삼거리마을의 이미지와 결합해, 선녀 추대식을 하겠다는 계획이다.

지난해 '선녀와 나무꾼' 축제가 열린 완주군 운주면 고당리 삼거리마을 계곡 일대.

이 계획만 보더라도 여타의 지역축제나 미녀선발대회와는 다른 성격을 갖는 '선녀와 나무꾼' 축제의 특징이 드러난다. 마을에 사는 강소아(101) 할머니를 제1대 선녀로 추대하고, 이후에도 장수하시는 할머니들을 계속 2대, 3대 선녀로 이어나가겠다는 것인데, 여기에는 마을 주민들에게는 어르신들을 공경하는 마음을 심어주고, 외부 사람들에게는 삼거리마을이 완주군과 운주면에서 가장 효(孝)를 생각하는 마을임을 각인시키겠다는 주민들의 깊은 마음이 녹아 있다.

수십만 명의 관람객이 찾는 여름 피서철에 가장 나이가 많은 할머니를 선녀로 추대하고, 이를 통해 삼거리마을을 '선녀와 나무꾼'의 배경이 되는 마을로 홍보한다면 이는 단순하게 마을을 홍보하는 차원에 그치지 않고 운주면과 완주군 나아가 전라북도를 효(孝)의 고장으로 브랜드화할 수 있는 가능성을 가질 수 있다.

김의숙·이창식 편저 『문학콘텐츠와 스토리텔링』(도서출판 역락, 2005년)에서는 "지역에 중점을 두고 이야기 원형을 콘텐츠화할 경우 그 지역만이 가지고 있는 독특한 특색을 나타내야 한다. 그 지역만의 이미지를 통해 그 속에 한국적 이미지를 발견할 수 있고, 나아가 세계 시장 공략까지 성공할 수 있다. 한 지역을 상대로 콘텐츠 작업을 할 시 이 작업은 '원 소스 멀티 유즈(one soure multi use)'라는 것을 실현 가능하게 해준다. 그리고 그 지역에 캠프나 이벤트 등을 마련할 수 있다."라고 밝히고 있다.

이는 '선녀와 나무꾼' 이야기를 상징하는 '선녀봉'과 '선녀탕'이라는 삼거리마을의 자연적 배경과 장수마을이라는 지역적 특징을 살린다면, 주민들이 계획했던 마을 이미지 브랜드화가 결코 꿈이 아니라는 것을 뒷받침해준다.

효와 사랑을 마을 대표 이미지로 만들겠다

물론 이야기 원형을 가지고 문학콘텐츠를 개발할 경우 지적재산권과 같은 문제가 발생할 수 있다. 하지만 '선녀와 나무꾼' 이야기는 워낙 다양한 지역에 전승되고 있는 이야기라 그 소유권을 주장하기가 쉽지 않은 상황이며, 원형의 이야기 속에 감동의 메시지를 담은 새로운 문학콘텐츠를 만들어 낸다면 문화상품으로서의 가치는 더욱 높아질 거라는 게 주민들의 생각이다. 마을에서 가장 오래 살아오신 할머니를 선녀로 추대하겠다는 계획 역시 이와 같은 의미다. 게다가 삼거리마을에서는 효(孝)에 이어 사랑까지 마을을 대표하는 이미지로 만들겠다는 구상이다.

"'선녀와 나무꾼' 에는 노모를 생각하는 나무꾼의 마음이 잘 녹아 있지만, 사실 그 기본은 선녀와 나무꾼의 사랑이거든요. 피서철 연인들이 마을을 자주 찾는 만큼, 그들이 한번 오면 또 오고 싶은 마을이 될 수 있도록 연인들을 위한 축제, 체험 프로그램 등을 많이 마련할 계획입니다. 효와 사랑이 넘치는 마을, 멋지지 않습니까? 바로 '선녀와 나무꾼' 이야기가 있는 삼거리마을입니다."

주민들은 마을 사람들끼리 서로 사랑하고, 또 마을을 방문

'선녀와 나무꾼' 축제를 바탕으로 삼거리마을을 효와 사랑의 마을로 만들 것이라는 전승수 씨.

하는 관람객들을 사랑하고, 궁극적으로 우리 모두 서로 사랑하는 그런 세상이 좋겠다며, 그 시작이 삼거리마을이 될 수 있었으면 좋겠다는 바람을 내비치기도 했다.

지금까지는 비록 마을에서만 전해 내려오던 이야기에 불과했지만, 그것을 바탕으로 조그만 마을을 발전시켜 보고자 하는 주민들의 순수한 마음이 '선녀와 나무꾼' 이라는 마을축제를 만들어 내기에 이른 것이다.

올해는 지난해보다 더욱 다양한 관람객 위주의 프로그램을 선보일 것이라는 삼거리마을 주민들. 인구도 적고 산골짜기에 있는 조그만 마을이지만 그 발전 가능성은 결코 적어 보이지 않았다.

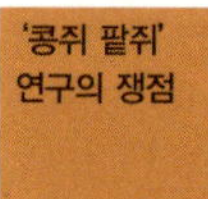

설화에서 소설로 이어진 '콩쥐 팥쥐'

　　서양에 신데렐라 이야기가 있다면, 우리나라에는 '콩쥐 팥쥐' 이야기가 있다. 두 이야기 모두 착한 여자 주인공이 새엄마로부터 구박을 받다가 결국은 왕(원님)을 만나 행복하게 살았다는 줄거리를 가지며, '권선징악(勸善懲惡)'이라는 주제를 담고 있다. 우리에게 전래동화로 잘 알려진 '콩쥐 팥쥐' 이야기를 우선 살펴보자.

　　"옛날에 콩쥐와 팥쥐가 살았다. 콩쥐 엄마가 일찍 죽어 새엄마가 들어왔는데, 함께 데리고 온 아이가 팥쥐였다. 콩쥐를 구박하던 새엄마는 어느 날 나무호미로 자갈밭에 나가 김을 매는 일과 밑 빠진 독에 물을 긷는 일을 시켰다. 다행히 콩쥐는 소와 두꺼비의 도움으로 그 일을 해낼 수 있었다. 이후에도 콩쥐를 괴롭히던 새엄마는 콩쥐에게 베를 짜고 곡식을 다 찧어 놓으라는 일을 시키고는 팥쥐만 데리고 잔치에 놀러 갔다. 하늘에서 선녀가 내려와 베를 짜주고 새들이 벼를 다 까줘서 콩쥐는 선녀가 준 꽃신과 옷을 입고 잔치에 갈 수 있었는데, 집으로 돌아오는 도중 꽃신 한 짝을 잃어버렸다. 꽃신 주인을 찾던 원님은 콩쥐를 만나 결혼을 요청하고 둘은 행복하게 살았다. 이를 배아프게 생각한 새엄마와 팥쥐는 어느 날 콩쥐를 연못에 빠뜨리고 팥쥐가 콩쥐 행세를 하게 된다. 콩쥐는 영혼이 돼 이 사실을 원님에게 알리고 원님은 연못에 빠진 콩쥐를 구하고 팥쥐와 새엄마를 혼내준다.”

설화와 소설로 구분되는 '콩쥐 팥쥐' 이야기

대략적인 줄거리는 이렇지만, '콩쥐 팥쥐' 역시 이야기 전개 과정과 결말 부분에서 약간씩 다른 유형이 존재한다. 이는 '선녀와 나무꾼' 이야기와 마찬가지로 오래전부터 구전돼 내려온 이야기가 전승집단의 윤리의식과 결합하면서 각색됐거나 혹은 설화가 소설화되는 과정에서 발생한 구비문학과 기록문학의 차이점에서 기인한다. 이 부분에 있어서는 설화와 소설로 전해 내려오는 '콩쥐 팥쥐'에 관한 기존 연구를 살펴보면서 논의를 이어나가도록 하자.

지금까지 알려진 '콩쥐 팥쥐' 이야기는 설화와 소설로서 구분할 수 있는데, 설화로서의 '콩쥐 팥쥐'는 〈제주-콩쟁이와 팥쟁이〉, 〈경북-콩례와 팥례〉, 〈경기-콩쥐팥쥐〉, 〈평북-콩중이팥중이〉, 〈경남-콩쥐팥쥐〉 등 다양한 이름으로 전해 내려져 오고 있으며, 소설본은 『고대소설 콩쥐팟쥐젼』(대창서원, 1919년), 『긔담쇼셜 콩쥐팟쥐젼』(태화서관, 1928년), 『고대소설 콩쥐팥쥐』(공동문화사, 1954년) 등 총 5편이 전해지는 것으로 알려져 있다.

한편, 학계에서는 '콩쥐 팥쥐' 이야기에 대한 연구 중 설화가 소설에 영향을 주었는지, 아니면 소설이 설화에 영향을 주었는지가 쟁점으로 이어지고 있는데, 여기서 중요한 것은 바로 제일 처음 발행된 것으로 추정되는 대창서원본 『콩쥐팟쥐전』이다.

대창서원본은 지금까지 이어진 콩쥐팥쥐전의 최고본(最古本)으로 평가받고 있는데, 대창서원의 발행인 박건회는 주로 우리의 야담들을 소설로 발행하는 작업에 힘쓴 것으로 알려져 있다. 때문에 박건회가 전북지역에서 전해지는 설화를 바탕으로 『콩쥐팟쥐전』을 발행했을 가능성이 높게 제기되고 있다.

전북지역 설화라는 이유에 있어서는 대창서원본의 『콩쥐팟쥐전』 첫 부분이 다음과 같이 시작하기 때문인데, 그 지리적 고증에 대해서는 다음 편에서 언급하기로 하고 '콩쥐 팥쥐' 가 설화에서 소설로 어떻게 만들어질 수 있었는지 살펴보기로 하자.

"조선 이조 중엽 시절에 전라도 전주 서문 밖 30리쯤 되는 곳에 한 퇴리가 있으니, 성명은 최만춘이라 하였다……."

오윤선은 「콩쥐팥쥐 이야기에 대한 고찰」(『어문논집』, 2000)에서 "이렇듯 전북 지역에 콩쥐팥쥐 이야기 유형의 민담이 존재하고 있는 동시대에 서울 지역에서 소설이 출간되었다는 것은 이미 이 시대에 전국적으로 완성된 형태의 콩쥐팥쥐 민담이 유전되고 있다는 사실을 증명하는 것이다."라고 밝혔다.

민담을 거의 그대로 수용한 '콩쥐 팥쥐'

이는 소설 이전에 민담이 있었고, 그 민담이 전국적으로 퍼져 있는 상태에서 소설이 만들어졌다는 의미다.

한편, 조동일은 『한국문학통사』(지식산업사, 1994)에서 '콩쥐 팥쥐' 의 발행횟수가 적음을 지적하며, 이게 바로 '콩쥐 팥쥐' 가 소설의 형태로 존재하기보다는 설화 형태로 전해져 내려온 것이라는 주장을 펼쳤다. 누구나 알고 있는 이야기이기 때문에 소설로 만들어졌지만, 꼭 그것을 소설로 읽을 만큼 참신한 이야기는 아니라는 점에서 '콩쥐 팥쥐' 는 '민담을 거의 그대로 수용한 작품' 이라는 것이다.

결국, '콩쥐 팥쥐' 는 설화로 전해져 내려오다 1919년 처음 활자화됐다고 보는 게 가장 타당하다는 견해가 지배적이다. 물론 그 내용은 전 세계적으로 퍼져 있는 설화의 유형이지만, 아직까지 학계에서는 '콩쥐 팥쥐' 가 신데렐라의 영향을 받았느냐에 있어서 여러 입장이 존재하는 상황이다.

첫째는 최남선과 김태준 등의 입장으로 '콩쥐 팥쥐' 와 신데렐라를 전 세계에 퍼져 있는 이야기로 보지만 그 선후를 말하지 않는 것이며, 두 번째는 '콩쥐 팥쥐' 가 서유럽 또는 중구에서 유입된 설화를 원전으로 삼았을 것으로 보는 입장으로, 장덕순, 김기동, 이관일 등이다. 세 번째는 '콩쥐 팥쥐' 가 우리나라에서 자생적으로 발전해 온 민족 설화라는 입장인데, 유지현, 오윤선 등이 여기에 속한다.

우리나라 구비문학의 발상지와 유래를 고증하는 작업은 지금까지 판소리계 작품을 중심으로 이뤄져, '춘향전', '심청전', '흥부전' 등은 일정한 성과를 거둔 것이 사실이다. 하지만 대부분의 구비문학 작품이나 이야기의 발생지 및 그 유래를 탐구하기는 어려운 것이 사실이다. 설화의 사실성을 증명하기 어려울뿐더러 그 시간차가 너무 크기 때문이다.

그럼에도 앞에서 언급했듯이 '콩쥐 팥쥐' 는 이야기의 첫 부분에 '전주 서문 밖 30리' 라는 지리적 배경이 등장하기 때문에, 이에 대한 연구가 어느 정도 활발하게 이뤄지고 있는 상황이다.

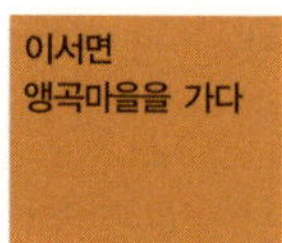

'전주 서문 밖 30리'에서 시작된 이야기

"조선 이조 중엽 시절에 전라도 전주 서문 밖 30리쯤 되는 곳에 한 퇴리가 있으니, 성명은 최만춘이라 하였다……."

소설 첫머리의 시작이다. 한국의 대표적 권선징악(勸善懲惡)형 고전소설인 콩쥐팥쥐전은 소설 속에 구체적인 지명이 명시돼 있어 그 공간적 배경을 연구하는 데 있어 주요한 단서를 제공해 주고 있다. 때문에 그간의 연구는 전주의 행정구역 영역 가운데 서쪽으로 30리에 위치한 마을이 어디쯤인가를 밝히는데 초점이 맞춰져 왔다.

고지도 자료 분석, 등장인물 분석, 소설 속 지명 분석 등을 통해 현재 '콩쥐 팥쥐' 배경으로서 가장 유력한 마을은 완주군 이서면에 위치한 앵곡마을로 꼽히고 있는데, 그 이유를 알아보기 위해 직접 앵곡마을을 찾았다.

'콩쥐 팥쥐' 배경으로 가장 유력한 앵곡마을

이서면사무소에서 구부러진 논길을 따라 돌고 돌아 찾아간 곳은 30여 세대, 약 100명이 거주하고 있는 작은 농촌마을이었다.

"젊은 사람들은 다 떠나고 이제 고령자만 남았어. 애기 울음소리 그친 지 한참 됐지……. 누가 여기 와 살려고 하나? 직업이다 학교다 찾아 다 도시로 나가는데……."

푸념 섞인 한 할아버지의 말대로 앵곡마을은 할머니, 할아버지들의 모습만 눈에 띄었으며, 한 집 걸러 사람이 살지 않는 빈집이 자리 잡고 있어 농촌의 어려움을 그대로 보여주는 듯했다.

"이 마을에 최씨 성을 가진 분이 살고 계시나요?"

"아니, 지금은 최씨가 없는데……."

앵곡마을 강재원 이장이 '콩쥐 팥쥐' 이야기의 배경으로 앵곡마을이 주목받는 이유에 대해 말하고 있다.

'콩쥐 팥쥐' 이야기의 시작이 최만춘이라는 사람으로 시작되는 만큼, 혹시나 그 후손이 살고 있지 않을까 싶은 생각에 주민들께 물어보았으나, 방창원(79) 할아버지의 대답은 '노' 였다.

지금까지 진행된 연구 속에서도 조선 중엽 전주 최씨 족보 가운데, 최만춘이라는 이름이 없었던 것으로 보아, 소설 속 '최만춘' 은 실존 인물이 아닌 가공인물일 가능성이 높게 점쳐진다. 조법종(우석대 박물관장) 교수 역시 「콩쥐팥쥐전 배경마을에 대한 역사 지리적 고증」(2004)에서 "등장인물과 관련된 성씨는 최씨, 조씨, 배씨인데, 콩쥐의 부친 최만춘은 가공의 인물로 당시 가장 유명한 전주 최씨를 활용하였을 가능성이 가장 높다." 라고 밝히고 있다.

이승철 완주문화연구회 회장 또한 「 '콩쥐팥쥐' 현장을 찾았다」(2004)에서 "퇴리 '최만춘' 은 아전이 많은 전주의 퇴리라 추정할 수 있지만, 조선 중엽 전주 최씨 족보에 '최만춘' 이란 이름이 없는 만큼 실명이 아닐 것" 이라고 추정했다.

"그렇다면, 앵곡마을이 '콩쥐 팥쥐' 의 배경이 되는 근거는 어디에 있습니까?"

이번에는 마을 이장인 강재원(62) 씨의 도움을 바탕으로 본격적인 마을 탐사에 나섰다.

강재원 이장이 밝힌 근거는 '콩쥐 팥쥐' 이야기 속에 나오는 삼탕, 즉 방죽인데, 현재 앵곡마을 일대에는 '팥죽이 방죽' 이라 불리는 두죽제를 포함해 여러 개의 방죽이 존재하고 있는 것으로 확인됐다.

"하탕에 가서 발 씻고, 중탕에 가서 손 씻고, 상탕에 가서 낯 씻고 오너라."

이는 새엄마로부터 나무호미를 받아들고 자갈밭을 매던 콩쥐를 돕기 위

'팥죽이 방죽'으로 불리는 신월마을의 '두죽제'

해 하늘에서 내려온 검은 소가 밭을 대신 매주며 콩쥐에게 한 말이다. 여기 서 하탕, 중탕, 상탕은 물줄기를 의미하는데, 현재 앵곡마을은 지리적 정황 상 모악산 산줄기가 평야와 연결되는 지점으로서 산 계곡과 계류수가 있는 개울이 많이 존재하고 있다.

'콩쥐 팥쥐' 배경 마을을 뒷받침하는 지명 많아

특히 '팥죽이 방죽'으로 불리는 두죽제(행정구역상 앵곡마을이 아닌 옆 마을 인 신월마을에 위치해 있다)는 조선 후기 지리지인 『전주부읍지』, 『완산지』, 『대 동지지』 등에 모두 나타나고 있어 예로부터 이 일대에 '콩쥐 팥쥐' 이야기 가 만들어질 공간적 가능성이 충분했음을 보여주고 있다. 몇몇 사람들은

지금은 빈집으로 남아 있는 앵곡마을의 마방 자리.

콩쥐팥쥐전에서 콩쥐가 팥쥐의 속임수에 넘어가 빠져 죽을 뻔했던 연못이 바로 이 방죽이란 주장도 펼치고 있으나, 그에 대한 사실은 확인하기 어려운 상황이다.

한편, 앵곡마을 일대가 '콩쥐 팥쥐' 배경이 되는 마을임을 확인시켜주는 방죽들을 둘러보려면 정비되지 않은 농로와 산길을 오가야 하는 불편함이 뒤따랐는데, 강재원 이장은 "방죽들을 둘러보기 위한 농로가 포장돼야 더 많은 사람들이 쉽게 '콩쥐 팥쥐' 배경이 되는 마을을 둘러볼 수 있을 것"이라는 바람을 내비치기도 했다.

두죽제 이외에도 앵곡마을 일대는 '콩쥐 팥쥐' 이야기 속에 등장하는 배경과 지리적 연관성을 갖는데, 그 중 몇 가지를 살펴보면 다음과 같다.

나무호미로 자갈밭을 갈던 콩쥐에게 도움을 준 검은 소와 관련해서는 이 지역에 '쇠아치골'이란 표현이 존재한다. 이는 송아지 형국이란 표현으로, 앵곡마을 근처에 이처럼 소와 관련된 지명이 존재한다는 것은 이 일대에서 '콩쥐 팥쥐' 이야기가 만들어졌을 거라는 가정에 힘을 더해주는 요소이다.

"새야 새야 인정없는 이것들아! 너희들이 모두 조아 먹더라도 제발 덕분에 헤쳐 놓지나 말려무나!……."

이 부분은 외가 잔치에 못 간 콩쥐가 슬퍼서 탄식하는 부분이다. 새들이 날아와 벼 껍질을 까주는 장면인데, 이 역시 앵곡마을 일대의 지명과 관련이 깊다. 앵곡마을의 앵은 '꾀꼬리 앵'이며, 주변에 '황새골', '원앙재' 등 길조의 이름을 딴 지명이 많다. 결국, 작품 속에서의 새들은 이웃의 '착한 사람들'을 뜻하지 않겠느냐는 해석이다.

이처럼, '전주 서문 밖 30리'에서 시작한 앵곡마을 일대는 여러 요소에서 '콩쥐 팥쥐' 이야기가 만들어질 충분한 공간적 배경을 갖고 있다. 그렇다면, 어떻게 이 마을 일대를 배경으로 한 이야기가 하나의 소설로 정리될 수 있었을까. 여기에는 앵곡마을이 예로부터 역참이었다는 사실이 작용한다고 보는 의견이 지배적이다.

"예전에 당나귀 타고 다닐 적에, 저기 밑에서 올라온 사람들이 서울로 과거 보러 갈 때 여기서 쉬었다 갔거든. 아직도 마을 입구에 말 매던 돌과 마방(마굿간이 딸려 있는 주막)이 있어. 그러니까 외지 사람이 많이 드나들던 동네란 거지."

한 주민의 설명처럼 실제로 앵곡마을에는 마방 자리와 말 맨 돌자리의 흔적이 남아 있었다. 전주에 예속된 역참이 존재한 마을이었던 까닭에 앵곡마을은 왕래인에 의한 다양한 이야기가 수집, 정리 가능했다는 지리적 특징을 갖는다.

앞서 언급했던 앵곡마을 일대의 배경을 바탕으로 한 이야기가 이곳을 왕래하던 외지 사람들에 의해 전국으로 퍼져 나간 덕분에 이후 소설화되는 과정에서도 지역적 이야기를 넘어 전 국민적 공감을 얻는 이야기로 출판 가능했으리라는 짐작이다.

앵곡마을 주민들 역시 지난 '선녀와 나무꾼' 이야기의 배경이 된 운주면 삼거리마을 주민들처럼 마을을 배경으로 한 '콩쥐 팥쥐' 이야기를 통해 마을이 조금 더 발전했으면 하는 바람이 간절했다. 이는 최근의 농촌이 겪는 어려움에서 비롯된 탓이 큰데, 문화적 콘텐츠를 활용한 문화산업 이외에는 농촌의 살길이 없는 까닭이기도 하다.

2부

전래동화 다시 쓰기

대상 수상작	필리핀 엄마	이유리
최우수상 수상작	목남과 부선의 사랑 이야기	김요안　　　팥쥐는 왜?	이현주
우수상 수상작	선녀 설희, 소년 승우 그리고 새하얀 여름	김정현
	선녀가 가르쳐 준 연날리기	정해민

필리핀 엄마

이유리

필리핀 엄마, 짝퉁 엄마

이번에는 정말 화가 많이 나신 것 같다. 내 등을 때리시는 할아버지 손에 힘이 잔뜩 들어 있기 때문이다.

"이 녀석아! 짝퉁 엄마가 뭐야! 엄마라는 말이 싫으면 새엄마! 새엄마라는 말도 싫으면 필리핀 엄마라고 부르라고 했잖아! 필리핀 엄마!"

등이 화끈거렸다. 눈물이 핑 돌았다. 때린 건 할아버지인데 짝퉁 엄마를 노려봤다. 나를 바라보는 짝퉁 엄마 눈빛에 미안함이 가득하다. 미안한 표정이든 쌤통이라는 표정이든 상관없다. 어떻든 다 싫다! 할아버지가 눈치채지 못하도록 고개를 푹 숙이며 짝퉁 엄마를 계속 노려보았다.

짝퉁 엄마가 어색한 발음으로 "아부지! 저는 괜찮아요, 그러니까 때리지 마세요!"라고 말하며 할아버지 손을 붙잡는다. '아! 저 소리, 저 발음이 나는 정말, 정말 싫다! 이번에는 눈에 힘을 더 주며 짝퉁 엄마를 노려봤다. 눈에 힘이 들어갈수록 입술이 삐뚤어지고, 삐뚤어진 입술 사이로 '씩씩' 거리는 소리가 들린다. 짝퉁 엄마는 어서 도망가라는 눈빛으로 나를 바라보았다. 눈을 더 부라리며 대들려는 순간 다시 한 번 등이 욱신거리면서 화끈거리자 그대로 뛰쳐나와 버렸다. 실컷 달리고 보니 학교 운동장 한가운데 와 있었다. 운동장 한가운데 멍하니 서 있으려니 묘한 기분이 들었다. 그러자 눈에서 눈물이 주르륵 흘러내리기 시작했다.

아빠는 운전을 '못한다!'

아빠는 사장 아저씨 차를 운전하는 운전기사였다. 어떤 사람들은 아빠를 '박 기사' 라고 했지만, 또 어떤 사람들은 '박 과장' 이라고도 했다. 친구들에게 우리 아빠가 다니는 회사를 말하면 모두 부러워했다. 가끔 아빠는 사장 아저씨 차를 집에 가지고 오는 날도 있었는데 그럴 때면 동네 꼬마들은 아빠 차 — 정확하게 말하면 사장 아저씨 차 — 주위에 몰려와서 구경하곤 했다. 비단 동네 꼬마들뿐만 아니라 지나가는 동네 형들, 아줌마, 아저씨들 모두 한 번씩 흘깃 쳐다보며 지나갔다. 그럴 때면 나는 으쓱해지고 아빠가 자랑스러웠다. 엄마 또한 그런 아빠를 자랑스러워하셨다. 가끔 동네 아줌마들이 부침개, 반찬 등을 만들어 오시거나 과일 등을 들고 오셔서 엄마에게 아는 사람들의 취직을 부탁하기도 하셨다. 그럴 때 엄마의 모습은 마치 텔레비전에서 보는 사장 아줌마 같았다. 어떻든 그 당시 우리 집이 다른 집이랑 달랐던 건 아빠가 모는 자동차와 아빠가 다니는 회사였던 것 같다. 그것 빼고는 그리 달랐던 건 없었던 것 같다. 아무튼, 그때까지는 모든 것이 좋았다.

그런데 아빠의 사고 이후 정말 많은 것이 달라졌다. 우선 우리 동네에서 더는 아빠가 모는 차를 볼 수 없었다. 오랜 입원 끝에 아빠가 퇴원하던 날, 아빠는 절뚝거리는 다리를 보이지 않으려 애쓰셨지만, 아빠의 다리가 달라졌다는 것을 알 수 있었다. 그래도 나는 아빠가 살아계신 것만으로 좋았다. 아빠는 사고 이후 운전을 '못하셨다.' 그런데 엄마는 그렇게 생각하지 않았던 것 같다. 엄마는 아빠가 운전을 '안 하는' 거로 생각했던 것 같다. 그러지 않고서야 아빠를 그렇게 닦달하지 않았을 테니깐……. 나는 엄마가 왜 그렇게 생각했는지 지금도 모르겠다. 산 낙지를 매우 좋아했던 엄마도 목에 한 번 걸리고서는 절대 산 낙지를 먹지 않았으면서 말이다.

아빠는 옆집 아저씨 자동차로 몇 번 운전을 시도했던 적이 있다. 내가 보아도 아빠는 분명히 겁을 먹고 있었다. 그 모습을 보며 실망하던 엄마의 모습을 잊을 수 없다. 아빠가 운전을 하든, 못하든 나한테는 그게 중요한 것이 아니었는데 엄마한테는 중요했나 보다.

사고 이후 아빠는 할아버지, 할머니가 계신 시골에 내려가서 살고 싶다고 하셨다. 할아버지, 할머니께선 고모, 고모부와 함께 작은 묘목 농장을 하고 계셨는데 아빠는 할아버지처럼 묘목을 기르며 살고 싶다는 거였다. 그러나 엄마는 절대 시골에선 살 수 없다 하셨고 그렇게 아빠와 엄마는 매일 다투셨다. 엄마는 시골도 싫고 할아버지, 할머니도 싫었던 것 같다. 그렇게 엄마가 아빠에게 뭐라고 하시는 날이 많아졌고 밤늦게 들어오시는 날도 많아졌다. 나는 하루빨리 아빠가 이기던, 엄마가 이기던 결정이 나서 두 분이 싸우지 않기를 바랐다. 시간이 지나고 아빠와 엄마의 싸움은 줄어들었다. 왜냐하면, 엄마가 밖에서 보내는 시간이 더 많아졌기 때문이다. 그리고 어느 날부터 엄마는 집에 들어오지 않으셨다.

말이 씨가 되었으면……

짝퉁 엄마가 우리 집에 온 것은 우리가 시골 할아버지 댁으로 내려오고 2년 정도 지난 뒤였다. 어른들은 나와 여동생 그리고 쌍둥이 남동생들, 이렇게 우리 4남매에게 엄마가 필요하다고 생각하셨던 것 같다. 특히 쌍둥이들을 보실 때면 "이 어린것들을 버리고 어떻게 나갈 생각을 했는지……." 라고 말씀하시며 매우 안쓰러워하셨다.

언젠가부터 어른들은 우리를 방에 들여보내고 크지 않은 목소리로 아빠와 무언가를 이야기하시곤 하셨다. 나는 그럴 때면 왠지 모르게 불안했다. 무언가 내가 싫어하는 일이 벌어질 것 같은 느낌이 들었기 때문이다. 처음엔 아빠도 그 이야기를 들으려 하지 않고 피해 다니셨다. 그러나 곧 앉아서 듣는 일이 잦아지셨고 어느 날은 짐을 싸시더니 며칠 어디를 다녀오신다며 나가셨다.

아빠가 돌아오던 날, 아빠의 얼굴은 달라져 있었다. 우리가 시골에 오기 전, 엄마가 이혼 서류를 들고 찾아온 후로 아빠의 얼굴엔 웃음이 사라졌다. 그런데 다시 돌아온 아빠는 쌍둥이들을 양손에 안고 호탕하게 웃으시던 옛날 아빠로 돌아온 듯했다. 아빠는 하루에도 몇 번씩 어디론가 전화를 하며 단어 하나하나를 또박또박, 크게 말씀하셨다. 마치 우리 할머니가 동네에서 제일 나이 많은 할머니의 귀에 대고 이야기를 하시듯이 말이다. 그리고 그리 오래지 않아 지금의 짝퉁 엄마가 필리핀에서 우리에게로 왔다.

짝퉁 엄마는 예쁘다. 동네 할아버지, 할머니들은 '선녀' 같다 하시고 동네 젊은 아줌마들은 '필리핀 얼짱' 이라고 한다.

우리 동네에는 짝퉁 엄마 외에도 몽골, 베트남에서 온 외국 누나, 아줌마들이 있다. 그런데도 동네 사람들이 유독 우리 집 짝퉁 엄마에 대해 이야기하는 일이 많은 것은, 예쁘기도 하지만 부지런하고 무엇이든지 빨리 배우는 재주와 달라진 우리 가족들의 모습 때문인 것 같다.

우선 짝퉁 엄마는 할아버지, 할머니를 졸졸 따라다니면서 이것저것 물어보고 배운다. 할아버지, 할머니는 이런 짝퉁 엄마를 무척 예뻐하시고 짝퉁 엄마가 오고부터 부쩍 웃음이 느셨다. 그러나 아빠에 비하면 아무것도 아니다. 아빠의 얼굴에는 웃음이 떠나지를 않는다. 짝퉁 엄마가 오고부터는 묘목 농사도 정말 신나서 하시는 것 같다. 더욱 놀라운 것은 아빠가 자동차에 대한 공포증에서 조금씩 벗어나고 있다는 것이다. 동생들 또한 짝퉁 엄마를 처음엔 낯설어했지만, 이제는 잘 따른다. 왜냐하면, 짝퉁 엄마가 마치 자기가 진짜 엄마인 것처럼 엄마 흉내를 아주 잘 내고 있기 때문이다. 어떻든 동네 사람들 말로는 우리 집에 복덩이가 굴러 왔다고 한다.

그러나 모든 사람이 이렇게 생각하는 건 아니다. 언젠가 우리 할머니가 — 우리 할머니는 동네에서 얌전이 할머니라고 하시는 분이다 — 감나무집 할머니와 싸우신 적이 있다.

내가 담벼락에 기대서 몰래 들은 바로는 감나무집 할머니 아들이 저리 예쁘고 고운 아가씨가 무엇이 아쉬워서 아이가 넷이나 딸린, 다리도 불편한 우리 아빠한테 시집을 왔겠느냐며, 분명히 기회를 봐서 도망가든지, 아니면 영주권을 딸 때까지 기다리든지, 아니면 얼마 안 되는 재산을 조금씩 필리핀으로 빼돌릴 거라는 등, 동네 아저씨들과 수군수군했던 이야기가 퍼지고 퍼져서 우리 할머니 귀에까지 들어온 것이다. 할머니께서는 얼마나 화가 나셨는지 감나무집 할머니네 며느리가 — 감나무집 며느리도 필리핀 아줌마다 — 도망을 가면 갔지 우리 며느리는 그럴 일이 없다는 말까지 하셨다. 물론 그렇게 말씀하시고 집에 오셔서 곧 너무 심하게 말한 것 같다며 후회를 하셨지만……. 그러나 아빠는 그런 수군거림은 전혀 상관하지 않으셨다.

하지만, 나는 그 말이 사실이 되기를 바랐고 어서 빨리 짝퉁 엄마가 도망가기를 바랐다. 어른들이 자주 쓰는 말처럼 말이 씨가 되었으면 했다. 그런데 짝퉁 엄마는 그럴 기미가 전혀 보이지를 않았다. 그러니 내 심술이 날이 갈수록 심해질 수밖에 없었던 거다.

짝퉁 엄마

처음부터 짝퉁 엄마라고 했던 건 아니다. 내 입장에선 딱히 뭐라고 부를 호칭이 없었다. 짝퉁 엄마가 마음에 들지는 않았지만 그렇다고 막 아무렇게나 부르는 것도 그리 내키지는 않았다. 그래서 부를 일이 있을 기회를 애초부터 만들지 않기로 작정했었다. 그런데 왜 이렇게 짝퉁 엄마에게 무언가를 말해야 하는 일이 많았는지, 지금 생각해보면 어른들이 일을 일부러 만들어서 내가 어떻게든 짝퉁 엄마에게 말을 걸게끔 하셨던 것 같다. 그래도 난 머리를 굴리며 요령껏 최대한 호칭을 피했다.

이런 내 모습을 보다 못한 어른들이 짝퉁 엄마에게 '엄마' 라는 말이 싫으면 '새엄마' 라 부르라고 강요하기 시작했다. 이것도 소용없자 어른들 입장에선 한발 물러선다고 생각을 하셨는지 '새엄마' 라는 말도 싫으면 '필리핀 엄마' 라고 부르라 했다. 사실 나만 빼고 동생들은 언젠가부터 '엄마' 라는 말로 짝퉁 엄마를 부르고 있었다. '배신자들…….'

난 심술이 났다. 내 딴에는 양보한다고 했는데 왜 이렇게 나를 괴롭히는지 알 수가 없었다. 내 편은 아무도 없는 것 같았다. '엄마' 면 엄마지, 다른 엄마는 없는 거라고 난 생각했다. 그러니 '새엄마' 든, '필리핀 엄마' 든 내게는 모두 말이 안 되는 소리였던 거다.

그러던 어느 날 정말 우연히 동네 누나들이 지나가면서 하는 말을 듣고 지금의 호칭을 떠올리게 되었다.

"야, 걔 가방 짝퉁이야! 짝퉁! 웃기고 있어 진짜도 아니면서 진짜인 척하기는……."

귀가 번쩍 뜨였다. 그래! '짝!퉁!' 그리고 그날부터 나는 호시탐탐, 이 말을 써버릴 기회를 엿보고 있었다. 집안 어른들이 모두 모여 식사를 하던 날, 내가 처음 짝퉁 엄마라는 말을 입 밖으로 내보냈을 때의 어른들 표정은 지금 생각해도 정말 우습다. 고모부는 입 안에 있던 밥알을 몽땅 튀기기까지 하셨다. 가장 웃겼던 사람은 짝퉁이라는 말이 무엇인지도 모른 채 '엄마'라는 말에 감격하여 나를 안아주던 짝퉁 엄마다.

당황해 하는 어른들의 표정과 나를 안은 짝퉁 엄마의 모습……. 난 이후로 어른들이 강요할 때마다 보란 듯이 '짝퉁 엄마!' 라 불러댔다. 아빠를 비롯한 집안 어른들은 타이르기도 하고 혼을 내기도 했지만, 어른들이 시키는 대로 하고 싶지는 않았다. 똑똑한 짝퉁 엄마는 이쯤 되면 '짝퉁' 의 의미를 모를 리가 없었는데도, 한 번도 싫은 내색을 하지 않고 언제든지 내가 부르면 따뜻한 시선으로 나를 바라보았다. 그러나 나의 이런 행동은 그리 오래가지 못했다. 결국, 할아버지께 등을 맞게 되었으니깐……. 그것도 진짜 세게!

할아버지께 등을 세게 맞은 이후 '짝퉁 엄마' 라는 말 대신 다시 예전처럼 '쿡쿡' 찔러대며 짝퉁 엄마를 불렀다. 어른들도 더는 호칭에 대해 강요는 하지 않았다. 그러나 나는 어른들이 보지 않을 때는 짝퉁 엄마라는 말을 계속했다.

어떻게 큰 쌍둥이인 줄 알았을까?

할아버지, 할머니께서는 옆 마을 잔칫집에 가셨다. 짝퉁 엄마는 머리를 감는다며 쌍둥이들을 아빠한테 맡기고 욕실로 들어갔다. 나와 여동생은 텔레비전을 보고 아빠는 쌍둥이들과 놀아주고 있는데 같은 동네에 사는 아빠 친구가 자동차가 고장 났다며 아빠에게 도움을 청하러 오셨다.

아빠는 금방 들어올 테니 잠깐 쌍둥이들을 보고 있으라고 하셨다. 나와 여동생은 텔레비전을 보느라 정신이 팔려서 건성으로 대답했다. 그러자 아빠는 텔레비전을 끄고 다시 한 번 우리에게 다짐을 받았다. 그제야 우리는 아빠를 보며 알았다고 말했다. 아빠는 쌍둥이를 자세히 보시고서는 — 우리 집 쌍둥이들은 정말 똑같이 생겼기에 가족들도 자세히 봐야 구분할 수 있다 — 개구쟁이 큰 쌍둥이는 내게, 비교적 얌전한 작은 쌍둥이는 여동생 앞에 앉게 하고 돌아올 때까지 쌍둥이들한테서 눈을 떼지 말라고 몇 번이나 주의를 주시며 나가셨다.

아빠가 나가시자마자 나는 텔레비전을 다시 켰다. 처음엔 텔레비전을 보면서도 쌍둥이들을 잘 보고 있었던 것 같다. 그런데 어느 순간부터는 쌍둥이들에 대한 기억이 없다. 그 어느 순간이라는 것이 가만히 생각해 보면 텔레비전 채널 때문에 여동생과 싸움이 벌어졌던 때부터인 것 같다. 나는 리모컨을 누르며, 여동생은 텔레비전 앞에서 버튼을 누르며 서로 보고 싶은 것을 보겠다고 한참 승강이를 벌이는데 '쨍' 하며 무언가 깨지는 소리가 났다. 놀라서 소리 난 곳을 보았을 때는 이미 쌍둥이의 한쪽 발에서 피가 흐르고 있었다. 큰 쌍둥이가 다쳤는지, 작은 쌍둥이가 다쳤는지 생각해 볼 새도 없이 쌍둥이가 바보처럼 발을 움직여 우리에게로 오려고 했다. 움직이지 말라고 소리치려고 했는데 먼저 움직이고 만 것이다. 양발에서 흐르는 피를 보며 다치지 않은 쌍둥이와 여동생마저 다친 쌍둥이를 따라 울기 시작했다. 몸도 굳고, 머리도 굳어 버려서 아무것도 못하고 있을 때 다행히 짝퉁 엄마가 욕실 문을 급하게 열며 나왔다. 깨지는 소리, 동생들의 울음소리를 들은 게 틀림없었다. 물을 뚝뚝 흘리며 놀란 눈으로 우리를 바라보고 있었으니깐⋯⋯. 짝퉁 엄마는 곧 다친 쌍둥이에게로 가서 쌍둥이를 번쩍 들어 올렸다. 그리고 큰 쌍둥이 이름을 부르며 "괜찮아! 괜찮아!"라고 안심시키면서 담요로 감싸 주었다. 그런 다음 내게 뭐라고 한 후 바로 쌍둥이를 안고 밖을 향해 뛰기 시작했다. 마을 보건소로 가는 것이 분명했다.

짝퉁 엄마가 그렇게 사라지고 나서 내 귀에 좀 전에 짝퉁 엄마가 한 소리가 윙윙 울리기 시작했다. 난 짝퉁 엄마가 말한 대로 동생들을 꼭 잡고 미동도 하지 않은 채 그대로 있었다. 마루에는 큰 쌍둥이가 깨뜨린 유리컵과 큰 쌍둥이가 흘린 피가 남아 있었다. 그리고 마루에서 현관 쪽으로 나 있는 물방울과 핏자국도 보였다.

나중에 알게 되었다. 큰 쌍둥이를 안고 뛰어가면서 짝퉁 엄마도 발에 상처를 입었다는 것을⋯⋯, 쌍둥이보다 더 깊게⋯⋯.

병이 난 짝퉁, 아니⋯⋯ 필리핀 엄마

짝퉁 엄마는 병이 났다. 놀란 마음에 머리의 물기를 닦지도 못하고 물을 뚝뚝 흘리며, 대충 아무 옷이나 걸치고 나갔기에 감기에 걸린 것이다. 거기다 유리에 찔린 채로 큰 쌍둥이를 안고 뛰어서 양발의 상처도 꽤 심한 것 같았다.

할머니는 더운 곳에서 시집온 아가가 쌀쌀한 날씨에 그리 나갔으니 이 일을 어쩌느냐며 마음 아파하셨다. 그러다 결국 붕대로 싸인 짝퉁 엄마의 발을 만지시며 눈물을 보이셨다. 짝퉁 엄마는 그런 할머니의 손을 잡으며 "저는 괜찮아요."라고 말하며 오히려 할머니를 위로했다. 사실 '저는 괜찮아요.' 라는 말은 짝퉁 엄마가 많이 하는 말이다. 할머니는 "이 착한 것이 늙은이 걱정하지 말라고 이 상황에서도 괜찮다는 말을 하니……."라며 또 눈물을 보이셨다. 불덩이가 되어서 누워 있는 짝퉁 엄마가 안쓰럽다는 생각이 들었다. 아니 솔직히 미안했다. 내가 큰 쌍둥이만 제대로 봤어도……. 짝퉁 엄마가 덮은 이불 끝으로 붕대에 싸인 짝퉁 엄마의 발이 보였다. 그리고 그 옆에 똑같이 양발을 붕대로 감은 채 누워 있는 큰 쌍둥이도 보였다. 감기에 걸린 짝퉁 엄마는 큰 쌍둥이를 떼어 놓으려 했는데 고집을 부리며 짝퉁 엄마 곁을 떠나려 하지 않았다. 여동생과 작은 쌍둥이가 물수건을 짝퉁 엄마 머리에 올려주자 짝퉁 엄마의 얼굴에 행복한 미소가 번졌다. 짝퉁 엄마는 며칠을 그렇게 앓았다.

짝퉁 엄마가 누워 있는 동안 고모는 하루에도 몇 번이고 우리 집을 드나들며 집안일을 거들어 주시고 짝퉁 엄마를 간호했다. 아픈 짝퉁 엄마를 걱정하며 간호해 주는 가족들을 보며 나만 짝퉁 엄마를 가족으로 받아들이지 못하고 있었지, 짝퉁 엄마는 이미 우리 가족이 되어 있었다는 것을 느낄 수 있었다.

이런 일이 있고 나서, 나는 어른들이 보지 않아도 짝퉁 엄마라고 부르지 않았다. 왠지 그래야 할 것 같았다. 내 딴에는 이런 내가 기특하게 느껴졌는데 할아버지가 보기에는 부족했나 보다. 결국, 내 입에서 '필리핀' 이라는 소리가 나오고 말았다. 대신 '엄마' 라는 소리는 혼나지 않을 만큼만 작게 내었다. 호칭을 바꾼 나를 보고 필리핀 엄마가 또다시 행복한 미소를 지어 보였다.

말이 정말 씨가 되었다!

호칭 하나 바뀌었다고 엄마로 인정한 것도 아닌데 어른들은 무척 기뻐하셨다. 하긴 나도 짝퉁 엄마에서 필리핀 엄마로 바꿔서 부르고부터는 필리핀 엄마와 좀 더 가까워진 기분이 들었다. 그리고 실제로도 그런 것 같았다.

이렇게 그럭저럭 괜찮은 시간을 보내고 있던 어느 날이었다. 감나무집 할머니네 며느리가 도망갔다는 소문이 동네에 쫙 퍼졌다. 그리고 그 소문은 사실로 밝혀졌다. 그 소식을 들은 할머니는 말이 씨가 됐다며 미안해하셨다. 고모는 남한테 악담한 것이 그대로 자신에게 갔는데 뭐 그런 걸 신경을 쓰시냐며 할머니의 마음을 풀어 드리려 했다. 하지만, 할머니는 영 마음이 편치 않으신 것 같았다.

이 일이 있고 나서 동네 어른들이 모인 곳에는 끊임없이 외국 아줌마들 이야기가 흘러넘쳤다. 어느 동네 누구 집 새댁이 시집 온 지 며칠 되지도 않았는데 도망을 갔다느니, 친구의 친구 오빠 부인이 어떻다느니 등등 내가 주워들은 이야기도 꽤 된다.

동네 아이들이 모인 곳에서도 아이들끼리 주워들은 이야기를 서로 경쟁적으로 늘어놓기도 했다. 그런데 하루는 한 녀석이 나에게 "야, 너희 짝퉁 엄마도 조심해!"라고 말하는 것이 아닌가! 난 우선 짝퉁이라는 소리에 화가 나서 나도 모르게 주먹을 날렸다.

"뭐? 짝퉁?"

녀석은 눈물이 뒤범벅된 얼굴로 "네가 짝퉁 엄마라고 했잖아!"라며 억울하다는 듯 말했다. 순간 양심에 찔린 나는 머뭇거렸지만, 곧 "이제 짝퉁 아냐! 그리고 우리 집 필리핀 엄마는 도망가지 않아!"라며 못박았다. 더는 놀 기분이 아니라서 집에 들어온 나는 화가 난 나 자신이 이상했다. 그런데 가만 생각해 보니 이상한 것이 더 있었다. 이제 짝퉁 엄마라는 소리가 싫었다. 그리고 필리핀 엄마가 도망갈 수 있다는 말도 싫었다. 도망간다는 말이 씨가 되기를 그렇게 바랐었는데 말이다.

의심병의 시작

필리핀 엄마는 도망간 감나무집 할머니네 며느리와 같은 나라 사람이었기에 친하게 지냈다. 그래서 감나무집 사람들은 우리 집에 와서 필리핀 엄마에게 혹시 연락은 오지 않았느냐, 뭐 들은 이야기 없냐며 몇 번이나 묻고 갔다. 아빠는 감나무집 아저씨가 안돼 보였는지 아저씨가 오실 때면 위로해 주신다고 함께 술을 드시는 일이 많아지셨다. 할머니는 그렇지 않아도 감나무집 일을 마음에 걸려 하셨기에 특별히 신경을 쓰시며 아저씨를 맞아 주셨다.

그런데 어느 날 저녁, 가게 아줌마가 헐레벌떡 우리 집으로 뛰어 들어와서 할아버지를 모시고 갔다. 아빠와 감나무집 아저씨가 술을 드시다 두 분 사이에 싸움이 벌어진 것이다. 그 싸움은 할아버지가 가게까지 가서서 두 분을 떼어 놓고서야 간신히 끝났다. 동네 사람들 말로는 감나무집 아저씨가 우리 아빠에게 자기 부인과 필리핀 엄마가 엄청 친하게 지냈으니 필리핀 엄마 단속을 잘하라고 했다는 거다. 함께 도망치려다가 기회를 놓쳐서 자기 부인 혼자 도망간 것일 수도 있다면서 말이다. 여기까지는 우리 아빠도 그냥 꾹 참고 들으셨단다. 그런데 아저씨가 멈추지 않고 이 이야기, 저 이야기를 꺼내며 아빠 마음을 들쑤셔 놓았다고 한다. 그제야 나는 아빠가 왜 그렇게 화를 내셨는지 이해가 되었다.

그런데 때마침 텔레비전에서도 '농촌 총각 울리는 국제결혼' 이라는 프로를 앞다퉈 내보냈다. 우리 집은 괜찮으냐는 친척들과 아빠 친구들의 조심스러운 전화가 이어졌다.

우리 집은 괜찮으냐는 사람들의 말은 곧 우리 집의 필리핀 엄마는 괜찮으냐는 말일 것이다. 즉 필리핀 엄마가 도망가거나 하지 않았느냐는 뜻이라는 것을 난 안다. 사람들은 그렇게 필리핀 엄마를 걱정했다. 그런데 정작 걱정해야 할 사람은 아빠였던 것 같다. 아빠가 이상해졌다는 것은 곧 알 수 있었다.

감나무집 며느리 사건이 일어나기 얼마 전, 구청에서 외국인 아줌마들의 모임을 주최한다는 소식이 전해졌었다. 필리핀 엄마도 다른 외국 아줌마들처럼 이 모임을 굉장히 기대하고 있었다. 불과 얼마 전까지만 해도 함께 날짜를 꼽으며 기다리셨던 아빠였다. 그런데 당일이 되자 아빠는 갑자기 필리핀 엄마에게 가지 말라고 하셨다. 할아버지, 할머니의 도움으로 간신히 갈 수 있었지만, 필리핀 엄마의 걸음은 무거워 보였다.

시내에 나간 필리핀 엄마가 오지 않자 아빠는 안절부절못하셨다. 필리핀 엄마가 오겠다고 한 시간보다 아직 2시간이나 남았는데 아빠는 가만히 앉아 있지를 못하셨다. 필리핀 엄마는 차가 오지 않아 늦었다며 미안하다고 하셨다. 오겠다는 시간보다 30분밖에 지나지 않았다.

이 일이 있고 나서 아빠는 필리핀 엄마가 마을 밖에 나가는 걸 끔찍하게 싫어하기 시작했다. 필리핀 엄마가 마을 안에 있어도 아빠는 마치 숨은 사람은 없는데 혼자 술래잡기를 하는 사람 마냥 그렇게 필리핀 엄마를 찾아다녔다. 우리 엄마처럼, 달아난 다른 외국 아줌마들처럼 필리핀 엄마도 도망갈 거로 의심하는 것 같았다. 아니 의심하는 병이 생긴 것이 틀림없었다.

필리핀 엄마의 여권

'찌익 찍 찌익' 이상한 소리 때문에 잠에서 깼다.

'크…… 술 냄새' 아빠가 우리 방에 들어오신 것 같다. 아빠는 요즘 부쩍 술을 드시고 밤늦게 들어오시는 일이 많아지셨다. 아직 잠에서 깨지 않은 실눈을 뜨며 손전등을 세워놓고 무언가를 하는 아빠를 바라보았다. '찌익 찍 찌익' 스카치테이프를 조심스럽게 뜯는 소리가 들렸다. 아빠가 벽시계 뒤에 무언가를 숨기신 것 같다. 잠자는 척 아빠를 몰래 지켜보다가 나도 모르게 다시 스르르 잠이 들었다.

어제 아빠가 무엇을 숨겼는지 궁금해서 견딜 수가 없었다. 난 아빠가 없는 틈을 타서, 의자 위에 올라간 다음 벽시계를 책상 위에 내려놓았다. 스카치테이프로 벽에 무언가를 붙여 놓으셨다. 비닐에 쌓여 있는 그 무언가를 자세히 보았다. 무슨 얇은 수첩 같았는데 내가 보는 부분은 수첩의 뒷부분인 것 같았다. 나는 조심스럽게 벽에 붙어 있는 스카치테이프가 뜯어지지 않게 수첩을 들어보았다. '찌지직' 아이고! 큰일이다! 스카치테이프가 벽에서 조금 뜯어졌다. 순간 다 포기하고 얼른 벽시계를 다시 걸어둘까 하는 생각이 들었다. 가슴이 쿵쿵, 얼굴에선 열이 났지만 궁금한 것이 더 컸다. 기왕 이렇게 된 것 조금 더 용기를 가지고 수첩을 위로 들어보았다. 그리고 이마를 벽에 바짝 붙이고 수첩과 벽 사이의 공간을 이용해서 수첩의 정체를 알 수 있는 무언가를 찾기 시작했다. 영어로 된 글씨가 보였다. 작아서 읽기가 어려웠다. 'P…A…S…S…P…O…R…T', 'PASSPORT' 학교에서 배운 단어였다. 여권……. 난 쿵쿵거리는 가슴을 진정시키며 조금 전 소리를 낸 부분의 스카치테이프를 벽에 꽉꽉 문질렀다. 손에서 땀이 났다는 것을 그때야 알았다.

나는 그것이 필리핀 엄마의 여권이라는 것을 알 수 있었다. 그리고 아빠가 왜 여권을 숨겼는지도 알 수 있을 것 같았다. 아빠가 걱정되었다. 필리핀 엄마도 걱정되었다.

며칠 뒤 필리핀 엄마가 여권이 없어졌다며 난감해 하셨다. 난 아빠 얼굴을 몰래 훔쳐보았다. 아빠의 굳은 얼굴을 보고 눈치 빠른 필리핀 엄마는 아빠가 숨긴 것을 알았는지 더는 여권을 찾지 않았다. 그런 필리핀 엄마가 고맙게 느껴졌다.

이렇게 여권 사건은 무사히 지나갈 줄 알았다. 그런데 며칠 뒤 일이 터지고 말았다. 할머니가 필리핀 엄마를 부르셨다. 필리핀에서 전화가 온 것이다. 필리핀 엄마는 오랜만에 환한 웃음을 지으며 뛰어갔다. 그런데 전화를 받는 표정이 점점 어두워지더니 눈물을 흘리기 시작했다. 필리핀 엄마의 엄마가 위독하시다는 전화였던 것이다.

할아버지와 할머니는 필리핀 엄마에게 항공권을 살 수 있는 돈을 마련해 주셨다. 필리핀 엄마는 눈물을 흘리며 "아버지, 어머니 고마워요!"라며 몇 번이나 이야기했다. 그런데 문제는 아빠다. 아빠가 도무지 필리핀 엄마의 여권을 내놓으려 하지 않는 거다.

필리핀 엄마가 몇 번이나 도망가지 않는다고 이야기해도 아빠는 믿지를 않았다. 필리핀 엄마는 여권이 있어야 필리핀에 갈 수 있다며 울면서 아빠에게 여권을 달라고 애원했다. 그러나 아빠는 필리핀 엄마의 말을 못 들은 척했다.

할아버지, 할머니 그리고 고모, 고모부까지 나서서 설득해도 아빠는 여권을 주시지 않았다. 설득이 길어지자 아빠는 막 소리를 지르시며 주위에 있는 물건들을 던지고 부수기 시작하셨다. 동생들이 울기 시작하고 어른들은 처음 보는 아빠의 모습에 모두 놀라서서 당황해 하셨지만, 고모가 곧 우리를 방으로 들여보내시고 나머지 분들은 아빠를 말리셨다. 그렇게 필리핀 엄마는 필리핀에 가지 못하셨다. 다행히 며칠 뒤 필리핀 엄마의 엄마가 위험한 고비를 넘기셨다는 소식이 전해졌다.

선녀와 나무꾼

여권 사건 이후 미안해해야 할 아빠는 더 난폭해지고 점점 다른 사람이 되어갔다. 필리핀 엄마는 점점 말라가고 얼굴이 더 어두워져 갔다. 그러나 여전히 부지런하고 우리에게 따뜻했다.

어느 날 내게 쌍둥이들이 책을 읽어 달라며 동화책을 내밀었다. 귀찮았지만 쌍둥이들 책을 읽어 주는 일은 나와 여동생 몫이었기에 읽어 주었다. 다른 때라면 여동생에게 미루었겠지만, 요즘 풀이 죽어 있는 쌍둥이들이 모처럼 부탁한 일이었기에 선뜻 책을 받아 들었다. 쌍둥이들이 내민 동화책은 '선녀와 나무꾼' 이었다.

선녀와 나무꾼이라면 사실 책을 보지 않아도 이야기를 해 줄 수 있을 것 같았지만, 동생들이 내민 그림 동화책의 그림이 나도 보고 싶어져서 책장을 넘기며 읽어 주기 시작했다.

동생들은 내 옆에 딱 달라붙어서 눈으로는 그림을 보고 귀로는 내 이야기를 듣기 시작했다.

그렇게 읽어 주던 중 '나무꾼은 선녀의 날개옷을 숨겼어요. 그래서 선녀는 아버지, 어머니, 언니들이 있는 하늘나라로 갈 수 없었답니다.' 라는 부분을 읽게 되자 불현듯 필리핀 엄마가 떠올랐다. 나는 필리핀 엄마의 선녀옷이 마치 여권 같다는 생각이 들었다.

선녀가 나무꾼만을 남기고 아이 셋을 데리고 하늘로 가는 내용이 나왔을 때 큰 쌍둥이가 내게 물었다.

"형아, 왜 선녀가 나무꾼만 남기고 떠났을까?"

나도 모르게 내 입에선 이런 대답이 흘러나왔다.

"그건 나무꾼이 착한 선녀를 의심하고 선녀옷을 숨겼기 때문이야. 아이들을 잘 기르는 선녀에게 선녀옷을 숨긴 사실을 고백했다면 선녀도 용서해 주었을 거고 선녀는 하늘에 있는 가족들이 보고 싶을 때만 놀러 갔을 거야. 그랬다면 선녀가 그렇게 나무꾼만 남겨 놓고 가는 일도 일어나지 않았을 거고……."

동생들에게 이렇게 말하고 나서 난 속으로 생각했다. 선녀야 처음부터 나무꾼이 옷을 숨겨서 어쩔 수 없이 나무꾼과 살게 된 거지만, 필리핀 엄마는 처음부터 아빠가 좋아서 필리핀에서 온 건데 왜 여권을 숨기고 주지 않는지 아빠가 답답했다.

아빠의 의심병

아빠는 점점 거칠어져 갔고 그런 아빠를 볼 때마다 아빠가 누군가를 때릴 것만 같은 공포감을 느끼곤 했다. 그런 아빠가 나는 너무 무서워서 무슨 일이든지 조심하며 지냈다. 특히 필리핀 엄마를 부를 때 '엄마'라는 단어에도 힘을 주며 부르기 시작했다. 그리고 엄마라는 말이 이제는 그렇게 어색하지 않았다.

아빠는 필리핀 엄마가 눈에 보이지 않으면 이상하리만치 불안감을 보였다. 그리고 내 방으로 달려가 벽시계를 들추며 여권이 있는지를 확인하는 일을 몇 번이나 반복했다.

이런 아빠 때문에 식구들 모두 불안한 마음으로 위태롭게 지내던 어느 날, 드디어 일이 터지고 말았다. 학교에서 돌아온 나는 필리핀 엄마 방에 있는 물건들이 마당에 널브러져 있고 그 주위에서 우는 필리핀 엄마를 보게 되었다.

필리핀 엄마의 머리는 마구 헝클어져 있었고 코피가 났는지 코 주위에 피가 묻어 있었다. 처음엔 나는 코에서 나는 피는 코피 말고는 생각할 수가 없었다. 그러나 곧 그게 우리 아빠 때문에 생긴 피라는 것을 알게 되었다. 할머니가 필리핀 엄마를 보살피시며 하시는 소리를 들었기 때문이다. "아이고! 저놈이 미쳐도 단단히 미쳤지. 이 착한 애에게 손찌검을 하다니……, 자기 하나 믿고 그 멀리서 온, 이 착한 애에게……"라며 말씀하시는 할머니 볼엔 이미 눈물이 가득 자국을 남기고 있었고 그런 볼 위로 계속 눈물이 흘러내리고 있었다.

이렇게 시작된 아빠의 폭력은 나날이 심해져만 갔다. 필리핀 엄마는 어느 날은 입이, 어느 날은 눈이, 어느 날은 볼이 아빠의 손이 남긴 흔적으로 채워졌다. 필리핀 엄마는 아빠가 의심할 일을 만들지 않으려고 될 수 있으면 밖에 나가는 일을 삼가고 집 안에만 있기 시작했다. 그러나 필리핀 엄마의 이런 노력에도 아빠의 의심병은 고쳐지지 않았다.

필리핀 엄마에게 날개옷을 돌려주다

한국에 일하러 온 필리핀 엄마의 사촌 오빠에게서 전화가 왔다. 전화를 받는 필리핀 엄마의 수화기를 빼앗은 아빠는 남자 목소리를 듣고 누구냐며 필리핀 엄마를 몰아세웠다.

필리핀 엄마가 아무리 사촌 오빠라고 말을 해도 아빠는 필리핀 애인과 도망갈 모의를 하냐며 못살게 굴기 시작했다. 아빠는 '내 다리가 이 모양이라 네가 도망가도 널 쫓아가지 못할 줄 아나 본데' 라며 급기야는 필리핀 엄마를 또 때리기 시작했다. 집안 어른들이 모두 밖에 나가 계서서 아빠는 멈출 기미를 보이지 않았다. 일하고 온 아빠의 아픈 다리를 주물러 주던 필리핀 엄마! 그런 필리핀 엄마를 고마워하던 아빠가 왜 저렇게 변했는지를 모르겠다. 그러나 아빠에 대한 아쉬움보다는 미움이 컸고 그만큼 필리핀 엄마가 불쌍했다.

필리핀 엄마는 내게 부탁을 했었다. 아빠가 필리핀 엄마를 때릴 때 절대 나오지 말라고! 동생들에게 아빠의 그런 모습을 절대 보이지 말라고! 나는 동생들과 함께 아빠를 말리고 싶은 적이 한두 번이 아니었지만, 필리핀 엄마의 말을 들었다. 그러나 오늘은 그냥 있을 수가 없었다. 여동생에게 쌍둥이들을 맡기고 필리핀 엄마를 구하러 갔다.

아빠는 내가 온 것도 모르고 필리핀 엄마를 때리고 있었다. 처음 보았다. 필리핀 엄마를 때리려 할 때면 항상 어른들이 우리를 방으로 후다닥 들어가게 했기 때문에 볼 수 없었지만, 오늘은 모든 것을 보고 만 것이다. 나는 둥글게 몸을 말고 있는 필리핀 엄마에게 다가갔다. 그리고 내 몸으로 필리핀 엄마를 감싸 주었다. 아빠는 이런 나를 보고 당황하며 필리핀 엄마를 때리는 것을 멈추고 밖으로 나가셨다. 항상 그러듯이 아빠는 또 술을 마시러 나가시는 걸 거다. 그러니 한동안 필리핀 엄마도 쉴 수 있을 것이다.

아빠가 밖에 나가시는 소리가 들리자 동생들이 기다렸다는 듯이 필리핀 엄마에게 달려왔다. 동생들은 필리핀 엄마에게 안기며 울기 시작했다. 필리핀 엄마는 그런 동생들을 안아 주었다. 눈물, 콧물이 된 동생들이 잠들자 필리핀 엄마는 멍하니 하늘을 쳐다보며 울기 시작했다.

나는 그런 필리핀 엄마를 조용히 바라보다 내 방으로 들어갔다. 그리고 책상의자를 벽시계가 있는 쪽으로 옮겼다. 의자에 올라가 벽시계를 들어 올린 다음 책상 위에 올려놓았다. 그런 다음 여권을 감싸 놓은 비닐을 벽에서 떼어 내었다. 조심스럽게 떼어 낼 필요도 없었다. 아빠가 계시지 않으니깐. 아빠에 대한 원망을 담아 한 번에 떼어 내었다. '쫙' 벽지가 함께 떨어져 나왔다.

나는 비닐을 떼어 낸 여권을 손에 꼭 움켜쥔 채 필리핀 엄마에게 갔다. 그리고 말없이 여권을 내보였다. 선녀가 날개옷을 찾고 기뻐했듯이 여권을 보면 기뻐할 줄 알았는데 필리핀 엄마의 얼굴은 더 어두워졌다. 내 손을 바라볼 뿐 여권을 내게서 가져가지도 않았다. 대신 잠들어 있는 동생들 쪽으로 눈을 돌리며 좀 전보다 더 많은 눈물을 흘리면서 동생들을 바라보았다.

나는 필리핀 엄마에게 더 바싹 다가가서 필리핀 엄마의 손에 여권을 쥐어 주었다. 내 눈에도 눈물이 흘러내리기 시작했다. 나는 왜 우는 걸까? 나는 왜 우는 걸까? 필리핀 엄마도 우리랑 헤어지는 것이 싫은지 계속 울기만 했다. 하지만, 필리핀 엄마를 보내주는 것이 더 옳은 길이라고 난 생각했다. 그래서 나는 필리핀 엄마에게 선녀옷을 내주었다. 그렇게 필리핀 엄마는 우리에게서 떠나갔다. 내가 준 날개옷을 입고…….

아이들과 나무꾼

필리핀 엄마가 사라지자 아빠는 한동안 술만 드셨다. 그러다 병원에 실려 가시고 집에 오신 후로는 술은 드시지 않았다. 대신 필리핀 엄마를 찾으려고 여기저기 알아보고 다니셨다. 하지만, 필리핀 엄마가 필리핀으로 돌아가지 않았다는 것만 알아냈을 뿐 더는 그 무엇도 알 수 없었다.

아빠는 후회하는 것이 분명했다. 아빠는 말도 없어지고 멍하니 필리핀 엄마가 바라보던 하늘만 바라보며 지내셨다. 그러다 어느 날부터는 조용히 묘목 농장에 나가서서 다시 일을 하기 시작하셨다.

동생들도 처음엔 아빠에게 다가가려 하지 않았지만, 천천히 옛날처럼 아빠에게 다가갔다. 왜냐하면, 아빠가 쌍둥이들에게 동화책을 읽어 주며 필리핀 엄마의 자리를 조금이나마 채워 주려고 하셨기 때문이다. 나와 여동생은 쌍둥이들에게 동화책을 읽어 주지 않아도 되었다.

어느 날 아빠가 책꽂이에서 꺼낸 동화책은 '선녀와 나무꾼'이었다. 작은 쌍둥이가 아빠에게 물었다.

"아빠! 선녀는 아이들을 모두 데리고 갔는데 왜 우리 엄마는 우리를 남겨 두고 갔어?"

아빠가 아무 대답을 못하고 있자 여동생이 쌍둥이를 보며 이야기했다.

"그건 나무꾼 아이들은 세 명이어서 양팔에 하나씩 안고 하나는 업고 갈 수 있었는데 우리는 네 명이어서 못 데리고 간 거야. 누구 하나는 남겨 놓을 수 없잖아."

그러자 큰 쌍둥이가 이야기하기 시작했다.

"아니야! 형아가 그러는데 나무꾼이 선녀를 의심해서 선녀옷을 숨겨 놓지만 않았어도 선녀가 도망가지 않았대. 그러니깐 우리 엄마도 아빠가 의심하지 않았으면 우리를 버리지 않았을 거야!"

그러자 동생들이 울기 시작했다. 아빠 때문이라며, 엄마를 찾아오라며 엉엉 울기 시작한 것이다. 이 모든 것을 마루에서 나와 함께 듣고 계시던 할머니께서 동생들을 달래려고 방으로 들어가셨다. 할머니께서 들어가시자 아빠는 말없이 방에서 나오셨다. 그리고 대문 쪽을 하염없이 바라보며 서 계셨다. 나는 조금 간격을 둔 채 아빠 옆에 서서 같은 곳을 바라보았다. '아빠가 저렇게 후회할 줄 알았다면 조금만 더 기다려 볼걸…….' 하는 후회와 함께 저 대문으로 필리핀 엄마가 들어왔으면 하는 소망이 밀려왔다. 아빠도 내 마음과 같을 거라는 생각이 들었다.

이런 생각을 하는 사이 저기 멀리서 우리 집을 향해 걸어오는 듯한 사람이 보이기 시작했다. 가슴이 쿵쾅거리기 시작했다. 나는 '아닐 거야…… 아닐 거야…… 우리 집을 지나쳐서 갈 거야……, 아니면 조금 있다 오른쪽으로 꺾어서 걸어갈지도 몰라.' 라고 괜한 기대를 하지 않도록 나에게 최면을 걸었다.

아빠도 보고 계신지 궁금해서 아빠를 보고 싶었지만 다른 곳을 보면 보고 있던 사람이 사라질 것 같아서 볼 수가 없었다. 계속 쳐다보지 않으면 우리 집으로 오다가 다른 곳으로 가버릴 것 같은 느낌이 들었기 때문이다.

그 사람은 오른쪽으로 꺾어서 가지도 않고 계속 우리 집을 향해 걸어오고 있었다. 우리 집으로 다가오면 다가올수록 집에서 내뿜는 조명에 의해 윤곽이 조금씩 드러나고 있었다. 여자인 것 같았다. 가슴이 더욱 쿵쾅거리기 시작했다. 드디어 얼굴이 보였다! 곧이어 또 한 사람이 뒷모습을 보이며 눈앞에 나타났다. 아빠였다! 아빠가 달려가는 것이 보였다. 불편한 다리로 빨리 걷는 것도 보이기 싫어하셨던 아빠가 달리고 있었다. 필리핀 엄마를 향해 달려가고 계셨다!

그 사람은 바로 필리핀 엄마였던 거다!

필리핀 엄마! 바로 우리 엄마!

목남과 부선의 사랑 이야기

김요안

*

　지동이는 자신이 배정된 부서 이름이 특이하다고 생각했다. '천지교류과', 지동이가 알기로 완주군청에는 그런 부서가 없었다. 부부군수는 하늘과 땅의 교류를 위하여 매우 비밀스럽게 행정업무를 보는 부서라고 말했다. 지동이는 어리둥절한 표정이 되어 부부군수의 방을 나왔다.

　'천지교류과'는 지하 3층 복도 끝에 있었다. 복도는 좁은 터널처럼 길고 어두컴컴했다. 천장에 백열등 하나가 외롭게 타오르고 있었다. 어둠을 뚫고 복도 끝에 선 지동은 노크를 할까 말까 망설였다. 그 순간 복도의 어둠이 살아있는 것처럼 술렁이고 있다는 느낌이 들었다. 등줄기에서 식은땀이 흘렀다.

　사실 지동이는 홀로 어둠 속에 있으면 바짝 긴장하는 버릇이 있었다. 어릴 적부터 꾸던 악몽 때문이다. 언제나 그 꿈은 어린 지동이가 산속에 혼자 남겨져 우는 데서 시작했다. 울다가 보면 캄캄한 밤이 찾아왔다. 산속의 밤은, 아니 산속 밤의 소리는 끔찍했다. 야행성 동물이 움직이는지 곳곳에서 나뭇가지 부러지는 소리가 났고, 이따금 누군가가 울부짖는 소리도 들렸다.

지동이는 울부짖는 소리가 들리면 울음을 뚝 그쳤다. 그 울부짖음이 도깨비의 것이라고 생각했다. 지동이는 고개를 빳빳이 세우고 두 눈을 커다랗게 떴다. 그리고 도깨비에게 위치가 탄로 날까 숨소리조차 내지 않았다. 그렇게 숨을 참다가, 숨이 막혀 죽을 것 같을 즈음 거친 숨을 몰아쉬며 잠에서 깨고는 했다.

"이지동 씨. 완주군청 소속 천지교류과에 오신 것을 환영합니다."

문 안쪽에서 누군가가 말했다. 젊은 여자의 티 없이 맑은 목소리였다. 지동이는 마음이 놓였다. 여전히 등 뒤 복도는 어둡고 차가웠지만 여자의 목소리 때문인지 갑자기 안도가 되었다. 지동은 용기를 내고 문고리를 잡아 비틀었다. 그러면서 얼마 전 면접에서 자신이 한 말을 기억해냈다.

"저는 완주군에서 태어난 걸 자랑스럽게 생각합니다. 하지만, 그것과 선녀와 나무꾼 전설을 믿는 건 별개라고 봅니다. 그렇습니다, 저는 우리 군의 전설을 믿지 않습니다. 다만, 완주군 공무원으로서 현실적인 접근은 할 수가 있습니다. 만일 선녀와 나무꾼이 우리 군에 거주하는 군민이라면, 저는 국적을 두고 갈팡질팡하는 선녀의 한국 귀화를 서둘러 추진하고, 다자녀 혜택을 주어 그녀가 자녀를 데리고 하늘나라로 돌아갈 마음을 아예 품지 못하도록 하겠습니다. 또 어릴 적부터 학대를 당한 콩쥐는 위탁가정을 통해 따뜻한 위로를 전하겠고, 콩쥐의 계모는 위법성이 있으면 엄중하게 처벌을 하겠습니다. 한마디로 말해 저는 완주군 공무원으로서 세상의 정의를 바로 세우기 위해, 무엇보다 군의 발전을 위해 저에게 맡겨진 모든 업무와 소임에 최선을 다하겠습니다. 이상입니다."

지동이는 자신의 답변을 들으며 유난히 눈빛을 발하던 부부군수의 모습을 떠올리며 문을 열었다. 문 안쪽 공간으로부터 눈부시게 환한 빛이 터져 나왔다. 지동이는 자신이 당기고 있는 문의 색깔이 위는 파랗고, 아래는 노랗다는 사실을 알 수가 있었다. 또 동시에 '천지교류과' 라고 큼지막한 글씨로 쓰여 있는 문패도 볼 수 있었다. 완주군청 지하 3층 복도 끝 방. 두말할 것 없이 신입 별정직 공무원 이지동이 일할 부서였다.

*

목남 씨는 '나무꾼 주유소' 를 지난 17년간 경영했다. 목남 씨는 태만한 주인이었다. 봄부터 가을까지만 영업했다. 나머지 기간은 여행을 떠났다. 누구에게도 어디로 떠나는지 말하지 않고, 제비처럼 찬바람이 불면 떠났다가 봄바람이 불면 다시 돌아왔다.

그러니 손님이 있을 턱이 없었다. 한적한 도로 옆 작고 허름한 주유소였기에 이따금 길을 잃은 차들이 지나다가 기름을 넣어가는 게 전부였다. 하지만, 목남 씨는 아랑곳하지 않았다. 그에겐 단골손님이 있었기 때문이다. 단골손님은 목련이 필 무렵부터 밤송이가 떨어지는 시기까지 보름에 한 번 꼴로 산골짝으로 기름을 주문했다.

산골짜기 단골손님의 연락방식은 조금 희한하다. 낮잠을 자거나 일을 하고 있는 목남 씨가 발등이 따가워서 내려다보면 하얀 고슴도치가 제 가시로 발등을 콕콕 찌르는 것이다. 하얀 고슴도치는 예로부터 신선들끼리의 기별을 전하는 전령이다. 이 전령이 신체 어느 부위를 가시로 찌르는지에 따라 메시지가 다르다고 한다. 하지만, 목남 씨가 아는 것은 발등을 찌르면 '그들이 곧 온다.' 라는 뜻, 그게 전부였다.

오늘도 하얀 고슴도치가 목남 씨의 발등을 찔렀다. 목남 씨는 고슴도치에게 비스킷 몇 개를 집어주었다. 그리고 옷장에서 양복을 꺼내 입었다. 오래된 양복이었다. 족히 30년은 됐을 것이다. 하긴 86아시안게임 때 중국과의 국가대표 탁구 경기를 보다가 심장병으로 세상을 떠난 완주라사의 주인 테일러 윤이 만든 수제 양복이었다.

목남 씨는 좀이 슬어 흰 얼룩이 생긴 양복의 어깨를 툭툭 털어냈다. 먼지가 풀풀 났다. 30년 전 어느 날을 기억하게 하는 냄새도 났다. 목남 씨의 콧구멍으로 그가 젊은 시절에 발랐던 머릿기름 냄새와 여자의 분 냄새 입자가 들어왔다. 거울을 바라보던 목남 씨의 얼굴이 갑자기 밝아졌다.

목남 씨는 석유를 채운 기름통을 트럭에 실었다. 그러고는 하늘을 쳐다보았다. 때마침 제비가 줄지어 따뜻한 남쪽으로 날아가고 있었다. 어느새 가을의 끝자락이었다. 떠날 때가 된 것이다.

목남 씨는 트럭을 몰아 선녀봉으로 향했다. 중간에 제과점에서 케이크 하나를 샀다. 하얀 천사가 그려진 초콜릿 케이크였다. 그는 트럭이 들어갈 수 없는 길부터는 걷기로 했다. 등산객들은 양복 차림에 한 손에는 기름통을 들고 다른 한 손에는 케이크를 든 사내를 수상쩍게 바라보았다. 목남 씨는 아랑곳하지 않았다. 그는 등산객들의 관심을 무시하고 부지런히 금당계곡을 향했다.

곧 목남 씨는 등산로를 벗어났다. 그는 야생동물이 다니는 가파른 비탈을 올랐다. 그렇다고 마구잡이로 비탈을 오르는 것은 아니었다. 머릿속의 지도를 펼치고 곳곳에 마련된 표식을 읽으며 정해진 길을 따르고 있었다.

표식은 지나치게 사소했기에 사람들은 봐도 뭔지 몰랐다.

이를테면 나뭇가지가 ㄱ자로 부러진 물푸레나무에 주목해야 했다. 또 그 부러진 가지와 오리나무 가지 사이에 쳐진 커다란 거미줄을 놓치지 말아야 한다. 일반적으로 사람들은 거미줄을 보면 께름칙해서 돌아선다. 그러나 바로 그것이 표식이다. 그 표식 아래를 통과해 사선으로 스무 걸음을 가다 보면 이름 모를 양치류 식물군이 나오는데, 그 양치식물들 안에 둘러싸인 뾰족한 바위와 둥근 바위 사이에 난 작은 계단들을 밟고 올라서야 한다. 그러면 여태 바깥에서는 보이지 않던 오솔길이 보인다. 바로 그 오솔길을 오르면 숲의 빈터가 나온다.

숲의 빈터는 산속의 비밀공간이다. 빽빽한 나무로 둘러싸여 마치 벽장 속처럼 아늑했다. 까치발을 들고 조심스럽게 걸어도 발소리가 크게 울릴 정도로 조용한 곳이다. 목남 씨는 머지않아 그 숲의 빈터에 도착했다. 목남 씨가 촘촘하게 얽힌 나뭇가지와 이파리들의 저항을 뚫자 울창한 나무들로 둘러싸인 숨은 공간이 모습을 드러냈다. 공간 안에는 작은 폭포가 떨어지는 맑은 물웅덩이가 있었다. 그 물웅덩이 위에 구름 한 점 없는 파란 가을 하늘이 비치고 있었는데, 방금 수면 위로 팔색조 한 마리가 발가락을 담갔다가 하늘로 비쭉 치솟았다. 그러자 섬세한 파문이 일었다.

이곳에서는 모든 것이 섬세했다. 또한 차분했으며 고요했다. 세상과 단절된 것 같았다. 전설에 따르면 이곳에서 선녀가 목욕을 한다고 했다. 물론 목남 씨에게는 전설이 아니었다. 그리고 석유 배달을 부탁한 사슴 아주머니도 마찬가지였다.

"안녕한가?"

사슴 아주머니가 다리를 절뚝거리며 다가왔다.

목남 씨는 대꾸 없이 물가에 쳐진 천막 안으로 들어갔다. 천막 안에는 오래된 석유난로가 있었다. 선녀들이 목욕하고 나서, 물에 젖은 몸을 말리는 용도로 사용하는 난로다. 옛날에는 마른 땅 위에 나뭇가지만 태웠지만, 지금은 불연재질로 만들어진 천막 안에서 석유난로를 켰다.

"죽을 때가 돼서 그런가? 얼굴이 좋네."

사슴 아주머니가 석유난로 심지에 불을 붙이는 목남 씨에게 농담을 건넸다. 목남 씨는 웃어 보였다. 그리고 천막을 나와 숲의 빈터가 한눈에 보이는 바위로 올랐다. 사슴 아주머니가 그 뒤를 따랐다. 그녀는 다리를 절뚝거리면서도 잘 올랐다. 그녀가 다리를 대신해서 의존하는 지팡이를 바위에 치며 말했다.

"오늘은 27년 전처럼 일을 그르치지 말게나. 그러니까 제발 숨소리도 내지 말고 여기 바위에서……."

목남 씨는 알아들었다는 시늉을 했다. 그러고는 27년 전 그날처럼 바위 위에 납작 엎드렸다.

"두 시간 정도 뒤면 올 거야. 그때까지 힘들겠지만 움직이지 말고……."

사슴 아주머니의 계속되는 잔소리에 목남 씨는 눈을 질끈 감았다. 그러자 사슴 아주머니는 투덜대며 물가로 내려갔다. 그녀의 투덜대는 소리와 절뚝거리느라 엇박자로 들리는 발자국 소리를 들으며 목남 씨는 미소를 지었다. 그러다가 잠이 들었다.

두 시간 뒤였다. 이미 사위는 칠흑같이 어두워져 있었다. 목남 씨는 난데없는 굉음에 잠에서 깼다. 목남 씨는 눈을 뜨자마자 시커먼 밤하늘 상공에 예리하고 길쭉한 빛줄기가 지상으로 떨어지는 것을 보았다. 플뢰헨블리츠(Flächenblitz)라는 현상이다. 쉽게 말하면 마른하늘의 날벼락이었다.

그 벼락의 갈래와 갈래를 잡고 선녀들이 나타났다. 전광석화처럼 빠른 순간이었다. 지상과 제법 가까운 공중에 대롱대롱 매달려 있던 선녀들이 일제히 빛줄기를 뿌리쳤다. 그리고선 온화한 빛을 내뿜는 날개옷을 펄럭거리며 땅으로 내려오기 시작했다. 참으로 아름다운 광경이었다. 목남 씨는 침을 꼴깍 삼켰다. 27년 전 그날처럼.

*

완주군 천지교류과는 여섯 명의 인원으로 이뤄져 있었다. 쉰 살쯤 되는 건장한 체격의 김 과장은 말을 하지 않을 때는 더그아웃에 있는 투수처럼 보였다. 특유의 한일자 모양의 입술을 옆으로 잡아당기고 주변을 신중하게 응시했다. 그는 비밀업무를 수행하는 과의 특성상 파트너십이 무엇보다 중요하다고 누차 강조했다.

"우리는 둘씩 짝을 지어 활동한다네. 마침 자네는 이 과장님이 퇴직하시고 충원된 경우니까, 이 과장님의 파트너였던 미스 최와 함께 하네."

김 과장은 자신의 파트너를 포함한 네 명의 직원을 지동에게 차례로 인사시켜준 뒤에 지동의 파트너를 소개해주었다.

"여기 자네와 함께 할 파트너일세. 잘 믿고 따르라고."

지동이는 자신을 향해 맑게 웃으며 다가오는 여자를 보고 깜짝 놀랐다. 그녀는 지동이가 초등학교 때 짝사랑한 선미였다. 지동이는 어리둥절했다. 오래전 선미는 미국으로 이민을 갔기 때문이었다.

지동이는 옛 기억이 떠올랐다. 선미가 마지막 등교한 날이다. 배웅하던 아이들 틈바구니에서 지동이는 선미에게 줄 편지를 꼭 쥐고 있었다. 지동이는 편지에서 선미를 선녀처럼 아름답다고 표현했다. 그것은 그녀를 좋아

한다는 고백의 우회적인 표현이었다. 덧붙여 선녀처럼 하늘을 날아 멀리 떠나는 선미가 언젠가 다시 돌아와 주었으면 하는 바람을 간절하게 적었다. 하지만, 선미가 이별의 악수를 청해왔을 때, 지동이는 편지를 뒷주머니에 서둘러 꾸겨 넣었다. 사랑의 고백이 부담스럽고 부끄러웠던 탓이다.

그렇게 아쉽게 떠나보낸 첫사랑을 직장에서 상사와 부하직원으로 만나 악수를 하고 있다니 지동이는 믿기지가 않았다.

"이지동, 반갑다."

"그래, 반갑다……. 최. 선. 미."

17년 전 그날처럼 선미의 손은 부드러웠다.

*

목남 씨가 선녀를 처음 본 건 30년 전이었다. 그해 1979년 늦가을은 나라 꼴이 어수선했다. 대통령이 믿었던 측근으로부터 피살당한 탓에 정국은 총알에 구멍 뚫린 창문처럼 몹시 불안정했다. 자칫하면 국가의 권위가 창틀에서 벗어난 유리처럼 와르르하고 무너질 것 같았다. 그런 탓에 만약을 대비해 군인들은 실탄을 장전하고 근무했다. 당시 직업군인이었던 목남 씨도 소총을 들고 완주군을 지키고 있었다.

사슴 아주머니는 선녀의 이름이 부선(浮仙)이라고 말했다. 나이는 열아홉 살이며 호기심이 무척 많은 아가씨라고 했다. 선녀는 세상 밖으로 나와 미용실에서 기술을 배우고 있다고 했다. 하늘나라에 사는 신선들의 무성한 머리카락을 손질해주기 위해 나름대로 유학을 온 것이라고 했다.

"신선 할아버지들 머리카락은 무척 길어요. 수천 년 동안 길러서 그런 거예요. 땅에 끌릴 정도니 자기 발로 밟기 일쑤죠. 그러면 '꽈당' 하고 앞으로 고꾸라지는 거예요. 그래서 제가 잘라줘야 해요. 처음에는 품위가 떨어진다고 마다하시지만, 잘라주면 아주 좋아하시거든요."

부선이는 가위질을 하면서 사슴 아주머니에게 말했다. 사슴 아주머니는 부선의 얘기를 아주 재밌게 듣고 있었다. 그러다가 어느 순간 이렇게 물었다.

"부선 씨. 남자 친구 하나 소개해줄까?"

부선이가 가위질을 멈추었다. 그러고는 거울로 비치는 사슴 아주머니를 빤히 보았다. 아주머니는 생글생글 웃고 있었다. 부선이는 뭐라고 대답할지 몰라 적당히 둘러댔다.

"제가 하늘나라를 떠나면, 신선 할아버지들 머리는 누가 잘라줘요?"

"선녀탕에 목욕하러 오면 그때 잘라주면 되잖아. 부선 씨는 잘 모르겠지만 사실 목욕탕에는 이발소가 있어야 제격이거든."

사슴 아주머니의 말에 부선이는 고개만 두어 차례 흔들었다. 그러고는 말없이 가위질만 했다. 거절의 표시를 한 것이다.

이로써 사슴 아주머니는 부선이를 목남 씨에게 소개해주기 위해 다른 접근방식이 필요하다고 생각하기에 이르렀다. 그녀는 사냥꾼들이 엽총 사격에 실패하면 사냥방법을 바꿔 올무를 놓는다는 것을 알고 있었다. 세상에서 가장 증오하는 사냥꾼들의 사냥술을 참고할 정도로 그녀는 목남 씨에게 은혜를 갚으려 노력하고 있었다. 과연 완주군에선 사슴이 은혜를 입으면 그 은인에게 선녀를 소개해주는 게 오랜 전통이었다.

믿기 어렵지만, 사슴 아주머니는 전생에 사슴이었다. 물론 증거는 없다. 다만, 사슴 아주머니 스스로 그렇게 믿었고 사슴들도 그렇게 여겼다. 그만큼 아주머니와 사슴은 친하게 지냈다. 그런데 사슴 아주머니가 사슴과 친하게 지내는 걸 유독 싫어하는 사람들이 있었다. 바로 사냥꾼들이었다.

　사실 그들로서는 총부리 앞에 두 팔을 벌리고 나타나 인간방패 노릇을 하는 사슴 아주머니가 좋을 리 없다. 그래서 사냥꾼들은 차선책으로 길 위에 올무를 놓았던 것이다. 그렇지만, 사슴 아주머니는 올무에 걸린 사슴들에게도 구세주처럼 나타났다. 사슴들을 놓아주고 다친 다리를 치료해주었다. 덕분에 완주군에서는 사슴의 개체 수가 폭증했다. 그에 반해 그 많던 사냥꾼들은 희망을 잃고 완주군을 떠났다.

　그런데 불행히도 희망을 잃지 않은 사냥꾼 형제가 있었다. 형제는 타고난 성정이 포악했다. 그런데다가 형은 교활하고 동생은 비열했다. 교활한 형 사냥꾼은 입버릇처럼 이렇게 말했다.

　"그 미친 여편네, 다음에 만나면 아주 혼쭐을 내주겠어."

　그 말을 비열한 동생 사냥꾼은 이렇게 대꾸했다.

　"나도, 나도……. 그 미친 여편네, 아주 벌집을 내주겠어."

　서슬 퍼런 그 말에 언젠가 사달이 나도 나겠다고 동료 사냥꾼들은 수군거렸다. 그들은 오히려 사슴 아주머니의 안전을 빌었다. 그만큼 사냥꾼 형제는 악랄했다.

　교활한 형 사냥꾼은 턱수염을 덥수룩하게 길렀다. 수염은 그가 작두 위로 넘어지면서 생긴 반달형의 상처를 가려주었다. 어릴 적에 새총으로 참새를 잡다가 제 발에 걸려 작두로 넘어진 것이라는데, 과연 그는 어려서부터 성질이 급했던 것이다. 그래서인지 그는 가끔 이성을 잃고, 움직이는 형체만 보이면 총부터 쏘아댔다.

　바로 그가 어느 날 오후, 건강한 새끼를 출산한 어미사슴과 함께 기쁨을 나누면서 들판 위에서 뒹굴고 있던 사슴 아주머니를 향해 총질을 했다. 아주머니의 왼쪽 무릎을 총알 하나가 관통했다. 아주머니는 불에 덴 것처럼 아팠다. 그녀는 소리쳤다.

"이보시오! 총 쏘지 말아요. 총 쏘지 마!"

사슴 아주머니의 외침에도 총알은 다시 날아왔다. 오히려 개수가 많아졌다. 언제나 형을 따라 하는 동생까지 가담한 것이다. 아주머니는 도망갈 수밖에 없었다. 그녀는 사슴을 좁은 산길로 밀어 넣고 자신은 널찍한 길을 뛰었다. 그녀는 사냥꾼 형제가 자신을 죽일 작정이라는 것을 알아차렸다. 그래서 혼비백산하여 뛰었다. 그러다가 눈앞에서 젊은 포수 하나와 맞닥뜨렸다. 그녀는 죽었다고 체념하고는 나무둥치 아래 웅크렸다.

"살려 주세요……."

사슴 아주머니는 벌벌 떨며 말했다.

이윽고 총소리가 들렸다. 그것도 한 방이 아니었다. 연거푸 적어도 여섯 발의 총성이 들렸다. 잠시 후 등 뒤에서 한 사내의 고통스러운 외침이 들렸다. 그는 넓적다리에 총을 맞았다며 울부짖었다. 또 다른 사내의 격앙된 목소리도 들렸다. 그는 이렇게 말했다.

"동생아, 괜찮니? 괜찮은 거야?"

"이게 다 형 때문이야. 형 때문이라고! 내 넓적다리……. 어떡할 거야? 어떡할 거냐고?"

총 맞은 사내가 울부짖었다. 그러자 다른 사내가 역정을 냈다.

"어리석은 놈. 그러니까 넌 내 뒤만 따르라고 말했잖아. 왜 주제도 모르고 앞장선 거야?"

넓적다리에 총을 맞은 사내는 계속 징징거렸고, 옆의 사내는 역정을 내다가 나중에는 욕설까지 퍼부었다. 그렇게 한동안 소란을 피우던 그들의 목소리가 점차 사그라졌을 때 제3의 인물 목소리가 들렸다.

"아주머니 괜찮으세요?"

사슴 아주머니는 천천히 고개를 들었다. 그러자 밝은 햇빛 아래 소총을 든 젊은 포수가, 아니 젊은 군인이 자신을 내려다보고 있었다. 그가 바로 목남 씨였다.

*

천지교류과에서의 첫날 근무를 마친 지동이는 선미와 퇴근을 하고 있었다. 선미가 운전하는 자동차의 조수석에 앉아 지동은 연신 하품을 했다. 지동에겐 무척 피곤한 하루였다. 지동이는 업무에 대한 확신이 없었기에 한층 더 고단함을 느꼈다. 그는 선녀와 나무꾼 전설을 믿지 않는 자신이 어째서 천지교류과에 속하게 됐는지 의아했다. 부부군수는 전설을 의심하는 사람이 오히려 업무에 적격이라고 말했다. 지동이는 그게 또 무슨 뜻인지 알쏭달쏭했다. 하지만, 부부군수와 김 과장의 설전을 보고 나서야 그 이유를 조금은 알 수가 있었다.

사실 천지교류과는 선녀탕을 관광지로 개발하는 사업을 추진하려는 부부군수와 마찰을 빚고 있었다. 그래서 부부군수로서는 담당부서에 자신의 입장을 대변하는 인물을 심어둘 필요가 있었다. 물론 지동이는 선녀탕 관광 개발 사업에 관심이 없고 선녀탕의 존재부터 믿지 않는 부류이지만, 그런 무관심과 의심은 부부군수의 야심에 도움이 될 것 같았다. 같은 이유로 김 과장은 지동이를 매우 못마땅하게 여겼다.

"이건 신앙도 없는 자가 사제를 하는 노릇이군."

김 과장은 그렇게 말하면서 지동이를 쏘아보았다.

"근데 자기소개서에 아버지 얘기가 없는데, 혹시 사이가 좋지 않나?"

지동이는 김 과장의 쌀쌀맞은 태도와 사생활에 대한 관심에 당황했다. 그러면서도 할 말은 했다.

"그런 개인적인 질문에 대답할 의무가 있습니까?"

지동이의 날이 선 응답에 이번에는 김 과장이 당황했다. 김 과장은 더는 가족 관계를 묻지 않았다. 다만, 그는 밑도 끝도 없이 지동이의 아버지를 두둔했다.

"자네 아버지는 좋은 분이시지. 그것만 알아두게."

김 과장은 그렇게 타이르듯이 말하고는 자기가 직접 탄 커피를 들고 부부군수와 그가 데려온 개발업자가 기다리는 테이블로 돌아갔다. 테이블에서는 잠시 중단된 열띤 토론이 기다리고 있었다. 김 과장은 하늘나라와 통하는 길목을 외부에 공개하면 그날로 선녀탕에 더 이상 선녀들이 내려오지 않을 거라고 주장했다. 그러면서 현재 완주군내에 체류 중인 선녀들도 곧 하늘나라로 떠날 것이라고 덧붙였다.

반면 부부군수와 개발업자는 의견을 달리했다. 개방을 통해 선녀탕은 세계적인 관광명소가 될뿐더러 아름다운 선녀들은 연예인처럼 유명해질 것이라고 말했다. 심지어 사업가는 어여쁜 선녀들을 주축으로 한 아이돌 소녀그룹을 만들 계획을 밝히기도 했다.

개발업자는 노인이지만 외관이 매우 강건해 보였다. 그의 뚜렷하게 각진 턱은 오전까지는 푸르스름했지만, 오후가 되면서 점차 거무스름해졌다. 아침에 면도를 한 모양이지만 수염들이 시시각각 자라고 있었다. 지동이는 그가 턱수염을 기르면 험악한 인상이 약간 지워질 거라고 생각했다. 그의 턱밑에는 깊숙하게 패인 반달형의 흉터가 있었다.

"은퇴한 이 과장 후임으로 들어온 분이신가?"

노인이 커피잔을 받으며 지동에게 물었다.

"네?…… 네."

지동이 대답했다.

"그분 많이 아프다고 들었는데, 요즘 어떠신가요?"

"글쎄요, 전 한 번도 뵌 분이 아니라서요."

지동이의 말에 노인이 알쏭달쏭한 미소를 지었다. 어딘지 모르게 교활한 미소였기에 지동이는 얼른 시선을 돌려 외면했다.

선미는 노인의 몸에서 지독한 사향 냄새가 난다고 기겁했다. 그녀는 역겹다면서 노인이 돌아가자 사무실에 방향제를 뿌려댔다. 지금까지도 사향 냄새가 난다면서 계속 코를 킁킁거렸다. 지동이는 선미의 그런 모습을 바라보며 귀엽다고 생각했다.

"미친 사업가야. 돈 많으면 다야? 그 사람은 관광지로 개발하겠다는 빌미로 우리 고장을 망치려 들고 있어. 우린 그 사람의 계획을 막아야 해."

선미가 말했다.

"그나저나 오늘 약속 있어?"

지동이는 업무 얘기라면 그만 하고 싶었기에 슬쩍 말을 돌렸다.

"왜?"

"없으면…… 맥주나 한잔 할래? 오랜만에 만났고, 할 얘기도 있으니까."

"할 얘기? 무슨 얘기?"

선미가 반문하자 지동이는 어릴 적에 전해주지 못한 편지 생각이 났다. 갑자기 부끄러워졌다. 그래서 속마음과 달리 업무 문제로 궁금한 게 많다고 둘러댔다.

"그래서 우린 지금 일하러 가는 중이야."

선미가 지동이의 어깨를 두드리면서 말했다.

"지금? 이 시간에? 어디로?"

지동이가 묻자 선미가 말없이 웃었다.

*

결국, 사슴 아주머니는 목남 씨에게 부선과의 만남을 주선해 주었다. 솔직히 만남을 주선했다고 하기는 어렵다. 정확히는 만남의 기회를 제공했다고 해야 마땅하다. 그러니까 그들은 약간 조작된 상황에서 '우연히' 만났다. 할 말이 없을 때마다 커피 속을 스푼으로 휘저을 수 있는 다방이 아닌 대중목욕탕 앞에서 만난 건 다 그 이유 때문이었다.

부선이가 상큼한 비누 향을 풍기면서 목욕탕을 나오자 예기치 못한 충돌이 기다리고 있었다. 두 사내아이가 부선이를 향해 뛰었고, 아이 하나가 부선이와 부딪치면서 목욕바구니가 바닥에 나뒹굴었다. 비누, 칫솔, 때수건 등을 주섬주섬 줍던 부선은 미처 자신의 속옷을 발견하지 못했다. 당황도 했거니와 이미 그것을 매표소 옆에 서 있던 목남 씨가 재빨리 집었던 것이다.

"아가씨!"

한시바삐 떠나고자 걸음을 재촉하던 부선이를 목남 씨가 불러 세웠다. 부선이가 뒤를 돌아보자 처음 보는 젊은 남자가 자신의 속옷을 들고 있었다. 마침 바람이 불었다. 그에 따라 부선의 속옷이 새의 날개처럼 활짝 펴지고 펄럭였다. 부선이의 양 볼이 발그레해졌다. 너무나 창피해서 그녀는 목남 씨로부터 속옷을 뺏듯이 받아들었다. 그리고 서둘러 그 자리를 떠났다.

목남 씨는 미소를 지었다. 또 골목에서 모든 상황을 지켜보던 사슴 아주머니도 미소를 지었다. 이제 남은 일은 목남 씨가 미용실을 찾아가 머리를 자르는 것이었다. 실제로 사흘 후, 그러니까 손님이 뜸한 수요일 저녁에 목남 씨는 미용실을 찾았다. 그리고 그날 저녁 목남 씨와 부선이는 첫 데이트를 했다. 그때서야 둘은 다방을 찾았다. 그렇지만 공연히 둘은 할 말이 없어서 커피를 스푼으로 휘젓지는 않았다. 둘은 얘기가 썩 잘 통했다.

몇 달 후 목남 씨와 부선이는 결혼을 했다. 자고로 신혼이란 서로 얼굴만 보면 웃음이 터져 나오는 시절이다. 누가 겨드랑이를 긁는 것처럼 실실 웃음이 나온다. 만일 길을 가다가 멍한 시선으로 웃고 지나는 사람이 있다면 십중팔구 신혼일 것이다. 목남 씨도 그랬다. 바보처럼 늘 웃고 다녔다.

하지만, 안타깝게도 부선이는 마냥 웃을 수만은 없었다. 목남 씨가 부대로 출근하면 그녀의 입가에선 웃음기가 싹 사라졌다. 목남 씨의 어머니인 장 여사와 여동생인 홍서가 그녀를 못살게 굴었기 때문이다. 장 여사는 부선이가 맨몸으로 시집을 왔다고, 가난한 살림에 입이 하나 더 늘었다고 구박을 했다.

"미용실에 다닌다고 좋아했더니, 집에 들어와 살림을 하겠다고? 그래, 그 좋아하는 살림 맘껏 해보렴."

장 여사는 부선이에게 집안일을 모두 맡겼다. 밥 짓고, 청소하고, 밭 갈고, 소에게 여물을 주는 등 부선이는 종일 분주하게 움직여야 했다. 부선이가 곱상하게 생긴 것과는 달리 일을 야무지게 마무리 짓는 것을 본 장 여사는 굳이 하지 않아도 되는 일까지 시켰다. 쓰지 않는 그릇을 닦으라고 했고, 쓰지 않는 솜이불 빨래도 시켰다. 그러면 부선이는 군소리 없이 그릇을 깨끗이 닦아 다락에 두었고, 살얼음이 붙은 물로 솜이불을 빨아 볕에 널었다.

"일은 잘하는구나. 헌데 어제 닦은 그릇 옆에 쥐똥이 보이더구나. 다락이 지저분해서 쥐가 있는 것 같으니까, 오늘은 다락을 깨끗이 청소하렴. 물론 그릇도 다시 닦고."

장 여사의 말이 끝나자마자 홍서가 다가와 이렇게 소곤거렸다.

"엄마, 이불도 다시 빨아야겠더라고. 볕에 널어놓은 솜이불 위에 까치가 똥을 쌌나 봐."

"들었지? 이불도 다시 빨아야겠구나."

그렇게 말하고 장 여사는 홍서와 사이좋게 팔짱을 끼고 장 구경을 갔다. 정말이지 못된 시어머니와 시누이였다. 시어머니는 며느리 생각을 쥐똥만큼도 하지 않았고, 시누이는 새언니를 까치똥처럼 하찮게 여겼다. 부선이는 하도 서러워서 눈물이 났다. 하지만 남편에겐 한 마디도 일러바치지 않았다.

부선이가 부당하고 험난한 시집살이를 견뎌낼 수 있었던 건 순전히 사슴 아주머니 덕분이었다. 사슴 아주머니는 장 여사와 홍서가 바깥나들이를 하면 몰래 부선이를 찾았다. 그녀는 부선이를 위로해주고, 부선이가 감당하기 힘든 일을 도왔다. 또 여러 집안일 외에도 초자연적인 재능으로 부선이를 돕기도 했다. 부선이가 아무리 다락을 깨끗이 청소해도 쥐똥이 계속 나온다고 말하자 그녀가 다락문을 활짝 열고 이렇게 소리쳤다.

"다락방의 쥐들아. 너희들 때문에 여기 선녀님이 힘들어하잖아. 그러니 이 집을 떠나주면 고맙겠다. 오다가 보니 빈집이 하나 있던데 거기에 가서 살렴."

그 뒤로 쥐는 거짓말처럼 사라졌다. 때문에 장 여사는 다락을 청소하라는 얘기를 다시는 못하게 되었다. 내친김에 사슴 아주머니는 널어놓은 솜이불 위에 자꾸 똥을 싸는 까치들도 꾸짖었다.

"까치들아, 저기 상수리나무 아래에 똥을 싸지, 왜 인가에 와서 똥을 싸는 거니?"

그러자 까치들이 억울하다는 듯이 저마다 깍깍거렸다.

"뭐라고? 너희들 짓이 아니라고?"

사슴 아주머니는 까치들의 호소를 알아들었다. 그녀는 이내 홍서의 짓임을 알아차렸다. 참으로 괘씸한 여자애였다. 새언니를 괴롭히려고 이불 위에 까치똥을 바른 것이었다. 사슴 아주머니는 까치들에게 뭔가를 부탁했다. 그러고는 부선이에게 이렇게 말했다.

"이따가 버스정류장에 시어머니 마중 나갈 때 우산을 쓰고 나가렴."

"날씨가 이리도 화창한데요?"

부선이가 묻자 사슴 아주머니는 다시금 일렀다.

"아니, 곧 비는 내릴 거야. 그것도 냄새 나고 더러운 비가. 그러니 우산을 잊지 마."

"네."

부선이는 사슴 아주머니의 말대로 우산을 들고 나갔다. 정류장에 도착하니 여느 때처럼 장 여사 모녀는 무거운 장바구니를 부선이에게 맡겼다. 그리고 저들끼리 수군거리면서 짐을 들고 낑낑대며 뒤쫓는 부선이를 모른 체하고 집으로 향했다.

장 여사 모녀가 냇가에 이르렀을 때였다. 맑던 하늘이 갑자기 어두워졌다. 홍서는 갑작스럽게 들이닥친 먹구름을 바라보았다. 먹구름은 지나치게 지상과 가까웠고 색깔도 알록달록했다. 무엇보다 수천 쌍의 날개가 동시에 푸드덕거리는 것이 징그럽게 꿈틀거렸다.

"엄마, 묘하게 생긴 구름이야. 곧 비가 올 것 같아."

홍서가 말하자마자 빗방울 하나가 뚝 떨어졌다. 홍서 이마에 떨어진 그 빗방울은 따뜻하고 냄새가 났다. 게다가 찰싹 달라붙어 잘 떨어지지도 않았다. 홍서가 이마에 붙은 빗물을 손바닥으로 닦아내고 보았다. 축축하고 끈적이는 것이, 마치 까치똥처럼 보였다. 놀란 홍서는 부선이에게 소리쳤다.

"이 못난 것아! 이리로 우산 가져와. 하늘에서 까치똥이 내리잖아"

부선이는 멀리 떨어져 있었다. 다급해진 홍서는 부선이 쪽으로 뛰었다. 그런데 어디선가 나타난 시커먼 쥐떼가 길을 가로막았다. 쥐떼는 푸드덕거리며 자신을 향해 다가오는 먹구름만큼이나 징그러웠기에 홍서는 기겁을 했다. 그녀는 다리에 힘이 풀려 그만 땅바닥에 주저앉았다. 그러는 사이에 먹구름은 홍서 쪽으로 다가왔다. 잠시 후 홍서는 수천 마리나 되는 까치가 일시에 배설하는 똥을 속수무책으로 뒤집어썼다.

그 일이 있은 후에 홍서는 얌전해졌다. 적어도 전처럼 부선이에게 못되게 굴지 않았다. 그녀는 자신이 천벌을 받은 것이라고 생각했다. 하지만 장 여사는 여전했다. 오히려 홍서가 까치똥 세례를 받고 난 후 더욱 악독해졌다. 그녀는 사건의 내막을 짐작해내기에 이르렀다. 배후에 사슴 아주머니가 관련되어 있을 거라고 추측했다. 장 여사는 출근하는 아들을 붙잡고 이렇게 말했다.

"목남아, 아무래도 산에 사는 미친 여자가 집안에 들락거리니 신경이 쓰이는구나. 난 괜찮다만 며늘애가 걱정이란다. 그 여자가 선녀니 뭐니 하면서 치켜세우니 자기가 선녀인 줄로 알지 뭐겠니. 미친 여자하고 어울리더니 그 아이도 서서히 미치는 것 같구나. 이러다가 며늘애가 바람 들어서 도망이라도 가면 어쩐다니?"

목남 씨는 어머니의 말을 심각하게 들었다. 그리고 그날부터 부선이가 도망가면 어쩌나 하고 조바심을 냈다. 그러다가 퇴근하고 부선과 마주앉아 저녁밥을 먹으면 안도했다. 하지만 밤이 깊어지면 다시 불안해했다. 목남 씨는 부선이가 몰래 도망갈까 봐 굵은 실로 그녀의 발목을 묶고 잠에 들었다. 그러면서 자신은 행복하다고 생각했다. 한마디로 그는 불안할 정도로 행복했고, 자신에게 깃든 이 행복을 누군가가 빼앗아갈까 봐 불안해했다. 그 누군가 중에는 사슴 아주머니도 포함되어 있었다.

"아주머니, 다시는 저희 집에 오지 마세요."

목남 씨는 사슴 아주머니에게 단호하게 말했다.

"이보게, 난 부선이에게 고향 소식을 전해주는 사람이야. 우린 서로 좋은 친구라네."

"아뇨. 아주머니는 아내에게 해로워요. 잔뜩 바람을 집어넣고 있잖아요. 선녀 이야긴 대체 뭐예요?"

"그게 사실이니까. 그 애는 선녀야. 내 지금껏 말을 아꼈지만 그 애는 모든 선녀들이 그랬듯이 향수병 때문에 하늘나라로 돌아가고 싶어한다고. 그래서 내가 날개옷을 숨겨두었지. 다 내 생명의 은인인 자네를 위해서……."

"제발 이상한 소리 마세요. 그런 소리 하니까 아내는 자기가 진짜 선녀인 줄 알잖아요. 어쨌든 다시는 저희 집에 오지 마세요!'

그날 이후로 사슴 아주머니는 부선이를 찾지 않았다. 그러자 부선이는 결혼하고 나서 처음으로 외롭다는 생각을 하게 되었다. 남편이 곁에 있지만 이상하게도 외로움이 사무쳤다. 그리고 자신이 선녀라는 사실을 받아들이지 않는 남편이 야속하기만 했다. 그녀는 이따금 하늘나라 얘기를 했지만 목남 씨는 듣지 않았다. 목남 씨는 이렇게 소리쳤다.

"또 쓸데없는 소릴 하네. 난 당신이 살았다던 하늘나라를 믿지 않아. 제

발 정신 좀 차려!'

부선은 자신의 존재를 알아주지 않는 남편의 무정함에 속이 상했다. 그녀는 사랑하는 가족과 정겨운 친구가 있는 고향이 그리웠다. 매일 밤, 하늘을 올려다보며 눈물을 훔쳤다. 생각 같아선 당장에 날개옷을 입고 고향으로 돌아가고 싶었다. 그녀는 불룩해진 배를 어루만지면서 감정을 추슬렀다. 그러면서 속으로 '일 년만 참자, 일 년만 참자.' 하고 중얼거렸다. 부선이는 아이만 낳으면 아이와 함께 하늘나라로 돌아갈 생각이었다.

*

"금당계곡에서 신고가 하나 들어왔는데, 누군가 기름통을 들고 입산했다는 거야. 우리가 가야 할 것 같아."

선미가 말했다.

"그건 경찰이나 소방서에서 출동해야 하지 않나?"

지동이가 의아한 얼굴로 물었다.

"안 그래도 경찰관이 가봤는데 수상한 사람은 없다는 거야. 신고한 등산객 말로는 그 사람이 물푸레나무와 오리나무 사이를 헤치고 좁은 산길로 들어가더니 순간적으로 자취를 감추었대. 그렇다면 우리 사건이야."

"산길에서 익숙하게 움직이는 걸 보면 매우 위험한 놈이군."

"맞아. 경찰이 그러는데 다리를 절면서도 산은 잘 오르더라고 하더라고."

"기름통을 들고 다리까지 절면서 산을 올랐다고? 굉장하군."

"아니. 기름통을 든 이는 다리를 절지 않아. 신고한 등산객이 다리를 절지. 그리고 우리가 주의할 사람은 바로 그 사람이야."

"가만, 뭐라고? 지금 산불을 낼지 모르는 놈을 신고한 시민이 위험하다고 말하는 거야?"

"그래. 그 사람이 위험인물이야."

"나 원 참. 이상한 말이잖아."

"가면 곧 알게 돼."

선미가 지동이를 보고 눈을 찡긋했다.

"하루 종일 이상한 말만 듣는구나. 이러다 정신이 돌겠어. 천지교류과, 정말 미스터리한 부서야."

지동이가 투덜댔다.

"지동아, 산에 도착하기 전에 네가 알아둬야 할 게 있어."

마침 교차로였다. 선미는 차를 세우고 말을 이었다.

"우리 완주군은 옛날부터 하늘과 땅이 통하는 상서로운 고장이야. 선계의 신선들이 지상을 여행할 때 들르는 곳이지. 말하자면 완주군은 그들이 이용하는 공항이야. 그리고 선녀들은 스튜어디스라고 보면 되는데, 그녀들은 지상에 올 때마다 잠깐 짬을 내서 선녀탕에서 목욕을 하지. 그런데 몇몇 호기심 강한 선녀들은 이 지상의 매력에 빠져서 아예 정착하기도 하거든. 선녀와 나무꾼 전설은 사실 선녀들의 완주군 정착 사례 중 하나의 예인 거야. 그것도 실패한 예지. 넌 믿기 어렵겠지만 지금도 완주 군민들 중 상당수는 본인이 선녀이거나 선녀의 남편이거나 선녀와 인간 사이에서 난 혼혈이 많아. 그러니 이곳에선 선녀와 나무꾼과 비슷한 사랑이야기가 얼마나 많겠니?"

지동이는 선미가 말하는 도중 내내 어이가 없다는 표정을 지었다. 선미는 아랑곳하지 않았다. 심지어 지동이의 반응을 무시했다. 그녀는 좀 더 말하고 싶었으나 옆 차로에 서 있는 차에서 누군가가 말을 걸자 중단했다. 창이 열리고 한 아주머니가 선미를 알은체했다.

"선미 씨, 안녕하세요!"

"하이엔 씨, 안녕하세요!"

선미가 반갑게 대꾸를 하자 아주머니가 감사하다고 말했다. 이어지는 대화를 들어보니 선미가 어떤 행정적인 도움을 주었던 것 같았다. 선미는 손사래까지 치면서 자신이 한 일은 별것 아니라고 대답했다. 그런데 아주머니는 어딘지 한국어 실력이 서툴다. 아닌 게 아니라 선미가 부르는 그녀의 이름도 뭔가 낯설다. 하이엔. 그것은 왠지 베트남 여성 이름 같았다.

"하이엔 씨는 베트남에서 오셨어."

신호가 바뀌자 차를 움직이면서 선미가 말했다.

"그런 것 같네."

지동이가 대답했다.

"지금 아이 셋을 뒀는데, 내년 봄에 넷째를 낳을 예정이야. 그러면 지상에서 아예 눌러 살게 되는 거지. 둘째 낳을 때까지는 여기서 살 생각이 없었는데, 완주군에서 다자녀 혜택을 주니까 마음이 싹 달라졌지. 차차 알게 되겠지만 선녀들도 꽤 현실적이라니까."

"지금 저 베트남 아주머니가 마치 선녀라도 되는 듯이 말하는데……."

"맞아. 하이엔 씨는 선녀야. 우리가 보호해주고 귀하게 대접해야 할 하늘에서 오신 손님이지."

선미의 말을 듣자 지동이는 점입가경이라고 생각했다. 동시에 지동이는 아버지가 생각났다. 아버지는 집 나간 엄마를 선녀라고 굳게 믿고 있었다. 할머니는 아버지가 엄마를 무척 사랑했다고 말해주었다. 그래서 엄마가 선녀라고 믿는 것이라고 했다. 하지만, 그 정도가 지나쳤다.

아버지는 평생 집 나간 엄마를 찾아다녔다. 덕분에 집안의 가장으로서의 의무를 다하지 않았다. 생업을 팽개치고 늦가을부터 겨울 동안 집을 나가기 일쑤였다. 행선지도 밝히지 않았다. 제비가 떠날 즈음 사라졌고, 제비가 돌아오면 같이 돌아왔다.

지동이는 할머니가 돌아가신 수년 전 겨울을 기억한다. 그날 그는 아버지의 부재를 비참한 심정으로 실감했다. 군대에서 휴가를 나와 빈소를 홀로 지켰다. 그날 지동이는 해도 해도 너무한다는 생각에 평생 아버지를 증오하기로 마음먹었다. 그 후로 지동이는 아버지와 인연을 끊다시피 했다. 서울에서 대학을 졸업하고 잠시 직장 생활을 하는 동안에도 그리고 완주군에 내려와서도 연락을 끊고 줄곧 고시원에서 혼자 살았다.

지동이는 선미에게 자신이 증오하는 아버지 얘기를 하고 싶었다. 왜 그런지 모르지만 선미 앞에서는 솔직해지고 싶었다. 그는 천천히 입을 열었다.

"선미야, 난…… 선녀와 나무꾼 전설을 믿지 않아. 그건 너도 알지? 난 그것 솔직히 거짓말이라고 생각해. 게다가 완주군만의 독특한 전설도 아니잖아. 저 멀리 몽골에도 같은 전설이 있어."

"알아. 사람 사는 모습이 거기서 거기니까, 전설도 비슷하기 마련이지. 하지만, 우리 군에서만큼은 선녀와 나무꾼은 전설이 아니야."

"하지만, 난 우리 아버지 때문에라도 선녀 이야기를 믿고 싶지 않아."

갑자기 지동이가 목소리를 높였다.

"사실 우리 아버지는 엄마를 선녀라고 믿는 분이셔. 그게 말이 되니?"

"엄마가 선녀시구나."

"아냐, 절대로 아니야. 할머니 말로는 타향에서 온 고아처녀였대. 결혼할 때 가족 중에서 아무도 오지 않았다지. 하지만 착하고 어여쁘셨대. 그리고 불쌍하다고 말씀하셨지. 그런데 아버지는 할머니가 엄마 얘기를 하면 불같이 화를 냈어. 아버지는 괴팍한 사람이야. 게다가 무능력자지. 가정을 돌보지 않았고, 엄마를 찾는답시고 자기 인생 없이 일평생 떠돌아다니셨어.”

지동이가 흥분을 하자 선미가 손을 잡아주었다.

“하지만 그분, 좋은 아버지이고 싶었을 거야.”

선미의 말에 지동이는 아버지와 좋았던 시절을 떠올려 보았다. 아예 없던 것은 아니었다. 지동이는 아버지와 함께 만든 모형 비행기를 하늘에 날렸던 기억이 났다. 아버지는 공중을 가르는 비행기를 보면서 이렇게 말했었다.

“지동아, 저걸 타고 나중에 같이 엄마한테 가자.”

하긴 어쩌면 집 나간 엄마를 찾아 헤매는 바보짓만 하지 않았으면 좋은 아버지였을지도 모른다. 아니 틀림없이 늦가을부터 봄까지 사라지는 기행만 아니면 좋은 아버지였을 것이다. 하지만, 불행히도 아버지는 그렇지가 않았다. 순간 지동이의 눈가가 붉어졌다. 그는 북받치는 감정을 억눌렀다. 지동이는 아버지가 밉기도 했지만 불쌍했다. 현재 아버지는 암 투병 중이었다.

며칠 전 몰래 들른 나무꾼 주유소에서 먹는 항암제를 발견했다. 병원에 문의했더니 의사는 이렇게 말했다.

“아버님은 해를 넘기지 못합니다.”

*

이듬해 부선이는 건강한 사내아이를 낳았다. 목남 씨는 아이의 이름을 지동(地童)이라고 지었다. ‘땅의 아이’ 라는 뜻이었다. 부선이가 ‘선녀의 아이' 라는 뜻으로 선동(仙童)이라고 짓자고 하는 것을 목남 씨는 끝까지 들어 주지 않았다. 오히려 상반되는 뜻으로 지었다. 그것은 부선이의 하늘나라 타령을 노골적으로 비난하기 위해서였다.

그즈음 목남 씨는 변했다. 심술궂은 남편이 되어 있었다. 전처럼 웃지도 않았다. 자기가 하고 싶은 말만 하고, 단 한 번도 자기 뜻을 굽히지 않았다. 부선이는 힘들었다. 시어머니와 팥쥐 같은 시누이의 등쌀보다 남편의 독선에 더욱 가슴이 아팠다. 그때마다 부선이는 '일 년만 참자, 일 년만 참자.' 하고 중얼거렸다.

하지만, 또다시 일 년이 지나 지동이의 돌이 되었어도 그녀는 떠나지 않았다. 지동이의 재롱을 보면서 행복해하는 목남 씨를 보면서 '그래, 일 년만 참자, 일 년만 참자.' 하고 여전히 중얼거릴 뿐이었다. 그렇게 또 일 년이 가고, 일 년이 또 지났다.

그날은 지동이의 세 번째 생일이었다. 목남 씨는 직장에서 돌아와 여느 때처럼 지동이와 놀아주었다. 그는 동화책을 읽어주었다. 부선이는 말없이 부자를 바라보았다. 아빠의 양반다리 위에 앉아 어쭙잖게 양반다리를 하고 있는 지동이가 귀여웠다. 지동이는 엄지발가락을 만지작거렸다. 엄지발가락을 만지는 것은 양반다리를 할 때마다 목남 씨가 하는 버릇이었다. 과연 부전자전이다.

부선이는 결심이 흔들리는 것을 느꼈다. 그래서 마음을 다시 다잡았다. 그녀는 오늘만큼은 무슨 일이 생겨도 지동이와 함께 하늘나라로 돌아갈 계획이었다. 그래서 이미 낮에 사슴 아주머니에게 맡긴 날개옷도 돌려받았다.

"목남 씨가 불쌍하네. 에구, 불쌍해서 어떻게 하누."

사슴 아주머니는 그렇게 말했지만 부선이의 마음을 이해해 주었다.

"아주머니, 저희 목남 씨 잘 좀 부탁해요."

부선이가 말했다.

그날 밤 부선이는 발목에 묶인 실을 끊었다. 실은 어금니로 물고 잡아당기자 쉽게 끊어졌다. 그녀는 허탈하고 씁쓸했다. 이토록 나약한 실의 묶음에 의존할 정도로 자신에 대한 남편의 믿음은 약했던 것일까. 부선이는 그런 상념에 빠져 남편의 잠든 모습을 오랫동안 바라보았다. '나쁜 사람. 그리고 불쌍한 사람.' 그녀는 속으로 중얼거렸다. '당신을 사랑하지만, 나는 당신의 사랑에 더는 견딜 수가 없어요. 미안해요.' 부선이는 끝내 눈물을 지었다. 그리고 그 눈물이 마르기 전에 집을 나섰다. 고이 잠든 지동이를 가슴에 안고 산을 올랐다.

그런데 그녀 뒤를 쫓는 이가 있었다. 목남 씨였다. 그즈음 목남 씨는 부선이의 들뜬 마음을 눈치챘다. 그래서 밤이 되면 문단속을 핑계로 누군가 문을 열면 방울 소리가 울리게 해두었다. 방울 소리에 목남 씨는 자리에서 일어나 사태를 파악했다. 옆에서 자던 사람이 비운 자리는 횅했다. 우묵하게 패여 있는 이부자리처럼 마음의 한가운데가 깊이 패었다.

한밤중에 선녀탕으로 가는 길은 험했다. 부선이는 선녀탕으로 향하는 입구에 도달했을 때 가쁜 숨을 몰아쉬었다. 그녀는 물푸레나무와 오리나무 사이의 거미줄 앞에 서서 한동안 주저했다. 이 길을 들어서면 오솔길이 나오고, 오솔길을 지나면 바로 선녀탕이었다. 마침 오늘은 선녀들이 목욕을 하는 날이었다. 자신을 반겨줄 친구들을 오랜만에 만날 생각에 그녀는 흥분이 되었다. 그렇지만 자신의 선택이 옳은 것인지 마지막으로 점검해 보았다.

부선이는 천천히 뒤를 돌아보았다. 지상에서의 4년. 나쁘지 않았지만 왠지 앞으로 점차 나빠질 것 같았다. 이내 부선이는 결심을 굳혔다. 그녀는 중얼거리며 거미줄 아래를 통과했다. '잘 있어요, 내 사랑.'

목남 씨는 소나무 뒤에서 부선이의 모습을 지켜보았다. 아들을 데리고 어디로 가는 걸까. 목남 씨는 궁금했다. 혹시 부선이는 진짜 선녀가 아닐까. 목남 씨는 갑자기 헷갈리기 시작했다. 왜냐하면 그녀가 입고 있는 옷에서 빛이 났기 때문이었다. 부선이가 시키면 어둠을 뚫고 쉽게 산을 오를 수 있었던 건 환한 빛을 내뿜는 날개옷 덕분이었다. 또 그 덕에 목남 씨의 미행도 성공적이었다.

목남 씨는 부선이의 날개옷이 내뿜는 빛을 따라 결국 선녀탕까지 들어갈 수 있었다. 그가 선녀탕에 다다르자 여자들의 웃음소리가 들렸다. 고즈넉한 새벽 공기를 뒤흔드는 높다란 웃음소리였다. 목남 씨가 폭포 위 바위에 납작 엎드려서 보니 반쯤 발가벗은 여자들이 물장구를 치고 있었다. 또 몇몇은 홑겹의 하얀 옷을 걸치고 물가에 앉아 무언가를 가운데에 두고 호들갑을 떨고 있었다. 그녀들이 이렇게 말하고 있었다.

"부선아, 애기가 정말 귀엽다."

"어머나, 애 자는 모습이 완전히 천사네."

"나도 이런 아기 낳고 싶어."

여자들은 동시에 까르르대며 웃었다.

잠시 후 여자들이 다시 물에 들어가자 가려져 있던 부선이가 보였다. 부선이는 물가에 앉아 잠든 지동이를 꼭 끌어안고 엉덩이를 토닥거리며 있었다. 목남 씨는 어떻게 할지를 몰랐다. 빛을 내뿜는 날개옷을 입은 부선이와 한밤중에 산속에서 목욕을 즐기는 여자들이라니. 마치 자신이 몇 시간 전에 지동이에게 읽어주었던 선녀와 나무꾼 동화 속으로 들어온 것 같았다.

전설대로라면 부선이는 지동이를 데리고 하늘나라로 올라갈 것이 뻔했다. 이대로 있다간 꼼짝없이 그는 외톨이 신세가 되게 생겼다. 당장 무슨 수를 써야 했다. 목남 씨가 그런 고민을 하는 사이에 선녀들이 목욕을 마치고 물에서 나왔다. 선녀들은 오들오들 떨면서 한쪽에 마련된 모닥불로 가서 몸을 녹였다. 그런데 선녀들의 젖은 옷자락에서 물이 떨어져 불이 꺼지고 말았다. 선녀들은 당황하며 불을 살리려 했으나 쉽지 않았다. 그때 부선이가 나섰다. 그녀는 모닥불을 살리려고 잠시 지동이 곁을 떠났다.

목남 씨는 그 기회를 놓치지 않았다. 그는 살금살금 기어 지동이가 있는 곳으로 갔다. 지동이는 세상모르고 자고 있었다. 목남 씨는 지동이를 안고 폭포 뒤 바위로 돌아가려고 했다. 그런데 선녀들 중 하나가 그를 보았다.

"저기, 사람이 있어. 남자잖아. 까악!"

선녀들이 일제히 소리를 질렀다. 그녀들은 혼란스럽게 움직이며 자신들의 날개옷을 서둘러 입었다. 그녀들이 빛을 내뿜는 날개옷을 입고 어수선하게 돌아다니자 주변은 흡사 대낮처럼 밝아졌다. 빛을 내뿜는 날개들이 여기저기서 펄럭이는 통에 목남 씨는 거의 눈이 부실 지경이었다. 그런 복잡한 상황에서도 모닥불 옆에서 멍하니 앉아있는 부선이가 또렷이 보였다. 목남 씨가 보기에 그녀는 넋을 놓고 있었다. 부선이는 자신의 날개옷이 뒤늦게 살아난 모닥불에 타고 있는지도 모를 정도로 멍해 있었다. 한 선녀가 부선이를 뒤로 끌어냈을 때 이미 날개옷의 절반이 탄 뒤였다.

"여보, 지동이를 돌려주세요."

부선이가 손을 내밀며 기운 없이 말했다.

하지만 목남 씨는 될 대로 되라는 극단적인 심정이었다. 그는 부선이를 잡아당기며 함께 하늘로 올라가려고 시도하는 선녀들을 향해 돌덩이들을 던지고 있었다. 그 중 한 개가 한 선녀의 이마를 맞혔다. 선녀의 이마에선 한 줄기 피가 흘렀다. 선녀는 화가 났다. 그녀는 머리에 꽂혀 있던 비녀를 뽑아들고 목남 씨에게 다가와 대항했다.

목남 씨는 아랑곳하지 않았다. 오히려 모닥불의 불타는 나무토막을 집어 들고 다가오는 선녀에게 달려들었다. 선녀는 행여 날개옷이 탈까 봐 저항도 하지 못하고 뒤로 물러섰다. 다른 선녀들도 목남 씨를 자극하지 않기로 마음먹었다. 그녀들은 동시에 발뒤꿈치를 세우고 하늘로 솟아오르기 시작했다. 그에 따라 부선이도 공중으로 떠올랐다. 물론 부선이는 발버둥을 치며 지상에 남으려고 했다. 하지만 선녀들은 불붙은 몽둥이를 미친 듯이 휘두르는 남자 앞에 부선이를 남겨둘 수가 없었다. 선녀들은 부선이의 양팔을 거의 포박하고 날갯짓을 힘차게 했다. 그렇게 부선이는 멀어져 갔다.

"지동아! 지동아! 내 아들 지동아!"

부선이의 외침이 밤하늘에 메아리처럼 울렸다.

목남 씨는 어찌할 바를 몰랐다. 한동안 그는 늑대처럼 울부짖었다. 화를 삭이려고 물속으로 수차례 들어갔다 나왔다. 이미 모닥불은 꺼졌고 찬바람이 불었다. 밤은 어두웠다. 때마침 달도 구름에 가려 온통 암흑이었다. 목남 씨의 마음도 그러했다. 춥고 절망적이고 어두웠다. 그는 죽을 생각으로 물속으로 뛰어들었다.

물속에서 한참 숨을 참고 있는데, 어디선가 먹먹한 울음소리가 들렸다. 아기의 울음소리였다. 목남 씨는 물속에서 바삐 빠져나와 지동이를 향해 뛰었다. 그가 지동이에게 다가가자 지동이는 울음을 뚝 그쳤다. 지동이는 숨이 막히는 듯한 표정을 짓고 있었다. 고개를 빳빳이 펴고, 두 눈은 커다래진 상태로 숨을 멈추고 있었다. 너무 놀라서 경기가 든 것이다. 목남 씨는 지동이를 흔들었다. 잠시 후 고집스럽게 숨을 참던 지동이가 가쁜 숨을 토해냈다. 그러고는 다시 울기 시작했다. 목남 씨도 지동이를 끌어안고 울었다. 그렇게 이별의 밤은 지나갔다.

*

지동과 선미는 산속으로 기름통을 들고 간 사내가 있다고 신고한 제보자를 만났다. 제보자는 노인이었지만 험상궂은데다가 눈빛이 형형했다. 마치 화가 난 사람처럼 보였다. 실제로 화가 난 목소리로 이렇게 말했다.

"그놈을 내가 봤지. 그놈은 저기 사슴길로 올라갔지."

"사슴길이요?"

지동이가 물었다.

"그래. 사슴들이 다니는 길이지. 난 그 길을 누구보다 잘 알지."

"다리가 불편하신데, 등산을 다니시나 봐요?"

"그럼, 난 아직 멀쩡해. 넓적다리에 총알이 박혔어도 난 뛰어다닐 수가 있거든."

노인은 두 다리를 차례로 번쩍번쩍 들며 제자리걸음을 했다. 한쪽으로 기운 모습이 위태로워 보여 지동이가 부축을 해주었다. 그러자 노인이 버럭 성을 냈다.

"난 누구의 도움도 필요치 않아. 이 산속에선 내가 왕이니까."

지동이의 손길을 뿌리치고는 노인은 이렇게 덧붙였다.

"하지만 평생 산을 헤집고 다녀도 못 찾는 길이 하나 있거든."

노인은 비열한 미소를 지었다. 지동이는 어디선가 본 듯한 그 불쾌한 미소에 시선을 피하고 고개를 돌렸다. 먼발치에서 선미가 자기 쪽을 바라보면서 경찰관과 소곤거리고 있었다. 지동이는 선미가 있는 곳과 반대쪽으로 몇 걸음 움직였다. 키가 큰 물푸레나무 한 그루가 보였다. 나무의 오른편 가지는 ㄱ자로 부러져 있었다. 그리고 그 가지와 옆의 오리나무 사이에 거미줄이 쳐 있었다. 노인은 기름통을 든 사내가 옛날에 자기를 총으로 쏜 미친놈이라고 말을 하면서 지동 옆으로 다가왔다.

"여길 지나면, 선녀탕이 나오지. 그놈은 거길 간 거야."

"영감님도 선녀탕을 믿는군요?"

"그럼, 믿고말고. 자넨 믿지 않나?"

"네."

노인은 알쏭달쏭한 미소를 지었다. 그러고는 주머니에서 손전등을 하나 꺼냈다.

"이거 받아. 이따가 해지고 산에 오를 때 요긴할 거야."

"제가 산에 올라요?"

"그래. 그 미친놈을 잡아야 할 것 아냐?"

"그렇긴 하죠."

지동이는 손전등을 받고는 고개를 끄덕거렸다. 선미가 다가왔다.

"저기 계신 경찰이 집까지 모셔다 드릴 겁니다."

선미가 노인에게 말했다.

"안 가!"

노인은 핏발선 눈으로 선미를 노려봤다. 잠시 둘 사이에 팽팽한 긴장감이 감돌았다. 별 수 없이 지동이가 끼어들었다.

"영감님, 안전을 생각해야지요. 이제 어두워지니까요."

노인은 지동이의 말에는 수긍했다. 잠시 후 그는 경찰에게 부축은 받지 않겠다고 소리를 고래고래 지르면서 산에서 내려갔다.

"자, 신참. 지금부터 우린 탐험을 할 거야. 준비됐지?"

선미가 말했다.

"탐험이라고?"

"응, 우린 지금 선녀탕을 갈 거야."

"좋아, 만일 그게 있다면 말이지."

"있고말고."

"그렇다면야, 선녀들의 알몸 볼 기회를 잃진 말아야겠지."

지동이가 자못 호기롭게 말했다.

"근데 미안해서 어쩌나? 선녀들은 잠시 후 떠나거든."

선미가 야광손목시계를 보며 웃었다.

"그리고 부탁인데, 거기 가서 너무 놀라진 마. 거긴 너의 과거가 있으니까."

"또 알 수 없는 말을 하는구나. 어쨌든 오늘 하루는 고참 님께서 시키는 대로 할 테니까, 앞장서시죠."

지동이가 손전등을 켰다.

"제법인데. 그런 건 언제 준비했어?"

선미가 그렇게 말하면서 물푸레나무와 오리나무 사이에 쳐진 거미줄 아래를 통과했다. 선미를 따라 지동이도 거미줄을 지났다.

그들은 서서히 어두워지는 산길을 오르면서 이런저런 대화를 했다. 선미는 캐스케이드 산을 등반한 얘기를 했고, 지동이도 질세라 지리산 종주를 한 얘기를 했다. 이따금 그들은 선녀와 나무꾼 이야기도 했다.

"난 네 엄마가 선녀라고 믿어. 완주군에는 흔한 일이거든."

선미가 그렇게 말하자 지동이가 이렇게 대꾸했다.

"우리 엄마가 선녀라면, 너도 선녀일 거야."

그들은 웃었다. 그 웃음소리에 나무 위에 앉아있던 올빼미가 날아올랐다.

"우리 아버지는 현실을 왜곡한 거야. 오래전 엄마는 우리 가족을 버리고, 정확하게 말하면 아빠의 무능이 지겨워서 떠났는데, 그게 내심 괴로우니까 전설을 통해 현실을 회피한 거지. 겁쟁이."

지동이가 이런 말을 할 땐, 이미 이슥한 밤이 되어 있었다. 그들은 손전등 빛에 온전하게 의존해 선녀탕으로 향하는 오솔길을 걸었다. 그런데 그 손전등에 위치추적기가 달린 것을 그들은 까마득히 몰랐다. 그 시각 산 아래에서 제보자 노인은 자신의 형과 만나 엽총을 들고 흐뭇한 미소를 짓고 있었다. 노인의 형은 위치추적 상태를 알려주는 단말기를 들여다보고 있었다. 그의 수염은 오후보다 훨씬 자라 있었다. 하지만 흉터를 전부 가리지는 못했다. 휘영청 달빛에 반달형의 흉터가 반짝였다.

*

선녀들이 밤하늘을 수놓으며 지상에 닿고 난 뒤에 벼락 하나가 뒤늦게 떨어졌다. 그러자 시커먼 공중에 커다란 두레박 하나가 모습을 드러냈다. 두레박은 동아줄에 매여져 있었고 두레박 안에는 선녀가 타고 있었다. 다름 아닌 부선이었다.

27년 전에 목남 씨가 선녀들에게 행패를 부리는 바람에 부선이는 선녀 자격이 박탈되었다. 선녀들의 시중을 드는 신분으로 전락한 것인데, 아닌 게 아니라 부선이의 신세는 한없이 초라했다. 그녀는 27년 전에 모닥불에 타버린, 세월이 지나 더욱 누추해진 날개옷을 입고 있었다. 그 옷으로는 스스로의 힘으로 지상에 내려오지도 하늘로 올라가지도 못한다. 그래서 두레박을 타고 오르내렸던 것이다.

부선이는 두레박에서 내리자 허드렛일을 시작했다. 선녀들이 아무렇게나 벗어둔 날개옷을 한쪽에 정리한다거나 물가에서 모난 자갈을 골랐다. 모난 자갈은 선녀들의 발바닥을 다치게 했다. 때문에 부선이는 게으름 피울 시간이 없었다. 그랬다간 자갈보다 모난 선녀들의 투정을 들어야 했다.

물에서 갓 나온 선녀들이 춥다면서 천막 안으로 들어갈 때서야 부선이에게 쉴 틈이 생겼다. 예전 같으면 오히려 모닥불을 피우느라 정신이 없을 시간이었다. 부선이는 불을 살리기 위해 입으로 '호오' 하고 부느라 얼굴에 온통 검댕이가 묻고는 했었다. 그러면 선녀들이 재와 먼지로 시커멓게 얼룩진 부선이의 얼굴을 보고 깔깔댔다. 특히 목남 씨에게 돌을 맞아 이마에 십자 모양의 흉터가 생긴 선녀가 가장 크게 웃었다. 그녀는 이렇게 조롱하고는 했다.

"꼴좋다. 선녀 얼굴에 먹칠하더니, 이젠 숯칠까지 하는구나. 하긴 이젠 넌 선녀도 아니지?"

선녀의 조롱을 받는 부선이 얘기를 사슴 아주머니는 목남 씨에게 전하지 않을 수가 없었다. 그 뒤로 그가 모닥불 나무를 대기 시작했다. 목남 씨는 선녀들이 내려오기 전에 모닥불에 불씨를 살려놓았다. 그리고 그녀들이 오기 전에 서둘러 산을 내려갔다. 물론 부선이도 그러한 사실을 알고 있었다. 사슴 아주머니가 말해 주었다. 사슴 아주머니는 목남 씨와 부선이 사이의 다리 역할을 톡톡히 했다. 아무튼 그렇게 세월이 흐르고, 대략 17년 전부터는 석유난로가 그 자리를 대신하고 있었다.

목남 씨는 고개를 내밀어 고단한 몸을 바위에 기대고 잠시 쉬는 부선이를 바라보았다. 부선이는 사슴 아주머니와 잡담을 나누고 있었다. 사슴 아주머니는 지동이 근황을 들려주었다. 부선이는 지동이 얘기를 들을 때마다 가슴이 미어졌다.

"그 애는 잘 지내. 이번에 완주군에 취직도 했다지."

사슴 아주머니가 말했다.

"역시 거기에 취직이 되었군요. 잘 됐네요."

부선이는 활짝 웃었다.

"근데 바로 오늘이죠?"

급하게 웃음을 지운 부선이가 물었다. 그 말에 사슴 아주머니는 다소 굳은 표정으로 고개를 끄덕였다. 부선이는 주변을 둘러보았다. 선녀들이 천막 안에서 재잘거리고 있었다. 그녀는 주위를 경계하며 바위 위로 오르기 시작했다.

부선이가 다가오는 모습을 보고 목남 씨는 바짝 긴장을 했다. 그는 벌떡 일어나서 무릎에 묻은 흙을 털어내고, 손수건으로 구두에 광을 냈다.

"오랜만이에요."

어느새 다가온 부선이가 입을 열었다.

"응. 오랜만이야. 남방에서 보고 7년만인가."

"네. 이젠 남쪽 나라 파견근무 안 가겠죠?"

"그렇겠지."

"당신 일을 지동이가 하게 되었다고 들었어요."

"그렇게 됐지. 이젠 그 아이도 나를 이해하게 될 거야."

"늘 고마웠어요. 난로나 그 밖의 도움들이요. 하늘에서도 감명하고 있어요."

"아냐. 난 그냥 죗값을 치른 거야."

둘은 잠시 말이 없어졌다. 때마침 여름 철새가 하늘을 가르면서 남쪽으로 이동하고 있었다.

"항상 제비들하고 같이 움직였죠?"

"응. 난 당신이 가는 곳은 어디든 가지."

둘은 다시 말이 없어졌다.

"오늘, 마음의 준비는 된 건가요?"

"어차피 의사는 해를 넘기지 못한대. 지금 가나, 그때 가나야. 그리고 무엇보다 난…… 당신과 하루빨리 함께하고 싶으니까……."

목남 씨의 목소리는 웅얼거리고 뒤로 갈수록 줄어들었다.

"암이라고 했죠?"

부선이는 목남 씨의 웅얼거림이 그다지 마음에 들지 않았다. 그래서 일부러 쌀쌀맞게 물었다. 그러자 목남 씨가 고개를 푹 숙였다. 부선이는 고개를 숙인 남편의 정수리를 바라보았다. 숲의 빈터처럼 훤히 비어 있었고 주변부는 희끗희끗했다. 평생 자신을 위해 산 남자가 늙어 있었다.

목남 씨는 군대를 전역한 뒤에 완주군 천지교류과에 자원하여 하늘과 땅의 교류를 위해 애써왔다. 완주군에 겨울이 찾아오면 선녀들은 따뜻한 남쪽 나라에서 목욕을 즐기는데, 그 이동경로를 따라서 함께 움직였다. 지난 세월 동안 그는 자기 인생이 없었다. 부선이를 위해서 완주군과 남쪽세상에서 열심히 모닥불을 댔다. 부선이를 위한 나무꾼으로 평생을 산 것이다. 그러다가 이렇게 나이를 먹고 덜컥 병이 들었다. 부선이는 형편없이 가늘어진 목남 씨의 손목을 잡았다. 목남 씨는 고개만 주억거리고 있었다.

"못난 사람, 언제까지 그렇게 죄진 사람 표정 지을 거예요?"

부선이는 목남 씨를 부드럽게 안아주었다. 목남 씨는 눈물이 왈칵 쏟아졌다. 고마워, 고마워. 그는 입엣소리로 웅얼거렸다. 그렇게 웅얼거리는 목남 씨의 입술 위에 부선이의 입술이 포개어졌다. 그리고 그들은 그동안 억누르던 서로에 대한 갈망을 몸짓으로 표출했다.

잠시 후 선녀들이 돌아갈 채비를 하는지 소란스러워졌다. 밑에서 부선이를 찾는 소리가 들렸다.

"이제 곧 선녀들이 갈 거예요. 그때까지 여기 잠자코 있어요. 그리고 저랑 두레박 타고 올라가면 돼요. 원래 살아있는 사람은 올라가지 못하지만, 그동안 당신의 봉사정신에 하늘이 감동한 모양인지 허락을 해주었어요."

"알았어."

"근데 저건 뭐죠?"

부선이는 옷매무새를 고치며 물었다.

"아, 생일케이크. 오늘 지동이 생일이거든. 곧 그 애가 올 거야."

지동이가 온다는 소리에 부선이 가슴이 쿵쾅거렸다. '그 애가 온다고요? 우리 지동이가.'

*

지동이와 선미가 선녀탕에 닿았을 땐 이미 선녀들이 목욕을 마치고 하늘나라로 돌아간 뒤였다. 부선이는 아직도 진정이 되지 않는 가슴으로 천막 안에 앉아 있었고, 목남 씨는 사슴 아주머니와 함께 서서 밤하늘에서 두레박이 내려오길 기다리고 있었다.

"이 과장님. 안녕하세요."

선미가 목남 씨에게 아는 척을 했다. 목남 씨가 소리 들리는 쪽을 보았다. 둥근 모양의 손전등 빛이 자신을 비추고 있었다. 그 빛 뒤로 두 사람의 형체가 거뭇하게 보였다. 목남 씨는 두 사람 중에 키가 작은 쪽을 바라보면서 말했다.

"선미, 와 주었군."

"네, 과장님. 은퇴하시면서 인사 없이 가서서 섭섭했어요."

선미가 대답했다.

"우리 일이 다 그렇지. 소리 없이 일하니, 소리 없이 떠나야지."

"아버지."

둘의 대화에 키가 큰 쪽이 끼어들었다. 지동이었다. 그는 천천히 목남 씨 쪽으로 다가오며 말을 이었다.

"아무리 소리 없이 떠나서도 저한테까지 말하지 않으려고 했나요?"

"지동아, 사실 그게 말이다……."

"변명은 마세요. 오면서 선미한테 얘기 다 들었으니까요."

지동이가 목남 씨의 말을 끊었다.

"정말 놀라운 얘기더군요. 제 전임이신 이 과장님이 아버지셨다니."

지동이가 손전등으로 목남 씨의 얼굴을 쏘아대듯이 비췄다. 목남 씨는 눈이 부셔서 눈을 찡그렸다. 그는 불빛에 고통스러워 하면서도 아무 말도 하지 않았다. 고약한 행위였기에 사슴 아주머니가 나섰다.

"버릇없구나. 관두지 못하겠니."

사슴 아주머니의 지팡이가 지동의 손목을 내리쳤다. 그 바람에 손전등은 바닥에 떨어졌다. 전구가 깨졌다. 주변은 다시 빛 한 점 없이 어두워졌다.

손전등의 전구는 깨졌지만 위치추적기는 여전히 작동했다. 같은 시각 사냥꾼 형제는 앞서거니 뒤서거니 하면서 산을 오르고 있었다. 형은 동생에게 침착하게 행동하라고 말했다.

"넌 항상 성질부터 부리니까 그 모양인 거야. 네가 나처럼 어릴 적에 작두에 턱을 다치는 경험을 했다면 이렇게까지는 경솔하진 않았을 텐데."

그러자 동생은 이렇게 대꾸했다.

"형은 언제나 나만 탓하지."

그들은 그렇게 티격태격했다. 그러는 사이에 선녀탕에 닿았다.

"가만. 폭포 소리야, 조용해 봐."

형 사냥꾼이 말했다.

과연 낙수 소리가 들렸다. 그리고 말소리도 들렸다. 어림잡아 세 명의 소리였다. 그들은 제각각 목소리를 높이고 있었다. 늙은 여자의 것으로 짐작되는 성난 목소리가 말했다.

"이 고얀 놈아, 아버지한테 이게 무슨 말버릇이더냐?"

순간 형 사냥꾼의 입가가 옆으로 찢어졌다. 그는 동생에게 이렇게 속삭였다.

"사슴이군. 역시 아직까지 완주군에는 야생사슴이 있다니까. 오랜만에 즐거움 좀 맛보겠군."

그는 엽총의 총신을 손바닥으로 매만졌다. 이윽고 젊은 여자의 목소리가 들렸다.

"지동아, 내가 다 설명했잖니. 그러니 아버지를 이해해 줘."

"일평생 가족을 비참하게 만드는 일이라면, 난 천지교류과 일 관두겠어. 내 얘기는 이 과장님 후임은 물론 이목남 씨의 아들 노릇도 정중하게 사양하겠다는 뜻이야. 이렇게 흉계를 꾸미고 용서를 빌면 내가 좋아할 줄 알아?"

사냥꾼 형제 중 동생이 "이 목소리는 새로 온 신참이군. 한눈에 알아봤지. 이 과장 아들이더군."하고 중얼거리며 소리가 들리는 쪽을 향하여 총구를 내밀었다. 그러고는 총기에 붙은 적외선 조준경을 통해 아래를 살폈다. 여태 세 명의 목소리만 교대로 들렸지만 한 사람이 더 보였다. 꿀 먹은 벙어리처럼 가만히 서서 고개만 주억거리는 목남 씨였다. 동생 사냥꾼은 회심의 미소를 지었다. 그는 목남 씨의 넓적다리를 정확하게 조준하고 방아쇠에 힘을 줬다. 그러자 형 사냥꾼이 말했다.

"기다려 봐. 더 좋은 기회가 있을 거야."

지동이는 더 이상 화를 주체하지 못했다. 급기야 그는 크게 울부짖었다. 그는 어떤 설명에도 이해가 되지 않았고, 세상에서 가장 증오하는 아버지와 산에서 혼자 사는 미친 노파와 더는 말싸움을 하고 싶지 않았다. 심지어 짝사랑했던 선미조차도 불편해졌다. 지동이는 홧김에 산을 내려가기 시작했다.

"지동아!"

그제야 목남 씨가 침묵을 깨고 입을 열었다. 그러나 그 소리에 지동이의 발목에 좀 더 힘이 들어갔다. 그는 아버지의 목소리가 듣기 싫었다. 그래서 뛰었다. 한참을 그렇게 뛰어 내려가다가 땅 위로 튀어나온 나무뿌리에 발목이 걸려 넘어졌다. 그리고 잠시 정신을 잃었다.

지동이 정신을 차렸을 때 그는 어둠 속에 홀로 있었다. 그를 부르는 목남 씨의 염려스러운 목소리도 들리지 않았다. 순간 지동이는 악몽이 떠올랐다. 세 살 무렵 산속에 혼자 남겨졌던 그 기억이었다. 등줄기에 땀이 흐르고 숨이 턱턱 막혔다. 고개가 뻣뻣이 세워진 채로 경직되고, 두 눈이 커다래졌다. 그는 경기가 든 것처럼 온몸을 바들바들 떨었다. 그는 소리치려고 했다. 그러나 27년 전 그날처럼 입 밖으로 소리가 나오지 않았다. 숨이 차서, 입엣소리로 웅얼거릴 뿐이었다. 엄마…… 아빠…… 엄마…… 아빠…….

"지동아. 지동아."

그때 티 없이 맑은 여자의 목소리가 들렸다. 지동이는 고개가 자연스럽게 돌아가지 않아 온몸을 비틀면서 힘겹게 소리 나는 쪽을 보았다. 은은하게 타오르는 빛이 보였다. 그 빛이 시커먼 어둠을 몰아내며 지동이 쪽으로 다가오고 있었다. 자세히 보니 빛은 옷이었다. 그리고 그 빛의 옷을 한 여자가 입고 있었다. 그녀가 말했다.

"지동아! 그래, 엄마다. 엄마가 여기 있어."

여자가 지동이의 어깨를 부여잡고 흔들었다. 그리고 말없이 흐느꼈다. 지동이는 온몸에 경련을 일으키며 자신의 몸으로부터 여자를 떨어뜨리려 애를 썼다. 그러면서 여자의 얼굴을 자세히 보려고 했다. 그는 지금의 상황을 선뜻 이해할 수가 없었다. 하지만 이상하게도 이 여자가 싫지는 않았다. 여자의 말대로라면 그녀는 자신의 엄마였다. 어릴 적에 헤어져 얼굴이 기억나지 않는 엄마, 할머니 말로는 착하고 어여뻤다는 엄마, 아빠 말로는 선녀처럼 아름다웠다는 엄마였다. 지동이의 눈앞에, 그가 평생 그리던 엄마가 눈앞에 있었다.

지동이는 악몽에서 깨어날 때처럼 긴장이 풀리는 것을 느꼈다. 그 순간 숨이 막혀 가슴 속에 갇혀 있던 공기와 함께 그 무언가가 한꺼번에 터져 나왔다. 그는 엄마를 끌어안고 꺼이꺼이 소리 내어 울었다.

*

한 시간 뒤 하늘에서 두레박이 내려왔다. 두레박에 목남 씨와 부선이가 올라탔다. 두레박 주위로 둥근 번개 두 개가 돌아다녔다. 두레박이 하늘나라로 무사히 올라갈 때까지 주변을 밝혀줄 번개였다.

"잘 있거라, 아들아. 염치없지만 난 네가 천지교류과 일을 잘할 거라고 믿는다. 주유소도 맡아주길 바란다."

목남 씨가 말했다.

지동이는 아무 대답도 하지 않았다. 사슴 아주머니의 매개로 부자는 손을 맞잡았다. 시간은 많지 않았다. 둥근 번개들이 자꾸 재촉했다. 빛이 커졌다 작아졌다 했다. 동시에 동아줄이 팽팽해졌다. 부선이가 눈물을 훔치며 급하게 말했다.

"지동아, 우린 내년 봄에 여기서 볼 수 있을 거야. 그때 보자."

지동이는 여전히 아무 대답도 하지 않았다. 대신에 선미가 대답했다.

"걱정하지 마세요, 선녀님. 그동안 신참 교육 잘 시켜 놓을 테니까, 우리 내년 봄에 꼭 봬요."

선미가 지동이의 옆구리를 찌르자 지동이가 고개만 끄덕였다.

두레박이 서서히 공중으로 뜨기 시작했다. 어느 정도 올라가자 목남 씨의 눈에 뜯지 않은 케이크 상자가 보였다. 그는 외쳤다.

"저기, 케이크를 사왔단다. 초를 밝히지 못해서 미안하구나. 아들아, 서른 번째 생일 축하한다."

그 순간이었다. 귀를 찢는 총소리가 들렸다. 그와 함께 두레박이 뒤뚱거렸다. 이어서 다시 한 번 총소리가 들렸고, 이번에는 두레박이 아래로 곤두박질쳤다. 동아줄이 총알에 끊어진 모양이었다. 그렇게 두레박이 땅으로 추락하자 둥근 번개들은 갑자기 모습을 감췄다. 다시 시커먼 어둠에 휩싸였다.

"아버지, 어머니……."

어둠 속에서 지동이가 외쳤다. 지동이가 어둠 속을 더듬으며 찾아낸 목남 씨와 부선이는 괜찮다며 오히려 아들을 위로했다. 그때 등 뒤에서 밝은 손전등 빛이 번쩍거리면서 사냥꾼 형제가 내려왔다.

"넌 시키지도 않은 일을 하고 그러냐?"

형 사냥꾼이 말했다.

"내가 아니면 형이 쏠 거였잖아?"

동생 사냥꾼이 말했다.

"난 사업가야. 총으로 일을 하지 않아. 어쨌든 여기에 우리 원수들이 다 모였구나. 어차피 이렇게 된 거, 동생아 다 쏴도 좋다. 그리고 오늘 날짜로 선녀탕은 내 거다. 하하하."

그 말이 떨어지기 무섭게 총알이 빗발쳤다. 동생 사냥꾼은 마구잡이로 쏘아댔다. 지동이 가족과 선미와 사슴 아주머니는 뒤집힌 두레박 안으로 서둘러 몸을 숨겼다. 그것은 훌륭한 방패막이가 되어주었다. 그러자 형 사냥꾼이 가담했다. 그는 동생과 달리 침착하게 두레박 한가운데를 집중적으로 사격했다. 두레박은 점차 뚫리기 시작했다. 한두 방만 맞으면 구멍이 날 것 같았다. 형 사냥꾼은 정확하게 조준을 했다. 그리고 최후의 일격을 위해 방아쇠를 당겼다. 탕!

바로 그때 공중으로부터 커다란 돌덩어리 하나가 떨어지면서 형 사냥꾼의 총신을 때렸다. 그 덕에 총부리가 아래로 향했고, 총알은 두레박이 아니라 형 사냥꾼의 발등을 뚫었다.

"아이코!"

형 사냥꾼은 고함을 지르면서 데굴데굴 굴렀다. 동생 사냥꾼이 하늘을 보니 선녀 하나가 하늘을 날고 있었다. 이마에 십자모양 흉터가 있는 선녀였다. 그녀는 공중을 자유자재로 날아다니면서 이렇게 조롱을 했다.

"이 못된 인간 놈아, 나 잡아봐라!"

동생 사냥꾼이 그녀를 쫓았다. 선녀는 사냥꾼을 낭떠러지로 유인했다. 동생 사냥꾼은 낭떠러지 앞 공중에 떠서 희롱하는 선녀를 쏘아댔다. 선녀는 요리조리 피했지만 마지막 한 방을 맞았는지 아래로 낙엽처럼 떨어졌다.

"좋았어."

동생 사냥꾼은 외쳤다. 그리고 아래를 내려다보려고 낭떠러지에 섰다. 그때 그의 등 뒤에서 수사슴 한 마리가 콧김을 씩씩거리며 앞발을 땅에 긁어대고 있었다. 동생 사냥꾼이 뒤를 돌아보았을 때는 이미 사슴이 전력을 다해 달려오고 있었다. 동생 사냥꾼은 수사슴 뿔에 받혀 비명을 지르며 낭떠러지로 떨어졌다. 그와 동시에 낭떠러지 아래에서 선녀가 날갯짓을 하며 떠올랐다. 모든 게 그녀의 술수였던 것이다.

잠시 후 선녀는 부선이에게 날아가서 이렇게 말했다.

"아무래도 네 행동이 수상쩍어서 하늘로 올라가지 않고 기다려봤지. 하지만 내 오지랖이 너에게 이렇게 도움이 되어버렸구나. 아이참, 속상해. 그나저나 두레박이 깨져서 어떡하니? 이제 부선이 너는 영원히 하늘나라에 오지 못하겠구나."

그녀의 목소리는 여전히 조롱이 섞여 있었다. 하지만, 아무도 그녀의 말에 화를 내지는 않았다. 아무튼 이마에 십자 흉터가 있는 그 선녀는 부선이를 실컷 조롱하고 하늘로 올라갔다. 그녀가 어둠 속으로 밝은 별이 되어 사라져가자 주변은 다시 어둠에 잠겼다.

"누구 불 없나?"

사슴 아주머니가 말했다. 그때 누군가가 라이터를 켰다. 형 사냥꾼이었다. 그는 살려달라고 울먹였다. 목남 씨가 그에게 다가가 상처를 보고 조금만 참으라고 말하고는 그의 손에서 라이터를 빼앗았다. 목남 씨는 라이터로 케이크의 초를 밝혔다. 정확히 서른 개의 초를 밝히자 서로 얼굴을 볼 수 있을 만큼은 밝아졌다. 어찌 된 일인지 고생을 했음에도 모두가 웃고 있었다.

"생일 축하한다. 아들아."

목남 씨가 케이크를 들고 지동이에게 다가갔다. 지동이가 초를 불었다. 초가 꺼지자 다시 주변은 시커먼 어둠에 휩싸였다. 때마침 사냥꾼이 발등이 아프다고 늑대처럼 크게 울부짖었고 바람이 세차게 불었다. 순간 지동이의 등줄기에 땀이 흘렀다. 그렇지만 그는 더 이상 어둠과 울부짖음과 밤의 소리가 무섭지 않았다. 그는 이제 혼자가 아니었다.

*

그날 이후 석 달이 지났다. 지난 석 달은 지동이가 태어나서 가장 행복한 시절이었다. 지동이는 아버지와 화해를 했다. 목남 씨와 대중목욕탕도 함께 가는 사이가 되었다. 부자는 사우나를 마치고 나무꾼 주유소로 돌아와 거울 앞에 나란히 앉았다. 부선이가 오랜만에 가위를 들고 그들의 머리를 손질해 주었다. 하지만 지동이는 썩 마음에 들지 않았다. 머리모양이 구식인데다가 목남 씨와 똑같았기 때문이었다.

어느 날 저녁에는 머리모양이 똑같은 부자가 마주앉아 바둑을 두었다. 실력이 비슷해서 내리 일곱 판을 거듭했다. 그들은 바둑판에 집중하면서 엄지발가락을 만지작거리고 있었다. 똑같은 머리모양에 똑같은 버릇이었다. 부선이는 부자가 정을 나누는 모습을 바라보면서 미소를 지었다. 그리고 저녁식사가 다 준비되었다고 일렀다. 가족은 정겹게 저녁식사를 했다.

목남 씨는 의사가 예고한 것보다 더 살았다. 간신히 해를 넘겼다. 목남 씨의 마지막 숨소리가 병실 안에 울려 퍼졌을 때 지동이는 울었다. 그날 밤 지동이는 어릴 적에 아버지하고 함께 만들었던 모형 비행기를 병원 옥상에서 날렸다. 아버지를 그렇게 떠나보냈다.

그리고 사흘 후인 오늘 아침, 선녀봉을 오르는 산길 중간 소나무 아래에서 수목장을 치렀다. 이목남(李木男). 이름풀이대로 '나무 남자'의 장례식다웠다. 간소하게 장례식을 마친 뒤 유족은 선녀탕에 들어갔다. 천지교류과 김 과장과 부부군수 그리고 사슴 아주머니와 선미도 함께했다. 이제 부선이가 하늘로 오를 것이었다. 부선이는 불에 타지 않은 완벽한 날개옷을 입고 있었다.

"선미 씨, 날개옷 고마워."

부선이가 조그맣게 말했다.

"뭘요. 전 평생 지상에서 살아갈 거니까 없어도 돼요."

선미가 역시 조그맣게 대답했다.

"선미 씨가 선녀인 건, 지동인 모르지?"

"아뇨, 알아요."

선미의 대답이 의외라는 듯이 부선이는 눈을 크게 뜨고, 그녀의 대답을 마저 들었다.

"옛날에 지동이가 저한테 주지 못한 편지가 있는데, 거기에 제가 선녀라고 쓰여 있던 걸요."

"지동이가 주지 않았다면서, 용케 편지를 본 모양이네?"

"그때 지동이가 칠칠치 못하게 뒷주머니에 넣는다는 게 땅에 떨어트렸거든요. 그걸 제가 주웠죠."

둘은 웃었다.

지동이가 다가왔다.

"잘 있거라, 아들아."

"잘 가요, 엄마."

지동이의 표정은 밝았다. 어머니를 떠나보내는 게 아쉬웠지만 떠나보내야 하는 것을 잘 알고 있었다.

"아버지가 기다려요, 얼른 가세요."

"그래, 고맙다. 그리고 미안하다."

"그런 말 마세요."

"행복해야 해."

부선이는 지동이와 포옹을 했다. 그때 서쪽 하늘에서 바람이 불어왔다. 그러자 부선의 날개옷 날개가 저절로 펴졌다. 부선이의 몸이 그대로 떠오를 것처럼 잠시 위로 들썩거렸다.

"아버지가 채근하네요."

지동이가 하늘을 올려다보며 말했다.

부선이는 대꾸 없이 웃었다. 그러고는 발뒤꿈치를 살짝 들었다. 몸이 공중으로 가볍게 들렸다. 웬만한 나무키만큼 올라가자 그녀는 날개를 활짝 폈다. 그리고 우아하게 날갯짓을 한 차례 했다. 그러자 순식간에 하늘로 치솟았다. 그 바람에 멀리 하늘을 날던 솔개가 깜짝 놀랐는지 소리를 냈다. 잠시 후에는 부선이도 솔개만큼 높이 날고 있었다. 그녀는 솔개처럼 주변을 맴돌며 비행을 했다. 지동이와 선미가 그녀를 바라보면서 손을 흔들었다.

멀찍이서 지동이와 선미를 바라보던 부부군수는 선녀탕을 관광지로 개발하는 안건을 전면 취소했다고 밝히고 있었다.

"어째서 마음이 바뀐 거죠?"

김 과장이 물었다.

"사실 난 아내가 선녀인 줄 감쪽같이 몰랐거든. 그런데 어느 날 밤에 아내가 날 깨우더니 무섭게 노려보면서, 선녀탕을 개발하면 애들 데리고 떠나겠다고 협박하는 거야. 별수 있나?"

부부군수는 몸서리를 치면서 가족이 곁에 없으면 삶이 무슨 의미가 있느냐고 덧붙여 말했다.

"하긴 부부군수님처럼 자기 애인이나 부인이 하늘나라 선녀인 줄 모르는, 아둔한 완주군 남자들이 꽤 있지요."

옆에서 두 사람의 대화를 듣던 사슴 아주머니가 불쑥 끼어들었다. 그녀는 지팡이로 지동이를 가리켰다. 지동이는 선미의 손을 꼭 잡고 있었다. 그렇게 둘은 손을 꼭 잡고는, 이젠 반짝이는 낮별처럼 보이는 부선이를 한참 동안 바라보고 있었다.

팥쥐는 왜?

이현주

얼굴색이 까만 이유?

참 오래 참았지. 송광사 부처님 전에 엎드려 생각했어. 참는 것이 불법(佛法)을 이루는 거라고. 그런데 나쁜 아이로 찍혀 있었기 때문에 내가 어떤 말을 해도 듣지 않을 것 같았지. 그래서 오래…… 참았는데……, 더 이상은 안 될 것 같아. 이 이야기를 하지 않으면 가슴이 답답해서 터질 것 같아. 죽어서 떠도는 영혼은 그만둘래. 나도 이젠 좋은 곳으로 가고 싶어. 그래서 꼭꼭 숨겨둔 이야길 하는 거야. 이제는 말할 수 있어.

난 팥쥐야. 그래, 너희들도 잘 알고 있는 '콩쥐 팥쥐' 이야기에 나오는 그 팥쥐.

너희들은 나에 대해 참 많은 것을 알고 있어. 엄마와 함께 콩쥐네 집에 들어온 아이, 얼굴이 까맣고 못생긴 아이, 콩쥐를 시샘하여 콩쥐의 자리를 빼앗은 아이, 그리고 결국 콩쥐를 죽게 만든 나쁜 아이. 그런데 그거 다 거짓말이야. 데려온 애라고 근본 없는 애라고 괄시하구 그러는 거, 지금도 벌어지는 일이란 걸 너희들도 알고 있을 거야.

내 이야기를 듣고 너희들이 판단하면 좋겠어. 내가 그렇게 나쁜 아이는 아니라는 사실을 말이야. 나도 그래야 저승에 편안히 가지 않겠니?

우리 엄마는 필리핀에서 태어났어. 우리 엄마네 집은 참 가난했대. 그래서 엄마는 집에 보탬이 되려고, 그리고 잘사는 나라 한국에 와서 살고 싶어서 시집을 오게 된 거였어. 엄마는 친구들이 한국에서도 완주군이란 데에 많이 살고 있어서 이곳에 오게 됐어. 물론 한국말을 하나도 할 줄 모르기 때문에 시집와서 적응하기가 쉬운 일이 아니었지.

엄마는 완주군에서도 시골마을(이름도 잘 모르더라고)에서 농사를 짓는 노총각 아저씨(이 아저씨가 우리 아빠야, 물론 나는 한 번도 만나지 못했지만)와 결혼했어. 농촌 총각이지. 그 아저씨는 빼빼 마른 꼭 빗자루 같은 몸매였대. 그 몸에 옷을 입고 있으면 엉덩이가 너무 작아서 바지가 쭈그렁쭈그렁 거렸대. 허수아비가 옷 입고 있는 모습처럼 옷이 너무나 커서 빌려 입은 것 같았어. 원래 아저씨 집이 그렇게 가난하지는 않았는데, 아저씨의 아버지가 노름에 빠져서 집이고 논이고 할 것 없이 다 남에게 뺏기고, 어머니는 화병이 나서 몸저누우셨대. 아버지는 그래도 정신을 차리지 못하고 술만 끼고 살았다나 봐.

술을 마시고 온 날은 그날이 그 집 제삿날이라서 차려 놓은 밥상을 뒤집어엎고 죽일 놈 살릴 놈 하면서 집안을 발칵 뒤집어 놓고서야 잠이 드는 성미셨대. 그 바람에 아저씨는 장가를 갈 수 있는 처지가 되지 못해 그 나이가 되도록 꼬질꼬질 늙은 거였대. 그래도 그 아저씨는 장가를 가니 좋아서 엄마한테 한글도 가르쳐 주고 심심할 때면 자전거 타고 동네를 한 바퀴 돌게

도 해 주고 장에 가서는 엄마 신으라고 고무신도 사다 주시던 다정한 아저

씨였어.

하지만, 그 아저씨한테는 아주 못된 버릇이 있었는데 그건 바로 술이었

어. 피는 못 속인다고 했는데, 할아버지의 술주정은 아저씨가 술주정하는

것에 비하면 새 발의 피였지. 술만 마시면 이 아저씨의 다정하던 태도는 어

디론가 사라지고 눈을 무섭게 치뜨고 밥상을 엎기는 예삿일이고 엄마에 대

한 의심의 눈초리가 아주 심했다고 해. 심지어는 빗자루로 엄마를 때리며,

"아까 너 앞집 귀성이랑 무슨 말했어? 응? 고개 숙이고 비밀 이야기하드

만? 귀성이가 나보다 나은 게 뭐야? 씨발 새끼. 왜 내 말을 못 알아들어? 응?

너 니네 나라로 도망갈 거지? 쩌어기 앞 동네 춘식이 여편네처럼. 통장만 들

고 튈 거지? 네가 너 같은 것한테 돈을 맡길 것 같아? 너도 그럴 생각이지,

이 못된 년아? 도망갈 거야, 안 갈 거야?"

이러면서 엄마의 머리채를 잡고 흔들었어. 하지만, 엄마는 꿋꿋이 아저

씨의 술주정을 다 받아내면서 잘 지냈지.

그러던 어느 추운 겨울날. 아저씨가 술에 잔뜩 취해서 곤드레만드레 이

게 길이냐 전봇대냐 하며 걸어오다가 그만 발을 잘못 디뎌서 시골 논두렁

에 빠진 거야. 움푹 들어가는 논물을 대는 배수로 같은 곳에. 아무도 돌봐줄

수 없는 곳에 쓰러져 있으니 누가 알겠어. 다들 문 꼭 걸어 잠그고 잘 시간

인데 말이야.

엄마는 아저씨를 찾으려고 가슴 두근거리며 온 동네를 찾아 헤맸었대.

하지만, 그런 구렁창에 빠져 있을 거라고는 생각을 하지 못했지. 다음날 이

웃집 사람이 나왔다가 시궁창에 무슨 사람 다리 같은 것이 있길래 손을 넣

어 힘껏 잡아당겨 보니 아저씨였다고 해. 아저씨는 그렇게 허무하게 죽고,

엄마는 서방 잡아먹은 년이라는 말도 안 되는 누명을 쓰고 시댁에서 쫓겨
나게 된 거야.

그때 나는 이미 엄마 뱃속에서 한 4주 정도 되었어. 엄마와 아빠의 생명
을 받아 이제 막 싹을 틔우고 있었지. 물론 엄마도 시댁 식구들도 모두 그
사실을 몰랐지. 엄마는 그렇게 가진 것 아무것도 없이 쫓겨난 신세가 되었
대. 이 마을 저 마을 돌아다니는 거지 신세가 된 거지. 엄마는 배가 점점 불
러왔고, 더는 구걸하는 생활을 하기도 어려운 상황이 되었어. 그러다 어느
절(지금의 송광사) 앞에서 기진맥진해 쓰러졌다는 거야. 그 절은 깊은 산의 중
턱에 있는 다른 절과는 달리 인가와 가까이 있어서 엄마가 그 앞을 지나가
기가 쉬웠지. 그 절 앞에서 엄마는 희미한 영상을 보았다고 해. 큰 나무 한
그루에서 벚꽃이 밥풀처럼 흩어져 떨어졌대. 밥이 하늘에서 쏟아지는 영상
을 보며 엄마는 그만 탈진해서 쓰러지게 된 거지.

그 절에 불목하니가 엄마를 데려다가 따뜻한 방에 눕히고 이불도 덮어
주고 따뜻한 밥과 국도 주었대. 다행히 엄마는 기력을 회복했고, 엄마와 더
불어 뱃속에 있는 나 또한 세상의 빛을 볼 힘을 얻게 되었지. 엄마는 몸이
좀 좋아지자, 절에서 마당 청소며, 스님들 아침 공양이며, 물을 길어다 항아
리에 붓기 등 할 수 있는 모든 일을 찾아가면서 했지.

주지 스님은 우리나라 사람도 아닌 외국인을 그것도 임신한 아낙네를
내쫓는다는 것이 너무도 못할 짓이라는 생각이 들었던지 엄마를 절에서 쫓
아내지 못했어. 그곳에서 엄마는 나를 낳았어. 내가 처음에 태어났을 때 엄
마는 깜짝 놀랐다고 해. 입이 언청이였고 얼굴색은 까만 데다 손가락은 육
손이였다나 봐. 그 모양이니 누구 하나 예쁘다고 안아주는 사람도 없었지.
스님들조차도 말을 걸어 주거나 하지 않아서 나는 말을 제대로 배우지 못

했고 불경 외는 소리를 따라서 옹알옹알 거리며 놀았어.

엄마는 시간이 날 때마다 절 앞마당에서부터 엄마가 배곯을 때 보았던 나무를 한 그루씩 심으며 마음을 달랬다고 해. 동네로 이어지는 길가에 심은 그 나무가 지금은 아름드리나무가 되었는데 너 혹시 아니? 봄이면 송광사 입구까지 팝콘처럼 일제히 꽃망울을 터트리는 꽃나무 말이야. 지금은 큰길을 내느라 자취도 없어지고 몇 그루만 남아 있어. 사람들은 그 터널에서 배고픔도 잊고 쏟아지는 행복감을 느낄 수 있는데, 그건 아마도 엄마의 기도 덕분이 아닌가 해. 내 생각에 엄마의 인생에서 그 나무를 심던 시절이 가장 행복한 시절이 아니었을까 하는 생각이 들어.

소양마을의 돌밭

절에서 살던 내가 마을로 내려오게 된 것은 아마도 내가 10살쯤 되었을 때인 것 같아. 그리고 내가 콩쥐를 처음 만난 때이기도 하지. 엄마가 나무를 심을 때마다 농사일하러 소를 끌고 지나가던 동네의 홀아비 한 사람이 엄마를 마음에 두고 있었던 거야. 그분이 바로 내 새 아버지이기도 한 콩쥐네 아빠야. 엄마는 결국 스님의 소개로 콩쥐네 집에 시집을 오게 되었어.

콩쥐는 참 예뻤어. 말도 잘하고 머리카락도 나처럼 곱슬머리가 아니었지. 무엇보다 부러운 건 콩쥐의 뽀얀 얼굴이었어. 난 주근깨투성이에 입은 언청이였으니까. 동네 아이들은 모두 콩쥐를 좋아했어.

"콩쥐야, 놀자. 콩쥐야, 우리 어디 가자. 콩쥐야, 뭐하니?"

나는 콩쥐같이 예쁜 언니가 생긴 것이 너무나도 기뻤어. 하지만, 콩쥐는 내가 자기를 언니라고 부르는 걸 몹시도 싫어했어. 아무도 없을 때면 내 머리를 쥐어박으며 "너 나한테 언니라고 부르지 마. 난 너 같은 동생 둔 적 없어. 진짜 챙피하단 말야. 누가 너와 내가 어떤 사이냐고 물으면 잘 모르는 사이라고 말해! 알았어? 그렇게 안 하기만 하면, 죽을 줄 알어!'라고 했지. 언니가 그럴 때마다 내 마음은 갈대밭의 갈대처럼 흔들렸어.

콩쥐 언니는 고집이 셌어. 엄마가 밭에 둘이 가서 밭을 매라고 하면 콩쥐는 나랑 같이 가기 싫다며 꼭 다른 곳으로 갔어. 나는 모래밭으로 가라고 하고 자신은 더 어려운 돌밭으로 가는 거야. 언니는 내게 더 어려운 일을 주진 않았어. 언니는 착했지. 단지 나와 함께 일하는 걸 꺼렸을 뿐이야. 돌밭을 매는 게 얼마나 어렵겠어? 호미도 부러지고 언니는 참 딱하게 되었지. 하지만, 콩쥐가 돌밭을 매고 있는 걸 동네 사람들이 그냥 놔둘 수 있겠니?

소양마을 사람들은 모두가 착한 사람들이었어. 그래서 소를 끌고 지나가다가 콩쥐가 돌밭을 매고 있는 걸 보면 소를 시켜 그 밭을 대신 매주고 언니에게 먹을 것도 주며 항상 옆에서 도와주는 수호천사같이 행동했어. 엄마도 돌아가셔서 불쌍한 아이인데, 어려운 일을 혼자 다하고 있다고 생각한 거지. 새엄마와 못생긴 동생은 언니를 구박하는 나쁜 역할로 사람들에게 인식되었어. 나는 더욱더 미움을 받았지. 일도 쉬운 것만 하고 못생긴 것이 꾀만 부리고.

나는 이런저런 일들로 사람들에게 쉬운 일만 하는 아이라 찍히게 되었고, 못생긴 것이 착한 콩쥐에게 달라붙어서 콩쥐의 피를 빨아먹는 벼룩같이 행동한다고 사람들이 생각하게 된 것 같아. 콩쥐는 여리고 약한 목소리, 하얀 얼굴, 가느다란 어깨를 지닌 청순가련형이었거든.

콩쥐에게는 사람들의 마음을 열게 하는 재주가 있었어. 콩쥐가 꽃을 들고 있으면 금방 하늘에서 내려온 선녀 같이 느껴졌고, 콩쥐가 냇가에서 목욕하고 있으면 내가 나무꾼이라도 콩쥐의 옷을 숨기고 싶을 만큼 콩쥐는 선녀 같았어. 그래서 그렇게 예뻐서 콩쥐가 나는 참 좋았어. 그땐 언니라고 부르지 못했지만, 지금은 언니라고 마음대로 불러도 되니 좋다. 언니, 언니, 언니. 내가 얼마나 불러보고 싶었는지 몰라.

봉동장의 황아장수

그날은 내가 열다섯 되던 날, 필리핀이나 동남아에서 이주해 온 가족들이 만나는 날이었어. 봉동 오일장은 전국에서 모여든 장꾼들로 북적거렸지. 대부분 이곳의 특산품인 생강을 사러 온 사람들이었어.

봉동이 생강으로 유명해진 데는 다 사연이 있어. 아, 그 이야기를 잠깐 하고 가야겠다. 너무 내 이야기만 하니까 재미없지?

원래 봉동에 봉이와 동이라는 사람이 살고 있었어. 봉이와 동이는 무척 효자였지. 그런데 봉이와 동이네 팔순 어머니가 심한 고뿔에 이어 몸이 차가운 냉증에 걸려서 끊임없이 구토를 하는 등 죽을 지경에 이르게 된 거야. 어떤 약을 달여서 바쳐도 효험이 없었지. 봉이와 동이가 잠을 이루지 못하고 간호를 했지만 병에는 차도가 없었어. 그래서 봉이와 동이는 산삼이라도 구하려고 산을 돌아다녔지.

그런 봉이와 동이가 고산천 둑 옆의 누가 살다 버린 집에서 잠을 자고 있을 때였어. 우릉우릉 쾅쾅쾅 아주 무서운 소리가, 세상에서 한 번도 들어보지 못한 이상한 소리가 들려오는 거야. 봉이와 동이는 깜짝 놀라서 벽장에 숨었어. 그때 나타난 것이 바로 도깨비들이었어. 도깨비들이 콧노래를 부르며 쿵쾅쿵쾅거리며 헌 집으로 들어왔지.

"아. 피곤하다."

"오빠, 이제 산신령님이 주신 이 생강을 좀 먹을까?"

“그래.”

도깨비들이 자루에서 풀러 놓은 걸 보니 파 같기도 하고 어린 대나무 잎사귀 같기도 한 어떤 것이었는데 뿌리에 이상한 것이 달려 있었어.

“오빠, 하나 먹어!”

“그래. 이것을 우리가 백 일 동안 먹으면 사람이 된단 말이지?”

“오늘이 며칠째냐?”

“오빠, 오늘이 99일째야.”

“하하, 이제 내일이면 우리도 사람이 되겠구나. 아, 신난다.”

“그런데 이건, 참 그냥 먹기는 힘이 드는구나.”

“오빠, 우리 사람이 되면 여기에 꿀도 넣고 깨도 갈아서 넣고 무도 좀 썰어 넣고 해서 맛있게 먹을 수 있대. 그러면 사람이 되어서 불로장생할 수 있다잖아. 조금만 참고 생으로 이걸 먹자.”

벽장 속에 숨어 있던 봉이와 동이는 그 말을 듣고 깜짝 놀랐어. 저것만 있으면 어머니를 살릴 수 있을 텐데 하며 서로 눈짓으로 기회를 엿보고 있었지.

“오빠, 졸린다. 졸려.”

“그래, 한숨 푹 자자.”

그러더니 도깨비들의 목소리가 들리지 않았지. 그들은 눈을 뜨고 자고 있는 거였어.

한참을 기다리던 봉이와 동이는 도깨비들이 움직이지 않자 도깨비들 몰래 생강을 몇 뿌리 들고 걸음아 날 살려라 하고 도망쳤어.

산신령님이 사람 되라고 주신 생강이니 얼마나 효험이 있었겠어? 그 결과 어머니는 병이 씻은 듯이 나았대. 그래서 오래오래 봉이와 동이와 함께 행복하게 살았대.

어디 살았냐고? 그거야, 봉동에 살았지. 그들은 남은 생강 뿌리 몇 개를 밭에 심었어. 뿌리를 여럿으로 쪼개어 심었지. 그러자 겨울이 지나고 그것들이 싹이 올라와서 잘 자란 거야. 그들은 생강을 키우고 팔아서 부자가 되었어. 이 마을 이름도 봉이와 동이가 처음으로 생강을 키운 것이 유래가 되어 봉동이라고 불리게 되었지. 그때부터 생강은 봉동의 특산물이 된 거야.

하여튼, 이렇게 생강으로 유명한 봉동장에서 우리는 첫 모임을 갖기로 은밀히 연락을 주고받았어. 동네 사람들의 눈을 피해 만나는 것이 좋았지. 우리는 동네에서 어느 한 집을 정해서 서로 만나고 이야기하고 그럴 처지가 되지 못했어. 숨어서 우리가 만나는 걸 보면 무슨 일을 꾸민다는 인상을 주기가 쉬웠고 첩자라는 오해를 받을 수도 있었으며, 혹여 남자가 섞여 있을 경우 바람난 거 아니냐는 이유로 집에서 쫓겨날 가능성도 있었지.

이주민들 중에 어떤 사람들은 짐승보다 못한 대우를 받는 사람들도 있었으니까. 그래서 모임 장소를 사람들이 북적거리는 장으로 정한 거야. 물론 평상시의 옷차림 그대로는 서로 만나기 어려웠지.

어떤 사람은 엿장수로 분장하고 또 어떤 사람은 황아장수로 분장하고, 사람들은 각각 장에 모이는 사람들에게 이상하게 보이지 않을 만큼의 분장을 하고 봉동으로 모여들었어.

엄마와 나는 그 모임의 존재를 사실 모르고 있었지. 그러다가 우연히 소금장수 아저씨의 말을 듣게 된 거야. 그런 모임이 은밀히 진행되고 있을 줄이야 누가 알았겠니? 나는 처음 그 모임에 간다는 사실에 가슴이 벅차 있었어. '그래 만나게 되는 거야. 나와 같은 사람들. 나와 같이 한국 사람도 외국 사람도 아닌 한국으로 이사 온 사람들. 나같이 얼굴이 까맣고 머리가 곱슬인 사람들을 만나게 되는 거야.' 라고 생각하니 밤에 잠도 잘 오지 않더라고.

나는 내가 가진 옷 중에서 가장 장사꾼 같은 옷을 골라 입었어. 엄마도 마찬가지였지. 엄마는 딸기를 한 광주리 머리에 이고 나는 그동안 산에서 딴 고사리나물을 짊어지고 출발할 예정이었어.

물론 이 모임에 콩쥐 언니는 제외되는 게 나았지. 왜냐고? 내가 만나는 사람들은 나와 같은 사람들이야. 한국에서 살면서 필리핀이 그리운 사람들 말이야. 그러니까 콩쥐 언니처럼 한국 사람은 가면 안 되는 모임인 거지. 왜? 한국 사람이니까! 콩쥐 언니가 간다는 게 더 이상하잖아? 콩쥐 언니는 사람들이 하는 말이 무슨 말인지 아마 하나도 못 알아들을 걸? 어쩌면 나처럼 왕따 비슷한 걸 당하게 될지도 몰라. 그러니까 집에 있는 게 훨씬 나을 게 아냐?

그런데도 콩쥐 언니는 무작정 봉동장에 따라와야 한다고 우기는 거야. 봉동 큰집에 가겠다지만 속셈은 자기도 그 모임에 꼭 가고 싶었던 거야. 뭐 맛있는 거 먹으러 둘이만 가는 거 아니냐고 나만 빼고 어디 좋은데 가는 거냐고 오해를 하는 거였어.

엄마는 콩쥐 언니를 말리다 못해 어쩔 수 없이, 그럼 오려거든 이런 일 저런 일을 다 해 놓고 오라고 한 거야. 물론 우리가 모임 끝날 때까지 언니가 인간이라면 다할 수 없는 불가능한 일들이었지. 깨진 항아리에 물을 가득 담는다는 게 가능하다고 생각해? 물론 불가능하지! 그래서 우리는 마음 놓고 봉동장에서 열리는 이주민 가족 모임에 참여하게 된 거야.

봉동장은 정말 구경거리가 많았어. 아이들은 꼬리에 꼬리를 물고 어디론가 뛰어다니고 만두 가게에선 맛있는 김이 모락모락 피어나고 있었어.

전을 부치는 아줌마 앞에서는 침이 꼴딱 넘어가고 발걸음이 떨어지지 않더라. 황아장수의 봇짐 속에는 달을 닮은 참빗, 예쁜 머리끈이며, 한 번도 만져보지 못한 노리개들이 내 눈을 잡아끌었어. 엄마는 내 손을 잡아끌었지. 우리는 장 한구석에 조그맣게 보따리를 풀어놓고 앉아서 연락이 오길 기다리고 있었어.

아무리 엿장수 분장을 했어도 우린 한눈에 이주민을 알아볼 수 있었어. 그건 뭐랄까, 말로는 설명하기 어려웠지만 아무리 유창하게 손님을 끌어모으고 있어도 이주민의 몸에서는 빛이랄까, 향기랄까? 뭔지 말할 수는 없지만 난 알 수 있었지.

'저 사람은 우리 과다.' '저 사람은 우리 과가 아니다.'

이런 거 말이야. 우리는 서로 눈짓을 해 가며, 장사를 하는 척하며, 손님인 척 구경꾼인 척 다가가 그들과 손을 잡았어. 주위 사람이 딴 데 시선을 돌리고 있을 때면 가끔씩 고향 말을 하기도 하면서. 엄마가 참 행복해 보이더라.

두 명 혹은 세 명씩 모여서 오랫동안 참아왔던 조국에 대한 그리움을 이야기 나누고 헤어지고, 또 이야기 나누고 헤어지고 했지. 하루가 이렇게 짧은 줄 몰랐어.

엄마와 나는 그 모임을 열어준 원님이 너무나 고마웠어. 원님도 위험을 무릅쓰고 이런 모험을 하고 있는 거였지. 나라에서 장날마다 이주민들이 모인다는 사실을 알면 원님에게도 이로울 게 없었거든.

난 원님이 너무나 감사했어. 더욱 내 마음을 설레게 하는 것은 원님이 나를 보고 웃어주었다는 것이야. 열다섯 살이 되도록 나를 향해 그런 웃음, 잇몸이 보이는 환한 웃음을 보여준 남자는 아직 한 명도 없었거든. 게다가 필리핀 말도 조금 할 줄 알더라고. 아, 원님의 젊고 늠름한 모습이라니! 지금 생각해도 가슴에 헬륨가스를 넣은 듯해. 물론 마음으로만.

그런데 이게 어찌 된 일일까? 놀라 까무러치게도 콩쥐 언니가 모임에 나타난 거야. 언니의 깨진 항아리를 두꺼비가 와서 막아 주었대. 또 언니가 울고 있으니까 새들이 와서 낟알을 다 가려 놓았대. 세상에나 만상에나! 언니 정말 대단하지 않아? 언니는 하늘이 돕는 사람인가 봐.

콩쥐 언니는 정말 예뻤어. 내가 봐도 너무 예뻐서 넋을 잃고 바라볼 정도였지. 언니가 말을 하면 언니 입에서 온갖 꽃들이 피어나는 듯이 향기로웠고 언니가 걸어가면 학이 날아오는 것 같은 착각이 들곤 했어. 언니는 북적거리고 지저분하고 사람들이 많은 장에는 어울리지 않았지. 모두의 시선이 언니에게 고정되었어.

언니가 예쁘다고 느낀 건 나만이 아니었어. 원님도 언니의 얼굴에 화살이 꽂혔더라고. 그때 내가 느낀 좌절감이란…….

'언니는 참 좋겠다. 나도 언니처럼 이뻤으면…….'

언니와 함께 집에 돌아오는 중에 언니는 꽃신을 잃어버렸다고 울었어. 엄마가 언니와 내게 똑같은 꽃신을 사다 주셨거든. 그래서 다시 사 주기로 하고 언니는 엄마 신발 하나를 질질 끌면서 집에 돌아왔지. 엄마는 그냥 한쪽만 신고 걸었어.

용궁 속으로

원님은 결국 우리 집에 자주 놀러 왔어. 꽃신을 들고 찾아온 거야. 그 꽃신을 본 순간 나는 '내가 저걸 잃어버렸으면 얼마나 좋을까?' 생각하기도 했지만 그건 부질없는 생각이었지. 원님은 내게는 한글을 가르쳐 주셨어.

또박또박 읽는 법, 또 쓰는 법까지 말야. 나는 원님과 함께 한글 공부를 하는 것이 참 신나고 좋았어. 원님이 가르쳐 주면 어렵던 한국말이 그렇게 쉬울 수가 없었어. 생각이 나. 동헌 마루에서 읽던 "가갸거겨, 노뇨누뉴……."

하지만, 그 시간은 다음에 마음이 아플 시간을 준비하는 고통이 따르기도 했어. 곧 맘 아픈 시간이기도 했지. 나와의 공부가 끝나면 원님은 항상 언니와 이야기하면서 나에게 웃어주었듯이 환하게 웃어주며 언니의 얼굴을 오래도록 바라보곤 했지. 원님은 결국 언니를 택한 거야.

엄마가 심어놓은 송광사 벚나무의 아름다운 터널 아래에 차양을 치고 콩쥐 언니는 결혼했어. 나는 마음이 많이 아팠지. 하지만, 언니 앞에서는 그런 표정을 지을 수가 없었어. 언니의 앞날에 행복이 있기를 빌어 주는 것밖에…….

'언니, 결혼을 축하해. 언니가 없는 집은 좀 쓸쓸할 거 같아. 언니가 있어서 좋았는데…….'

언니의 신혼집에 찾아갔어. 널찍한 마당에 널따란 호수, 착한 언니와 함께 호숫가를 걸었지. 그런데 언니가 발을 잘못 디뎠어.

"팥쥐야, 살려줘 팥쥐야!"

언니가 물속으로 빨려 들어갔다가 다시 솟구쳐 올라왔어.

"팥쥐야, 살……."

언니가 다시 물속으로 빨려 들어갔어.

"언니!"

언니에게 손을 내밀자, 놀랄 만큼의 거대한 힘으로 언니가 나를 끌어당겼어. 나도 끌려 들어가고 말았지. 우리는 꼭 껴안았어. 숨을 쉬는 게 힘이 들었어. 나는 헤엄을 칠 줄 몰라. 그건 언니도 마찬가지야.

‘이제 죽는구나.’ 하고 생각한 그 순간, 언니와 나는 가느다란 빛이 보이는 쪽으로 헤엄치고 있었어. 물이 숨을 쉬는 데 아무런 방해도 되지 않았지. 언니와 나는 손을 꼭 붙들고 새로운 세계로 들어가고 있었어. 그건 바로 용궁이었지. 우리가 용궁으로 들어가게 된 거야. 용궁은 산호로 빚은 성이었어. 산호들이 살아서 움직이며 문을 열어 주었지. 용왕님 주위로는 거북이며 자라 등이 자유롭게 헤엄치고 있었고 인면어들도 있었어.

용왕님의 옆에는 아주 예쁜 왕비님이 앉아 계셨는데 놀랍게도 그 왕비님은 콩쥐 언니의 친엄마였어. 언니의 친엄마는 정말 눈이 부시게 예뻤어. 언니가 예쁜 이유를 알 수 있을 것 같았지.

언니의 엄마가 콩쥐 언니가 무척 보고 싶었던 모양이야. 잠시 동안 콩쥐 언니를 만나고 싶어서 호숫가에서 여기로 불러들인 거래. 나까지 올 줄은 전혀 예상하지 못한 표정이었어. 그런데 우리가 너무나 손을 꼭 붙잡고 있어서 같이 들어오게 된 거야.

콩쥐 언니는 엄마와 함께 있고 싶어했어. 얼마나 보고 싶었을까 생각하니 눈물이 조금 날 것도 같았지. 나도 여기 용궁에 있는 동안 엄마 생각이 나는데 콩쥐 언니는 오랫동안 엄마를 보지 못했잖아.

그런데 문제가 생겼어. 용궁에서 생활하거나 용궁의 음식을 한 번 맛본 사람은 절대 이승으로 돌아갈 수가 없대. 돌아갈 방법이 있긴 하지만 그 기회는 천 년에 한 번밖에 주어지지 않는다는 거야.

처음 용궁에 왔다간 사람은 수로부인이었어. 수로부인은 용궁의 음식을 먹고 연꽃을 타고 올라갔지. 용궁에서 콩쥐 언니가 살던 방은 천 년 전에 심청이란 애가 살던 방이라고 했어. 심청이도 연꽃을 타고 세상으로 돌아간 거 다 알지? 심청이가 올라간 지 천 년! 이제 딱 한 명이 이승으로 돌아갈 수 있는 거야. 우린 결단을 해야 했지.

콩쥐 언니가 내게 말했어.

"팥쥐야, 그동안 내가 너에게 못되게 굴어서 미안해. 니가 나를 살리려고 여기까지 온 것만 봐도 넌 착한 동생이야. 내가 잘못했어. 용서해줘"

"언니, 아니야. 난 언니가 있어서 참 좋았어."

"팥쥐야, 니가 세상으로 돌아가."

"아니야, 언니가 돌아가."

우린 서로 승강이를 벌였어.

용왕님이 우리의 모습을 지켜보고 아주 깊이 고민하는 것 같았지.

"좋다. 그럼 이렇게 하자."

"먼저 팥쥐가 세상으로 돌아가거라."

"그리고 콩쥐가 돌아갈 수 있도록 팥쥐가 도와야 한다."

내가 말했어.

"어떻게요?"

"내가 용궁의 보물인 구슬을 주겠다. 이 구슬을 가지고 이승에 가서 잘 간직하고 있다가 나중에 콩쥐를 만나게 되면 이 구슬에 대고 소원을 빌어라. 이 구슬은 소원을 딱 한 번만 빌 수 있다."

"만약, 구슬을 잃어버리면요?"

"잃어버리지 않아야 한다. 네 목숨과 네 어머니 목숨을 보전하고 콩쥐와 너희 가족이 행복하게 살 수 있는 방법은 이거 하나뿐이다."

"……."

콩쥐 언니가 말했어.

"네가 원님을 사랑했다는 거 나도 알고 있어. 하지만, 정말 미안하게도 내가 원님과 결혼하게 된 거야. 지금 내가 엄마와 만나는 시간 동안 네가 세상으로 돌아가서 내 역할을 대신해 줄 수 있겠니?"

"언니, 내가 어떻게 언니 역할을 대신해? 난 언니가 아닌데……."

"내가 용왕님께 부탁해서 내 얼굴 가면을 하나 만들었어. 그걸 쓰면 돼."

"언니, 그건 사람을 속이는 일인데……."

"무리한 부탁인 줄은 알고 있어. 하지만, 내가 엄마를 만나고 세상으로 다시 돌아가려면 너의 도움이 꼭 필요해. 도와줘 팥쥐야. 이걸 쓰면 사람들이 너를 나라고 생각할 거야."

"……."

"그러니 내가 돌아갈 동안만 내 역할을 해주고 내가 돌아갈 시간이 되면 내가 있는 이 호수의 물을 다 퍼내 주지 않겠니? 그래야 내가 살아 돌아갈 수 있단다."

나는 고민했어.

'언니를 위해서 이 일을 꼭 해야만 할까? 아니면 언니를 연꽃에 태워 보내고 나는 그냥 용궁에 남아야 할까? 형부를 속이는 나쁜 짓을 해야만 할까? 이건 분명히 도리에 어긋나는 짓인데…….'

하지만, 결국 난 언니의 말에 따르기로 했지. 그렇지 않으면 우리 모두 살아서 돌아갈 수 있는 방법이 없을 테니 말이야. 이승에서 걱정하고 있을 엄마 생각도 났고.

나는 용왕님과 왕비님, 언니와 작별인사를 나누고 연꽃을 타고 다시 세상으로 돌아왔어. 물론 언니가 준 가면과 용궁의 구슬을 가지고 돌아왔어.

가면을 썼어. 그러자 정말 감쪽같게도 언니 얼굴 모습이 된 거야. 난 언니 역할을 대신했지. 하지만, 언니처럼 될 수는 없었어. 얼굴이 언니라고 해서 모든 것이 언니가 되는 것은 아니었어. 나의 어설픈 말투며 행동이며 걸음걸이, 이 모든 것들이 사람들이 콩쥐가 어딘가 갔다가 며칠 만에 돌아오더니 무슨 병에 걸린 것은 아닌지 의심하게 만들었지.

하루하루가 고역의 나날이었어. 용궁의 구슬을 잘 간직하고 있었어. '곧 해결될 거야. 어서 호수의 물을 퍼내야 할 텐데…….'

기회만을 엿보았지만, 호수의 물을 내 힘으로 퍼낼 수는 없는 노릇이었어.

그러던 어느 날이었어. 그날도 호수의 물을 퍼내어 언니를 구해낼 궁리를 하다가 잠이 들었어. 잠이 들었다 깨어보니 저고리 앞섶에 달려 있어야 할 구슬이 보이지 않았어. 이상한 일이었지. 그게 어디로 간 걸까?

나는 점점 초조해지기 시작했어. 이승에 돌아오고 7일 만에 호수의 물을 퍼내지 않으면 언니가 호수에서 정말 죽어버린다고 했는데……. 시간이 얼마 남지 않았어. 나는 밤에도 잠을 이루지 못했어. 그렇게 원했던 원님과 같은 방을 쓰고 있어도 하나도 행복하지 않았어. 언니를 구해야 해. 언니를 살려야 해. 어쩌지? 물도 퍼내야 하고 용궁의 구슬도 찾아야 하고.

마지막 7일째 되는 날이 되었어. 원님은 누군가를 만나러 어디를 갔다 오더니 도끼눈을 하고 날 노려보는 거야.

"당신, 도대체 누구요?"

"당신, 콩쥐가 아닌 모양인데……. 지금 나를 농락하는 거요?"

나는 결심을 했어. 그래, 어쩔 수 없는 선택을 해야 했지. 드디어 길고 긴 언니 역할을 끝낼 날이 온 거야. 나는 원님에게 말했어.

"나는 팥쥐이고, 콩쥐 언니는 용궁에 있어요."

이래저래 해서 지금 호수의 물을 퍼내야 하고, 용궁의 구슬은 없어진 상태…… 이러쿵저러쿵 휴, 내가 아무리 설명을 해도 원님은 믿지 않았어. 정신이 나간 게 분명하다는 눈빛으로 나를 노려보기만 할 뿐이었지. 그래서 난 이렇게 말했어.

"나는 팥쥐이고 콩쥐 언니는 내가 호수에 빠뜨려 죽였어요. 지금 저 호수의 물을 다 퍼내면 언니를 만날 수 있을 거예요."

그러자 그 말은 즉시 효과를 드러냈어. 원님은 사람들을 시켜 호수의 물을 퍼내게 했지. 물은 많았어. 물을 퍼내자 물 반 고기 반이었어. 고기들이 파닥파닥 은빛으로 빛이 났지. 나는 시간이 길게만 느껴졌어. 한나절 이상을 파내자 호수의 물은 곧 바닥을 보이기 시작했어. 바닥에 콩쥐 언니가 있었어. 다행히 콩쥐 언니는 살아 있었지. 죽은 듯이 누워 있었지만 숨을 쉬고 있었어. 나는 뛸 듯이 기뻤어. 언니가 깨어나면 사실대로 이야기해 주겠지. 나는 희망에 부풀어 있었어.

하지만, 이건 무슨 청천벽력! 깨어난 언니는 아무것도 기억하지 못했어.

'아, 지금 사용해야 하는데, 언니가 모든 걸 기억하도록 해 주세요. 용궁 구슬, 용궁 구슬은 도대체 어딜 간 거야?

원님은 언니가 살아있는 걸 확인하자 불같이 화를 냈고, 콩쥐를 죽게 만든 나를 절대 용서하지 않았어. 내가 울며불며 하소연했지만, 언니도 전혀 기억을 하지 못했고. 원님은 나에게 아주 혹독한 벌을 내렸어. 인간의 탈을 쓰고 그런 짓을 한 나를 절대 용서할 수 없었겠지.

나는 무엇보다 엄마에게 참 미안했어. 엄마는 사실 아무것도 모르는데.

사실대로 말해 드릴 시간조차 없이……. 엄마는 내 말을 믿어 주셨을 텐데…….

신기한 용궁구슬

참, 묘한 인연이지? 콩쥐 언니는 착한 언니이긴 한데 나한테 하나밖에 없는 언니이기도 하고. 우리는 콩쥐와 팥쥐로 알콩달콩 행복했을 수도 있었는데…….

나는 이승을 떠도는 넋이 되었고 맺힌 한을 풀지 못한 채 떠돌았지. 도대체 용궁 구슬을 가져간 사람은 누구일까? 떠도는 넋이 되어서야 용궁 구슬을 훔쳐간 사람을 알게 되었어.

그 사람은 도깨비였어. 아니 예전에 생강을 먹던 도깨비였던 사람 말이야. 봉이와 동이에게 신령님이 준 생강을 빼앗기고 생강이 부족해서, 사람이 되었으나 할머니가 되어버린 도깨비 한 명 말이야. 이 도깨비는 예쁜 여자가 되어 오빠랑 결혼해서 행복하게 오래도록 살고 싶었대. 그런데 하루분의 생강이 부족해서 사람이 되긴 되었으나 할머니가 되어 버린 거야.

얼마나 억울했을까? 오빠 도깨비는 멋진 남자가 되어 늙지도 않고 행복하게 사는데 그 오빠랑 결혼하고 싶던 동생 도깨비는 할머니가 되어 늙은 상태로 있는 거야. 죽지도 않고.

그래서 산신령님께 빌고 또 빌었대. 제발 오빠처럼 젊게 해 주시라고.

산신령님이 말씀하시길 "용궁의 구슬이 있어야 한다. 용궁 속에서 건저 낸 구슬이 있으면 너의 소원을 들어줄 것이다."

이 말을 듣고 도깨비 할머니는 용궁 구슬을 구하러 오래오래 기다리고 찾아다니고 했어. 오랜 세월이 지나도 그건 쉬운 일이 아니었지.

그런데 우연하게도 내가 용궁 구슬을 얻어서 세상에 나타난 거야. 도깨비는 신통력이 아직 남아 있어서 그 사실을 감지할 수가 있었던 모양이야. 나의 구슬을 훔쳐가서 소원을 빌었대.

‘오빠랑 결혼할 수 있는 이쁜 여자로 태어나서 오빠랑 오래오래 살게 해 주세요.’

내 말을 믿어줄 사람이 얼마나 될지 모르겠지만 말이야. 이건 다 사실이란다. 그리고 이것만은 꼭 말해 두고 싶어. 이제 나와 같은 사람들이 다신 생기지 않도록 해줬으면 좋겠다는 거야. 동화책에 나오는 악역을 맡은 사람들 중에는 실제로는 나같이 이야기가 잘못 전해진 경우도 있다는 걸 말이야. 그 악역인 사람 편에서 생각해 보면 그렇게 이해 못할 일도 아니거든.

세상에 빛이 필요한 건 어둠이 있기 때문 아니겠니? 난 빛이 되고 싶었는데 어둠이 되어버린 아이야. 혹시 나처럼 불행한 아이가 주위에 있다면 남들의 인식으로 진짜 나쁜 아이고 못된 아이라고 손가락질 받는 아이가 있다면 한발 먼저 다가서서 말해 줄래? 그리고 그 아이의 이야기를 한번 들어봐 줄래? 다 듣고 나서 마지막에 “이런저런 모든 일에도 불구하고 나는 너를 사랑해.”라고 말해줄래? 그럼 그 아이도 환하게 웃어줄 거야. 이제 다 이야기하고 나니 속이 시원해.

나도 이젠 하늘나라로 갈 수 있을 것 같아. 너무 억울해서 잠도 자지 못했거든. 이젠 자야겠다. 아니 가야겠다. 모두 안녕!

참! 그런데 도깨비 구슬은 지금 어디에 있을까? 비가 많이 온 다음 날이면 고산천에 나가보렴. 햇볕에 반짝이는 물살은 내가 용궁에서 가져온 구슬이 깨져서 내는 빛이란다.

선녀설희, 소년승우 그리고 새하얀여름

김정현

1

"앗싸! 여름방학이다!"

승우는 이번 여름방학이 무척이나 설렌다. 완주에 사시는 할머니 댁에 가기로 했기 때문이다. 그동안은 엄마 아빠의 휴가 날짜에 맞춰서 하루 이틀 자고 오는 정도였는데 이번에는 방학 내내 할머니네 집에 있기로 했다.

"승우야, 정말 괜찮겠니?"

"난 너무 설레는 걸요! 왜냐하면, 엄마 아빠는 일하느라 집에 없을 거고 친구들은 학원에 가느라 나랑 같이 놀 수 없잖아요. 텔레비전을 보거나 컴퓨터 게임을 하면서 한 달이나 보낸다는 건 너무 끔찍해요. 할머니는 나이가 많으셔서 나랑 놀아주시기 어렵지만, 그곳엔 내가 놀 수 있는 것들이 너무 많아요. 그리고 이번 여름방학 숙제로 곤충채집을 할 거니까요!"

승우가 처음부터 이랬던 것은 아니었다. 컴퓨터가 없다는 것만으로도 몸부림을 치면서 시골에 가기를 거부했고 도착하자마자 집에 보내달라고 울면서 떼를 썼다. 그런 승우가 변한 건 바로 작년, 그곳에서 '친구'가 생겼기 때문이다. 승우처럼 방학이면 할머니 댁에 지내러 온다는 '우진'이다. 우진이는 승우와 달리 마을 곳곳을 잘 알았다. 그래서 승우를 데리고 다니며 마을을 소개해주고 또 함께 놀아주었다. 승우와 우진이는 열 살 동갑내기 친구였지만 승우는 그런 우진이가 듬직한 형 같아서 좋았다. 특히 계곡에서 물장구를 치고 물고기를 잡던 기억이 승우에겐 너무나 소중했다.

"나는 여름방학 때만 이곳에 올 수 있어. 그러니까 내년 여름방학 때 우리 꼭 만나자. 그때는 더 굉장한 걸 너에게 보여줄게. 그리고 알려줄게. 왜냐하면 우리는 열 살이 되니까! 아홉 살과 열 살은 너무 달라. 두 자리 수의 나이가 된다는 건 더 이상 어린이가 아니라는 이야기거든. 그러니까 너에게 굉장한 여름을 선물해줄게."

2

할머니 댁이 있는 삼거리마을까지 가는 길은 언제나 멀고도 험하다. 산에 가려져 보일 듯 보이지 않는 마을이 승우는 답답하다.

"왜 산은 항상 똑같을까요? 나는 3센티미터나 자랐는데."

"승우는 왜 산이 똑같다고 생각하니?"

"왜냐하면 늘 키가 똑같고 여름이면 항상 똑같은 초록색이잖아요."

"그렇게 생각할 수도 있겠구나. 하지만, 승우가 지난 여름방학에 본 잎들은 가을과 겨우내 다 떨어져 버렸는걸. 새로 자란 잎들이니 그것만으로도 산은 달라지지 않았을까?"

“아빠 말을 들으니까 산이 더 진한 초록색으로 보여요.”

“더 많은 것이 달라져 있을 거야. 산을 뒤덮은 나무들이 그새 자라서 산이 더 커졌을지도 모르지.”

“그래서 마을이 더 안 보이는 걸까요?”

“하하하! 그럴 수도 있겠구나!”

우진이는 어떻게 변했을까? 승우는 우진을 만나 자신이 무려 3센티미터나 자랐다는 것부터 자랑하고 싶었다. 한 뼘은 더 컸던 우진이보다는 여전히 작겠지만 그래도 성장한 자신을 좀 더 ‘어른’으로서 인정받을 수 있을 것 같았다.

3

“아이고, 내 새끼 왔구나!”

“할머니이!”

승우가 할머니 품에 폭 안긴다. 그러나 그것도 잠시! 나는 이제 어른이잖아! 하는 생각에 품에서 빠져나와 두 손을 공손히 모으더니 다시 인사를 드린다.

“할머니, 그동안 안녕하셨어요?”

“아이고, 내 새끼가 그새 이렇게 듬직하게 커서 왔어!”

기특해하는 할머니를 보면서 승우는 우쭐해진다.

“어머니 그간 안녕하셨죠? 더 건강해 보이셔서 다행이에요. 그런데 오늘은 바로 가봐야 할 거 같아요. 일 때문에 지체할 시간이 없네요.”

“그래도 밥은 먹고 가야지. 사람이 밥 먹을 시간 아껴서 일하는 게 아니야. 먹고 살라고 일하는 건데 그런 법이 어디 있담. 한 숟갈이라도 들고 가.”

승우는 할머니를 도와 밥상을 차리고 아버지는 결국 점심이나마 함께 먹고 가기로 한다. 승우는 밥을 먹는 내내 초조하다. 그간 전하지 못한 이야기들을 주고받으시는 할머니와 아버지 사이에 끼어들 틈이 없어서 도무지 우진이의 일을 물을 수가 없기 때문이다. 그런 승우를 눈치 채신 듯 할머니께서 말을 꺼내신다.

"승우야, 우진이는 이따 밥 먹고 오라고 했으니까 천천히 먹으렴."

4

아버지가 차를 타고 돌아가시고 나서도 우진이는 올 생각을 하지 않는다. 승우는 식곤증에 자꾸만 감기는 눈을 부릅뜨고 하염없이 대문 밖을 바라본다.

"승우야!"

"우진아! 우진이 왔구나! 왜 이렇게 늦었어!"

승우는 너무나 반가운 나머지 신발도 신지 않은 채 마당으로 뛰쳐나간다. 그러고는 서로를 얼싸안고 폴짝폴짝 뛴다. 우진이도 그새 키가 더 큰 것 같다. 승우는 자신의 키 이야기를 할까 말까 고민한다.

"나는 그간 키가 좀 자랐어. 승우 너도 저번보다 키가 자란 거 같아. 내 말이 맞지?"

승우는 우진이 알아주어서 너무나 기쁘다. 할머니께서 썰어준 시원한 수박을 먹으면서 그동안 하고 싶었던 말들을 몽땅 쏟아낸다. 휴대폰도 있고 컴퓨터도 있지만 우진이는 심지어 편지조차 쓰지 말자고 하였다. 그래야만 일 년 뒤에 만났을 때 우리가 얼마나 많은 시간을 지나 극적으로 만나게 되었는지를 알 수 있다고 했다. 승우는 그 말이 무슨 뜻인지 조금은 알 것 같았

다. 실컷 맞장구를 쳐주며 자신의 이야기를 들어주는 우진이가 승우는 정말
좋았다.

"날씨가 좋으니까 바깥으로 나가자."

"둘 다 너무 늦게까지 돌아다니지 말고 물 조심하렴."

"네, 할머니. 다녀오겠습니다."

5

승우는 우진이의 걸음을 따라 마을 어귀를 걸으면서 못다 나눈 이야기
를 늘어놓는다. 우진이가 걸음을 멈추고 쉬어 가자고 한다. 나무 그늘에 의
지해 뜨겁고도 청량한 여름 햇살을 시원하게 받아낸다. 승우는 졸음이 쏟
아지려 한다. 그런데 우진이가 이제까지와는 다른 말투 — 승우는 우진이
의 그 말투가 어른스럽다고 생각했다 — 로 이야기를 꺼내어 이내 졸음이
싹 가셨다.

"너 '선녀와 나무꾼' 이야기 알지?"

"응! 줄거리 말해줄까?"

"아니 그럴 필요는 없어. 우리 둘 다 그 이야기를 알고 있다는 게 확실해
졌으니까. 그렇다면, 이곳이 그 선녀와 나무꾼이 살았던 마을이라는 것도
알아?"

"할머니한테 이야기를 들었던 것 같기도 하고……."

승우는 잘 기억이 나질 않는다. 우진이를 만나기 전까지는 할머니 댁에
오는 걸 싫어한 만큼 할머니의 말씀도 잘 들으려 하지 않았기 때문이다. 집
에 가고 싶어 훌쩍거리면서 울 때 할머니께서 옛날이야기를 들려주겠다며
'선녀와 나무꾼' 이야기를 꺼냈었다. 그때 승우는 아는 이야기라면서 짜증

을 냈다. '그 선녀와 나무꾼이 이곳 삼거리마을에 살았단다.' 하는 이야기를 들려주실 때는 말도 안 되는 거짓말이라고 무시해버렸다. 그런데 그 이야기를 우진이가 하고 있다니!

"저 산봉우리는 '선녀봉'이라고 해. 선녀의 몸을 닮았다고 해서 선녀봉이라고 부른대. 그것보다 저 산봉우리에서 시작되는 계곡물이 바로 선녀가 목욕을 했던 계곡의 물이야."

"그렇구나."

시큰둥해하는 승우에게 우진이는 더욱 진지하게 이야기를 한다.

"선녀와 나무꾼 이야기는 누가 지어낸 게 아니라 실제로 있었던 일이야. 언제였는지 정확히 기억하는 사람은 없겠지만, 이곳 삼거리마을이라는 것은 확실해."

"에이, 거짓말. 그건 정말 지어낸 이야기잖아."

"넌 저 선녀봉과 내 말을 믿지 않는 거니?"

우진이가 실망한 듯 보이자 승우는 당황한다.

"그치만…… 그걸 뭐라고 하지? 즈, 증거! 그래 바로 그거야. 증거가 없잖아! 내가 보기엔 그냥 산이고 물인걸. 어디서나 볼 수 있는."

"사실 나도 그렇게 생각해왔어. 하지만, 그게 진짜인지 아닌지 곧 알게 될 거야."

"그걸 어떻게 알 수 있는데?"

"바로 내일. 내일 선녀들이 마을 사람들이 선녀탕이라고 부르는 곳으로 내려올 거니까!"

"뭐라고?"

승우는 아직도 어리둥절하지만 우진이는 더욱 격앙된 목소리로 이야기를 끌어간다.

"내가 보여줄 굉장한 여름이 바로 그거야. 선녀와 나무꾼의 이야기가 진
짜인지 아닌지 내일 밤 우리의 눈이 증거가 되어 줄 테니까."

동화 속 이야기를 믿다니! 승우는 우진이 처음으로 어린애 같다고 생각
했다.

"선녀가 내려온다는 걸 네가 어떻게 아는데?"

"우리 할아버지의 아주 먼 할아버지…… 그러니까 나의 조상님의 친구
분이 바로 나무꾼이었기 때문이야."

6

"우리가 '선녀와 나무꾼'의 이야기를 알고 있다는 걸 확인했지만, 마지
막 부분을 덧붙여 이야기할게. 선녀와 아이들을 찾아 하늘로 올라간 나무
꾼은 홀로 계신 어머니가 걱정되어서 다시 근심을 하게 돼. 그런 나무꾼이
안쓰러웠던 선녀의 도움으로 그는 천리마를 타고 땅으로 내려오게 되지.
어머니는 마지막이니 잠깐만 내려서 밥이라도 먹고 가라고 간절히 부탁하
지만, 천리마에서 내리면 하늘나라로 돌아갈 수 없기에 그럴 수 없다고 해.
그러면 죽이라도 한 사발 먹고 가라는 어머니의 간절한 청을 못 이겨 말을
탄 채로 죽을 먹다가 그만 그 뜨거운 것을 말등 위에 쏟아버리고 말지. 놀란
말이 땅을 박차자 나무꾼은 말등에서 떨어지고 순식간에 천리마는 하늘로
날아가 버리지. 나무꾼은 더는 선녀를 만날 수 없게 되어 홀어머니를 모시
고 평생을 그리워만 하다가 죽게 돼.

내가 들려주려는 이야기는 그 이후부터야. 선녀는 나무꾼이 자신을 그
리워한다는 것을 알면서도 더는 그를 도와줄 수가 없었어. 약속을 지키지

못한 나무꾼에 대한 신의 노여움이 너무 커서 더 이상 선녀의 부탁이 받아들여지질 않았던 거야. 그래도 마지막으로 딱 한 번만 나무꾼을 만나게 해 달라는 선녀의 간절한 청은 계속되다가 10년이라는 세월이 흘러서야 받아들여지게 되지. 그런데 하늘과는 달리 인간이 사는 세상에는 이미 100년에 가까운 시간이 흘러 있었어. 선녀는 마음이 찢어질 듯 아팠어. 그런데 이상했어. 왜 나무꾼은 죽어서도 하늘나라로 오지 못했던 걸까? 선녀는 나무꾼을 기억하는 사람을 가까스로 만나게 되었어. 그는 나무꾼의 둘도 없는 친구였던 사람의 손자뻘 된다고 자신을 소개하면서 이야기를 들려주었어. 어머니가 돌아가시고 더욱 쓸쓸한 나날들을 보내다 죽은 나무꾼을 그 친구는 어머니 무덤 옆에 나란히 묻어주었지만, 어느 날 마을에 큰 홍수가 나면서 둘 다 떠내려가 흔적조차 찾아볼 수 없게 되었다고. 선녀는 땅에조차 편하게 묻히지 못하고 마을 곳곳을 헤매고 있을 나무꾼과 그의 어머니의 넋이 느껴지는 것만 같았어. 자신이 천리마를 보냈기 때문에, 아니 하늘에 다시 올라가려 했기 때문에 생긴 불행이라는 생각에 선녀는 너무나 슬펐어. 그 래서 그들이 살던 마을에 10년에 한 번, 그러니까 인간에게는 100년에 한 번 씩 하늘의 꽃을 띄워 보내기로 했어. 선녀는 그 꽃으로 그 둘과 마을의 안녕을 기원해 달라고 그 손자 되는 사람에게 부탁했어. 그는 흔쾌히 그러겠다고 하였지."

7

승우는 여전히 우진이 말을 믿을 수가 없었다. 그러나 우진이는 계속 이야기를 이어나갔다.

"너무 오래된 일이라 그런지 언제부터인가 사람이 꽃을 돌보게 되는 일은 없어졌다고 해. 그래도 마을에서는 100년에 한 번씩 알 수 없는 꽃향기가 퍼진대. 그 후로는 마을이 더욱 살기 좋게 느껴지고 말이야."

"그렇다면, 돌봐주는 사람이 없어진 줄 모르고 선녀가 계속 꽃을 보낸다는 거야?"

"돌봐주는 사람 대신 무엇인가가 그 일을 대신하고 있는 것 아닐까? 아무튼 말이야, 내일 밤이 바로 그날이야. 하늘의 꽃이 내려오는 날! 할머니께서 알려주신 날짜니까 틀림없어. 그러니까 내일 밤 만나야 해. 승우 네가 믿지 못하겠다면…… 굳이 그렇다면 내일 밤 나타나지 않아도 좋아. 나 혼자서만 확인할 테니까."

그러나 우진이의 말투는 승우가 없을지 모른다는 생각에 쓸쓸함이 묻어나왔다. 승우는 그것을 느낄 수 있었다.

"우진아, 정말로 나올 거야? 네 말대로 달이 뜨지 않으면 엄청 깜깜할 거고…… 무엇보다 할머니께서 걱정하실 거야."

"어쩔 수 없이 거짓말을 해야 해. 너는 우리 할머니 댁에, 나는 너희 할머니 댁에 놀러 간다고 말을 하고 나오면 돼. 선녀가 목욕하는 시간은 길지 않으니까, 할머니께서 걱정하실 만큼 늦게 돌아가진 않을 거야. 그리고 무엇보다 나는 길을 잃어버리지 않을 만큼 이곳을 잘 알아."

"괜찮을까? 할머니께 걱정을 끼치지 않고 나온다고 해도…… 정말 선녀를 만난다면…… 우리는…… 우리야말로 괜찮을까?"

"우리가 위험해지지 않기 위해 날개옷을 하나 훔칠 거야."

"나무꾼처럼 선녀가 하늘에 올라가지 못하게 하려고?"

"아니! 발견되었을 때를 대비하는 거지. 만약에 우리를 해치려고 하면 날개옷으로 협박할 거고 발견되지 않았을 때는 선녀들이 목욕을 마치기 전에 몰래 다시 놔두고 돌아가면 되는 거야."

"그런데 선녀가 꽃을 띄우러 내려오는 거라면서 목욕까지 할까? 그것보다 왜 그렇게까지 위험한 행동을 해야 해?"

사실 승우는 선녀가 그렇게 궁금하지 않다. 혹시 실제로 만난다고 하면 동화 속 그림처럼 아주 아름다울 것 같긴 하다. 하지만, 의외로 선녀가 못생겼을 수도 있고 나무꾼 때문에 생긴 사람에 대한 적개심으로 자신을 해칠지 모른다는 불안감이 더욱 크게 느껴졌다.

"아무도 선녀를 믿지 않기 때문이야. 선녀를 눈으로 직접 확인하면, 나도 더 이상 할머니의 말씀을 의심하지 않게 될 거니까. 더는 의심이라는 불편한 마음을 갖지 않아도 되니까 그런 거야. 그러니까 네가 내일 나타나지 않아도 나는 너를 원망하지 않아. 그렇다고 선녀를 기다리는 일을 그만두지도 않을 거야. 내일 밤, 아니면 다음날 이곳에서 만나자. 안녕!'

8

승우는 우진이를 만나고 계속 마음이 언짢았다. 어떻게 해야 할지 결정을 내릴 수가 없었다. 우진이를 믿지 않으려는 건 아니다. 하지만…….

"할머니! 선녀는…… 진짜로 있을까요?"

"지금은 있는지 모르겠지만…… 옛날에는 있었단다. 이 마을에."

"하지만, 그걸 어떻게 알아요? 아니다, 아니에요. 저 오늘은 우진이네 할머니 댁에 가서 놀 거예요. 많이 늦지는 않을 거니까 걱정하지 마세요."

"오늘은 달이 없는 날이니 일찍 들어오렴. 가서 할머니 말씀도 잘 듣고."

"네. 다녀오겠습니다."

승우는 우진이 말했던 것처럼 할머니의 말씀을 의심하는 것이 싫어져 하려던 말을 그만둔다. 우진이도, 할머니도, 아니 어쩌면 마을 사람들 모두를 의심하고 있는지 모르는 자신이 싫어진다. 그래서 우진이와 만나기로 한 장소에 나가기로 결심한다. 소중한 친구인 우진이를 자기만큼은 믿어주고 싶다.

약속한 장소에 우진이는 이미 와 있었다.

"네가 오지 않을까 봐 사실 많이 걱정했어. 내가 선녀를 만나도 그것을 알아줄 사람이 없기 때문이야. 널 만나게 돼서 반가워!"

우진이가 승우를 꼭 껴안는다. 그러고는 가방에서 손전등을 꺼내 손에 쥔다.

"난 괜찮지만 너는 밤길이 처음일 테니까 이걸 사용해. 참! 먹을 것도 조금 싸왔으니 배고파지면 같이 먹자. 나는 긴장해서 아무것도 먹질 못했거든. 여기야, 나무꾼이 선녀를 훔쳐봤던 곳!"

정말 이곳이라면 선녀들을 훔쳐볼 수 있을 것 같았지만 깎아내린 언덕의 높이가 제법 되어 승우는 조금 무서웠다. 아홉 시가 채 되지도 않은 밤인데 시골이라 거리에 조명등이 많지 않고 그보다 달이 없어서 너무나 깜깜하다. 승우는 우진이 싸온 음식을 나눠 받아먹는다. 시간이 흐를수록 그 흐름을 가늠할 수 없는 깜깜한 밤하늘에 승우는 점점 불안해진다. 집에 돌아갈 수 있을까?

"승우야, 불 꺼! 저길 봐, 맙소사! 진짜야! 진짜였어! 우리가 꿈을 꾸는 건 아니겠지?"

그때였다. 우진이의 말에 깜짝 놀라 하늘을 올려다보니 갑자기 태양을 마주할 때보다도 더욱 눈이 부신 빛이 쏟아져 도저히 눈을 뜨고 있을 수가 없었다. 승우와 우진이는 들키지 않도록 최대한 몸을 움츠리고 숨을 죽였다.

9

승우와 우진이는 아주 조심스럽게 고개를 들어 선녀들을 바라보았다. 선녀의 몸에서는 은은한 빛이 계속 새어나오고 있었다. 그것은 마치 달빛과도 같았다. 선녀들이 날개옷을 벗기 시작했다. 그것은 옷을 벗는 것이 아니라 빛을 걷어내는 것처럼 보였다. 벗어놓은 날개옷에서는 계속 은은한 빛이 새어나왔다. 그나저나 저렇게 먼 거리여서는 우진이의 말처럼 날개옷을 훔칠 수는 없을 것 같았다. 날개옷을 벗은 선녀의 몸에도 마찬가지로 — 그러나 전보다는 조금 약해진 — 아름다운 빛이 감싸져 있었다. 그 빛으로 인해 선녀의 몸은 굉장히 신비로워 보였다. 승우와 우진이는 아무 말도 못한 채 넋을 놓고 바라보고 있었다.

그런데 자세히 보니 선녀들 중에 눈에 띄게 몸집이 작은 여자아이가 있었다. 그 아이를 보고 놀란 승우가 저도 모르게 자리에서 서서히 일어나고 말았다. 그러자 그보다 더 놀란 우진이가 승우를 붙잡는다. 그러나 이미 늦어버렸다. 승우와 그 아이의 눈이 마주치자 갑자기 물줄기가 솟구치더니 우진이와 승우를 향해 날아왔다. 가까스로 물줄기를 피해 도망치려는데 굉장히 거센 바람이 그 주변을 휘감기 시작했다. 선녀들도 당황하여 급하게 날아가려는 날개옷을 붙잡고 빛을 내며 한 명씩 사라지기 시작했다. 바람에 휘감긴 승우는 물 위로 떨어진다. 허우적거리다가 그 몸집이 작은 선녀를 붙잡는다. 그랬더니 승우의 몸이 공중에 뜬다. 땅 위로 곤두박질치는 승우의 몸이 선녀의 날개옷 위로 떨어진다. 날개옷 때문인지 던져질 때의 충격이 전혀 느껴지지 않았다. 선녀는 당황한다. 그때 우진이가 승우와 선녀를 향해 달려온다. 선녀가 우진이를 향해 꽃잎처럼 보이는 것을 던진다. 그것은 우진이의 어깨에 내려앉는 듯하더니 이내 사라진다.

“우진아, 나 좀 도와줘.”

우진은 마치 의식이 없는 사람처럼 뒤돌아선다.

“우진아, 우진아!”

승우가 아무리 불러도 대답하지 않는 우진은 점점 승우의 시야에서 사라졌다. 그 와중에 몸집이 작은 선녀가 승우의 목을 조르려고 하나 손이 자꾸만 미끄러진다.

“미안해, 미안해. 혹시 내가 깔고 누운 게 네 날개옷이면 줄게, 줄게. 그러니까 비켜줘.”

승우가 얼른 몸을 일으켜서 선녀에게 내민다. 그런데 아까 봤던 빛이 날개옷에서 느껴지지가 않는다. 승우는 불안했다. 선녀도 급하게 날개옷을 입어 보지만 아무것도 변하지 않았다. 입고 있는 옷은 투명에 가까워서 작은 선녀의 몸이 비쳤다. 승우는 그것이 부끄러워서 시선을 돌렸다. 작은 선녀는 어찌할 바를 몰라 하더니 목 놓아 엉엉 울기 시작한다. 승우는 더더욱 어찌할 줄을 몰라 한다.

‘몸집만이 아니라, 정말 어린 아이구나……. 꼬마 선녀님도 있구나. 그런데 우진이가 없으니 어떻게 할머니 댁으로 돌아가지? 그리고 나 때문에 망가진 이 날개옷을 어떻게 해야 하지?

승우도 꼬마 선녀 옆에서 함께 목 놓아 울고 싶었다. 이런 건 전혀 생각지 못했던 일이다. 그때 멀리서 발소리가 들려오는 것 같았다. 승우는 이상한 확신이 들었다. 그것은 할머니 발자국 소리다! 안심이 되자 승우는 의식을 잃었다.

10

"승우야, 일어나서 밥 먹어야지."

할머니께서 아침상을 내오신다. 승우는 졸린 눈을 비비다가 밥공기가 세 개인 것을 보고 화들짝 놀란다. 그렇구나, 꿈이 아니었구나! 승우는 급하게 방 안을 휙 둘러본다. 작은 바위를 덮어 놓은 듯 이불이 봉긋 솟아 올라와 있다. 저 안에 선녀가 있구나.

"서, 선녀님도…… 밥…… 밥 먹어……요."

승우가 이불을 조금 걷어 올리고 말한다. 꼬마 선녀는 대답이 없다.

"혹시 사람이 하는 말…… 아니면 우리나라 말을 모르는 걸까요, 할머니?"

"글쎄다. 그런 것 같지는 않더구나. 꼬마 선녀님, 많이는 못 내왔지만, 아침상 같이 받아요. 그래도 정성을 다해 내왔으니 속은 든든해질 수 있을 게요."

의식을 잃기 전 들었던 게 할머니 발자국이었던 게 인제야 안심이 되었다. 그런데 할머니는 모든 걸 알고 있는 것처럼 느껴졌다. 우진이가 다녀갔던 걸까? 아니면 할머니는 이미 예전부터 선녀를 믿었기 때문에 직감하고 있는 것일까?

"그래! 서, 선녀님…… 우리 할머니 밥이 얼마나 맛있는데……."

"……ㄱㅗㅈㄱㅏㅁ……."

"응? 지금 말했어? 뭐라고 했어?"

다시 대답이 없다. 승우는 답답하다. 겨우 선녀가 입을 열었는데 두꺼운 이불에 덮여 있어서 소리를 제대로 들을 수가 없었다.

"곶감이면 돼……. 다른 건 필요 없어……."

"할머니, 곶감이래요, 곶감! 그런데 곶감이 있어요?"

"이를 어쩐다…… 꼬마 선녀님 입을 옷도 없으니 내 서둘러 장에 나가서 옷이랑 곶감이랑 사올게. 자, 이거라도 조금 먹어요."

"……필요 없어 다른 건…….'

"승우야, 너라도 밥 잘 먹고…… 꼬마 선녀님 기운 좀 내게 도와주고…… 우리 승우도 기운을 내고. 알았지? 내 얼른 장에 다녀올 테니."

"할머니 없을 때 도망가면 어떻게 해요?"

"그럴 일은 없을 거 같으니 내 얼른 다녀오마."

할머니는 밥공기를 미처 다 비워내지도 않고 서둘러 장에 나가신다. 승우는 할머니를 따라 장에 가고 싶은 마음이 굴뚝같다. 여전히 이불 속에서 나오지 않는 꼬마 선녀가 이제는 조금 측은해진다. 우진이라도 와줬으면 좋겠는데…… 우진이는 어떻게 된 걸까?

"선녀……님, 나 금방 나갔다 올게. 정말 금방이야. 할머니보다 빨리 올 거야. 그러니까 나가지 말고…… 답답하니까 이불 속에서 나와서 쉬고 있어. 금방 올게."

승우는 급하게 밥상을 치우고 밖으로 나간다. 우진이네 할머니 댁이 어디인지를 몰라 어제 만난 장소로 뛰어나가 보지만 우진이는 없다. 승우는 다시 급하게 우진이와 놀았던 계곡물이 있는 곳을 찾아간다. 그곳에도 우진이는 없었다. 우진이도 걱정이지만 꼬마 선녀가 걱정되는 승우는 작고 예쁜 돌멩이 다섯 알을 골라 주머니에 넣고 다시 뛴다. 숨을 헐떡이며 다시 집으로 돌아온 승우는 조심스럽게 선녀가 있는 방의 문을 연다. 이번에는 선녀가 이불 밖으로 얼굴을 빠끔히 내밀고 있다. 승우가 돌아오자 다시 이불을 뒤집어쓰려고 한다.

"잠깐만, 잠깐만! 보여줄 게 있어. 봐봐, 예쁘지!"

승우는 선녀에게 금방 주워온 돌멩이를 꺼내서 보여준다. 돌멩이에 남아 있는 물기를 입고 있는 티셔츠로 쓱쓱 닦아서 다시 내민다. 선녀가 호기심에 쳐다보는데 그 모습에 승우는 심장이 이상하게 쿵쾅거려옴을 느낀다. 꼬마 선녀는 동화 속에서 본 그 어떤 공주들의 모습보다도 아름다웠다. 특히 흰 눈보다도 깨끗하고 하얗게 빛나는 피부 빛이 신비롭게까지 느껴졌다.

"넌 선녀가 아니라 백설공주니? 네 이름은 백설이야?"

꼬마 선녀는 승우의 말을 못 들은 척한다. 애초에 백설공주가 무엇인지도 모른다. 꼬마 선녀는 승우가 가져온 것이 그저 돌멩이란 사실에 실망하고 다시 이불을 얼굴 위로 끌어당긴다.

"아, 아냐! 미안해! 내가 엉뚱한 말을 해버렸어! 그리고 돌멩이를 보여주려는 게 아니라 내가 이걸로 이제부터 재밌는 걸 해 보일게. 자, 봐봐."

승우는 오른 손바닥에 돌멩이 다섯 개를 모두 모으더니 바닥에 살짝 깔아 놓는다. 그리고는 하나를 적당한 높이로 하늘에 던진 후 바닥에 있는 돌멩이 하나를 얼른 줍고 그것을 받아낸다.

"이렇게 하나씩 주울 때 다른 돌멩이에 손이 닿으면 안 돼. 하늘에 던진 것도 다시 받아내야 해. 다음은 한 개가 아니라 두 개를 주워야 하고 다음은 세 개……."

꼬마 선녀가 흥미를 보이며 점점 덮고 있던 이불을 걷어낸다. 선녀가 입고 있는 옷은 분명 승우의 것이다.

'할머니 옷이 너무 커서 내 옷을 입었구나. 내 옷을 다른 누구도 아닌 선녀가 입고 있다니! 내가 남자애라서 조금 미안해지는걸…….'

미안함보다 승우는 어쩐지 부끄럽게 느껴진다. 꼬마 선녀가 자기에게 집중하고 있는 것을 알고 더욱 부끄러워진 얼굴이 새빨갛게 달아오른다.

"다음에는 어떻게 해야 해? 다섯 개를 주우려면 하늘에 던질 수 있는 돌이 없잖아."

"아, 그건 꺾기라고 해서 이렇게 하는 거야."

승우는 손바닥에 돌멩이를 잘 모은 다음 한꺼번에 살짝 위로 던진다.

"우와! 다섯 개야. 다섯 개가 올라갔어! 이걸 어떻게 하는 거야?"

승우는 우쭐해진다. 이걸 다 잡아내야 꼬마 선녀가 좋아할 텐데! 승우는 손등 위에 있는 돌멩이에 집중한다. 하나, 두울, 셋!

"우와, 우와, 우와! 다 잡아냈어! 신기하다! 이건 너만 할 수 있는 거야?"

마치 마술사의 마법을 처음 본 아이처럼 신기해하는 선녀를 보면서 승우는 더욱더 우쭐해진다. 내친김에 거짓말로 세상에서 이것을 할 수 있는 사람은 나뿐이라고 하고 싶지만 승우는 이것이 공기놀이라고 불리는 아이들의 놀이임을 설명해준다.

"다른 것도 보여줄까?"

"또 뭐가 있어?"

"밖으로 나가자. 이건 밖에 나가서 해야 해."

이번에 승우는 자치기를 보여줄 셈이다. 공기놀이는 여자아이들의 놀이라는 생각에 남자아이다운 모습을 보여주고 싶어진 것이다. 그다음에는 무엇을 보여줄지도 생각해본다. 꼬마 선녀가 자신에게 마음을 열어준 거 같아서 너무나 기분이 좋다. 문을 열자 어느덧 중천에 가까워진 여름해가 눈부시다. 승우는 혹시 선녀가 뜨거운 햇볕에 녹아버리지 않을까 하는 상상을 한다. 말도 안 된다고 생각하면서도 눈부시게 하얀 꼬마 선녀가 자꾸만 걱정된다.

"너… 설마 햇볕에 녹아서 없어지거나…… 그러는 거 아니지?"

"선녀옷이 없으면 나는 인간이나 마찬가지야. 그럴 일은 없어."

선녀옷 이야기가 나오자 꼬마 선녀는 다시 어두운 표정이 되어서는 문턱 밖으로 내밀었던 한 발을 다시 안으로 집어넣는다.

"잠깐만 있어봐."

승우는 길을 따라 드문드문 나 있던 민들레꽃 홀씨 몇 개를 꺾어온다.

"밖에 나오지 않아도 괜찮으니까 이것만 봐봐. 아주 재미있다고."

꼬마 선녀가 마당에 서 있는 승우를 쳐다보자 기다렸다는 듯이 힘껏 민들레꽃 홀씨를 향해 바람을 분다. 날아가는 민들레 홀씨를 꼬마 선녀는 넋을 놓고 바라본다.

"……나도 해볼 수 있어?"

"응! 잠깐만 있어봐. 내가 얼른 꺾어 가지고 올게."

장을 보고 온 할머니는 마당에서 민들레 홀씨를 불며 놀고 있는 승우와 꼬마 선녀에게 놀란다. 그러나 이내 흐뭇한 미소를 지으며 바라본다.

11

할머니는 마루에 곶감을 내어주고는 이내 방으로 들어가신다.

'선녀들은 곶감밖에 먹을 줄 모르나? 그런데 왜 안 먹지?

계속 곶감을 쳐다보고만 있는 꼬마 선녀가 승우는 신경이 쓰인다. 그것도 아니면 그런 자신의 시선이 신경 쓰여 오히려 못 먹는 걸까? 승우는 고개를 돌려보지만, 여전히 꼬마 선녀는 쳐다보고만 있다. 그것도 아니라면 혹시…….

"너 혹시 이거 처음 봐?"

"……응."

"곶감이 뭔지도 모르고 먹고 싶다고 그런 거야?"

"그치만…… 꼭 먹어보고 싶었는걸. 곶감이라는 것이 인간 세상에 있는 열매들 중 최고의 맛이라고 들었는걸."

"곶감을 먹어본 선녀가 있구나. 이건 감이라고 하는 과일을 말려서 만든 거야. 감은 원래 가을에 익지만 지금 먹는 곶감도 맛있을 거야."

꼬마 선녀는 조심스럽게 한 입 베어 문다. 그제야 맛있다는 미소를 지어 보이는 꼬마 선녀를 보고 승우는 넋을 잃는다. 곶감을 오물오물 씹고 있는 작은 입이 귀엽다고 생각하자 승우의 얼굴이 다시금 발갛게 달아오른다. 승우는 또다시 밖으로 뛰어나간다. 자꾸만 꼬마 선녀를 위해 무언가를 해주고 싶다. 이번에는 아직 홀씨가 되지 않은 노란 민들레꽃으로 꽃반지를 만들어 주려고 했는데 좀체 눈에 보이지 않는다. 그보다 더 아름다운 들꽃들을 한 아름 꺾어다가 꼬마 선녀에게 가져다준다.

"밖에 나가면 이보다 더 예쁜 꽃들이 많아. 우리가 사는 세상에는 예쁘고 재밌는 것들이 많아. 같이 가보지 않을래?"

"나는 하늘나라로 가야 해……. 이곳에 남아 있을 수 없어."

"정말 미안해. 너의 옷을…… 망가뜨리려고 했던 건 아니었어, 미안해……. 하지만 그건 나도 어쩔 수 없었어. 옷이 그렇게 될 줄 몰랐단 말야……. 날개옷이 그렇게 되었으니까 너…… 다시 돌아가고 싶어도 돌아갈 수 없는 거 아냐? 그러니까…… 나랑…… 같이 살자. 내가 날마다 예쁘고 재밌는 것들을 널 위해 보여주고 알려줄게."

너무 어려서 나무꾼처럼 결혼이란 걸 할 수는 없다고 생각하지만 매일매일 꼬마 선녀를 기쁘게 해줄 자신이 있다고 승우는 생각한다. 왜냐하면, 자신은 이제 더 이상 아홉 살이 아닌 열 살이니까. 조금은, 어른이니까 말이다.

12

　꼬마 선녀가 할머니와 승우를 앉혀놓고 왜 자신이 하늘나라에서 내려왔는지를 이야기한다. 꼬마 선녀의 이야기는 우진이가 들려준 것처럼 나무꾼과 그의 홀어머니를 위한 꽃을 보내기 위해서였다.

　"선녀가 보내는 하늘의 꽃에는 신비한 힘이 있어. 나무꾼과 그의 어머니 그리고 이 마을 모두를 사랑하는 '선녀의 마음'이 담겨 있거든. 쉽게 말하면, 이 마을에 유독 나이 많은 여자들이 많은 건 선녀가 그들을 나무꾼의 어머니처럼 여기고 보살피려 했기 때문이야. 꽃의 향기를 맡은 이 마을 정령들은 선녀의 마음을 헤아려 이 마을을 지키려고 노력하지. 이 마을에 사람이 많이 살지는 않지만 그 어느 곳보다 아름답고 깨끗하고 살기 좋은 곳인 건 이 때문인 거고."

　"선녀가 나무꾼의 친구 자손들에게 자신의 꽃을 부탁했었다고 하던데……."

　"그랬었지. 그랬는데 그 자손들 중에 욕심을 품은 자가 있었어. 그 꽃을 자기가 가지면 이 마을에 나뉘었던 커다란 복이 자신의 것이 되지 않을까 하는 호기심이 부른 욕심이었어. 결국, 마을에 재앙이 들이닥쳤지. 그해 여름, 산의 나무들이 쓸려갈 만큼 엄청난 폭우가 내렸어. 그것도 이 마을에만. 피해는 말할 수도 없이 컸고 사람들은 점점 마을을 떠나기 시작했어. 그는 자신이 얼마나 큰 죄를 지었는지 뒤늦게 깨달았지만, 용서를 구하기는 쉽지 않았어. 그러나 백 년 가까이 대를 이어 꾸준히 용서를 빌자 선녀는 어느 날 자신의 목소리를 그들에게 들리게 해주었지. 다시 너희들을 통해 꽃을 내리지는 않겠지만, 이 마을을 계속 지켜주겠노라고. 욕심을 부리지 않았었다면 지금 이곳은 인간이 있는 그 어느 곳보다도 살기 좋은 마을이 됐을 거야. 하지만, 그들의 뉘우침 또한 없었으면 지금처럼 살지도 못했겠지. 그렇게 다시 오랜 세월이 지나고 지나서…… 선녀도 하늘 세상에서 목숨이 다한 날이 온 거야. 더는 마을을 돌봐줄 수 없게 된 거지. 그래서 그녀의 아이를 인간 세상에 보내기로 했어. 마지막으로 이 마을에 꽃을 내려주기 위해서 말이야.”

“그 선녀의 아이가…… 꼬마 선녀, 너냐?”

“아니. 그 아이는 우리 어머니야. 그러니까 그 선녀는 나의 할머니야. 할머니가 돌아가시고 비어 있는 자리를 지키려면 어머니가 내려오실 수가 없었어. 그래서 내가 대신 내려오게 된 거야.”

“그렇다면 왜 다른 선녀들이랑 목욕하고 있었어?”

“꽃을 내리려면 특별한 의식이 행해져야 해. 그러기 위해서는 몸을 씻어 정갈히 해야 하지. 원래는 나 혼자 내려와야 하는데, 내가 선녀로서 너무 어리기 때문에 의식에 실패할 수도 있고 혹시 또 인간에게 발견되지 않게 하려고 함께 내려왔던 거야. 그런데…….”

꼬마 선녀의 이야기가 계속 될수록 할머니의 표정이 매우 심각해졌다.

“그 말이 사실이라면 이건 정말 큰일이구나. 선녀님은 우리 승우에게 발견되어 버렸고, 그 의식이라는 것도 행하지 못하였으니…… 이제까지보다 더 큰 재앙이 이 마을을 덮칠지도 모르겠구나. 이를 어쩐다…….”

할머니께서 안절부절못하시는 모습에 그제야 승우는 자신이 얼마나 어처구니없는 짓을 했는지를 알게 되었다.

“우진이는? 나랑 같이 있었던 남자애 말이야. 그 애는 갑자기 자기 집으로 말없이 돌아가 버렸어. 그런데 내가 불러도 돌아보질 않았어. 정말 들리지 않는 것 같았어. 아! 그 애의 조상님이 나무꾼의 친구라고 했어.”

“그 애는 잠들어 있어. 내가 하늘로 돌아가지 못한다면 영원히 잠에서 깨어나지 못할 거야.”

“그럴 수가…….”

“그 애뿐만이 아니야. 그날 이 마을에 있었던 사람들 모두 이곳을 떠나지 못하고 엄청난 벌을 받게 되겠지.”

“…… 네가 인간이 되기로 해서…… 그래서 이 마을을 지킬 수 있는 방법은 없어? 이 마을 때문이 아니라도 난 너와…… 함께 지낼 수 있어. 내가 잘못했기 때문이 아니라 나는 정말 너를 좋아하게 된 거 같으니까…… 아니, 좋아해. 하늘로 돌아갈 수 없다면 모든 걸 용서하게 해주고 그냥 나랑 같이…… 우리랑 같이 살면 안 돼?”

“인간이 되려면 우선 날개옷을 빼앗긴 그 해에 첫 아이를 낳아야 한다고 들었던 것 같아. 그런데 나는 인간의 몸으로도 성숙하지 못해서 아이를 낳을 수가 없어. 그보다 또다시 인간의 욕심이 하늘의 노여움을 사서…… 내가 돌아가지 못하면…… 이 마을뿐만 아니라 나도 없어져 버릴 거야…….”

승우는 펑펑 눈물을 쏟았다. 우진이를, 할머니를, 마을 사람들을 믿어주고 싶었던 것뿐이었는데 이렇게 엄청난 일이 될 줄 몰랐다. 열 살의 어른이 된다는 것은 승우에게는 감당하기 힘든 큰 짐이 되어 버리고 말았다.

“방법이 없진 않을 거야. 일단 이 마을에 사는 정령들을 찾아보자. 내가 꽃의 향기를 풍기면 그들은 나를 알아볼 거야.”

“우진이부터 만나게 해줘. 너라면 어디 있는지 알잖아.”

“나도 잘 몰라. 다만, 그 아이의 할머니라면 이 마을에서 가장 나이가 많을 거란 거야."

"그렇다면, 그건 내가 알지. 내 길을 알려줄 테니 찾아가 보아라. 오늘은 벌써 해가 졌으니 내일 찾아가보렴. 반드시 길이 있을 게야……."

좀체 눈물을 멈추지 못하는 승우에게 꼬마 선녀는 어쩐지 미안한 마음이 든다. 욕심을 부렸거나 엄청난 일을 저질렀다고 하기엔 승우는 너무나 어렸고, 무엇보다 너무나 순수하고 착해 보였기 때문이다.

"내 이름은 백설이 아니고 설희야. '눈 설' 자에 '빛날 희' 자를 써서 설희."

승우가 훌쩍거리면서 말한다.

"그럼 너는 백설공주가 아니라 설희공주였구나."

"난 공주가 아니라 선녀야."

13

우진이의 할머니 댁은 생각보다 가까웠다. 우진이의 할머니는 둘이 찾아올 줄 알았다는 듯 이미 문밖에 나와 있었다. 그러고는 선녀 설희를 보자마자 바닥에 엎드려 울며 사죄를 한다.

"이 늙은이 눈이 침침해도 한 눈에 선녀님인 걸 알아보니 피는 못 속이나 봅니다. 선녀님이시여, 제가 잘못했습니다! 이 늙은이가 말이 많아 어린 새끼를 저 지경으로 만들었으니…… 우리 우진이가 제 말을 믿고 그곳을 찾아갈 줄은 정말 꿈에도 생각을 못했습니다. 이 어리석은 늙은이를 데려가시고 저 어린 것이 제발 눈을 뜨도록……."

승우는 자꾸만 나오려는 눈물을 꾸역꾸역 참아낸다. 이게 다 나 때문이다. 내가 우진이를 말렸으면 될 일이다. 자꾸만 그런 생각이 들어 눈물이 나고 후회가 되었다.

"이 아이는 잠들어 있을 뿐이에요. 내 선녀옷을 고칠 수만 있다면 죽을 일도 없어요. 그 방법을 당신이라면 알고 있을 거예요."

"선녀의 옷이 찢어지면 선녀탕이라 불리는 계곡물에 사는 물고기 정령의 비늘을 얻어야 한다고 들었습니다. 하지만, 옛날만큼 계곡물이 깊지가 않아서 그 정령이 살아 있는지, 그 이야기가 사실인지는……."

"그것뿐인가요?"

"제가 알고 있는 건 그것뿐입니다. 그 비늘로 어떻게 해야 하는지는 분명 그 물고기 정령이 알려줄 겁니다. 나이만 먹고 도움이 되어 드리지 못하니……."

"아니에요. 충분히 도움이 됐어요. 잘될 거예요."

선녀 설희와 승우는 서둘러 선녀봉을 향해 올라갔다. 그러나 물에는 물고기가 보이지 않았다. 정확히는 정령으로 보이는 물고기는 보이지 않았다. 선녀 설희는 물 위에 그림 같은 것을 그려서 이따금 물줄기가 솟아오르도록 신비한 힘을 내는 것 같았지만 그게 전부였다.

14

벌써 며칠이 지났지만 물고기 정령이란 것은 나타나지 않았다. 선녀 설희도 승우도 초조해지기 시작했다.

"다른 방법이 없을까?"

"안 되겠다. 산짐승의 말이라도 들어보자."

선녀 설희가 눈을 지그시 감더니 두 손을 모은다. 그리고 입술은 벌리지 않은 채로 무엇인가를 중얼거리듯 한다. 그러자 신기하게도 멀리서 다람쥐 한 마리가 나타난다.

"세상에! 정말로 선녀님이신가요?"

"세상에! 다람쥐가 말을 하잖아!"

"다람쥐가 말을 하는 게 아니라 네가 내 옆에 있어서 잠시 말을 알아들을 수 있게 된 거야. 다람쥐야, 나는 이 물에 살고 있는 물고기 정령을 만나야만 해. 그런데 아무리 불러도 나오지를 않아. 어떻게 된 거지?"

"그분이 헤엄치기엔 물이 얕아져서 살기 힘들어졌어요. 그래서 그분은 눈에 보이지 않게 물속에 잠들어 계세요. 선녀님이 부르신다면 분명 듣고 일어날 텐데 이상하네요."

승우는 물고기 정령이 죽은 게 아니라는 사실에 안도한다.

"그렇다면 다람쥐야, 네가 좀 불러줄 수 없어?"

"그건 무리예요. 나 같은 산짐승이 정령님께 말을 걸 수 있을 리가 없잖아요. 내가 보기엔 선녀님이 작아서 부르는 힘도 작으니까 그런 거 같아요."

"그래, 고마워. 불러서 미안해. 이제 돌아가도 좋아."

"그런데 선녀님, 무슨 일이 생긴 건가요? 산의 기운이 흐트러져서 다들 불안해하고 있어요. 대부분의 정령님들이 잠들어 계셔서…… 우리를 돌봐줄 수 있는 건 아무도 없는데……."

"걱정 마. 그걸 위해 내가 여기에 있으니."

"선녀님만 믿을게요. 필요하시면 또 부르세요."

다람쥐가 가버리고 선녀 설희는 고민에 빠진다. 어떻게 해야 힘이 커질 수 있을지 모르겠다. 온 힘을 다해서 불러 보아도 정령은 대답이 없다.

"설희야, 내가 도울 수 있는 방법이 없을까?"

선녀 설희는 혹시나 하는 생각에 승우의 손을 잡고 승우와 함께 정령을 부르는 주문을 물 위에 그린다. 승우는 설희의 손을 잡고 있는 것이 쑥스럽게 느껴진다. 그래서인지 물줄기가 불안정하게 일렁이더니 결국 승우와 설희 위로 쏟아지고 만다.

"미안해, 내가 집중을 안 해서 그런가 봐. 다시 해보자."

"확실히 아까보다 힘은 세진 거 같아. 같이 힘내보자."

승우와 선녀 설희는 더욱더 손을 꽉 맞잡고 주문을 외웠다. 그러자 물이 소용돌이치면서 깊이를 알 수 없이 깊어지더니 커다란 물고기가 몸에서 빛을 내며 튀어나왔다.

"으악! 물고기 정령이란 게 저거야? 엄청 크다!"

"선녀님께서 저를 부르시는 날이 올 줄은 몰랐습니다. 깊이 잠들어 있었습니다."

"내가 너를 부른 건….."

"알고 있습니다. 저를 부르시는 이유는 하나겠지요. 날개옷이 찢어졌다는 것. 언젠가 오늘 같은 날이 있을 것이라며 선녀님께서 제 비늘을 가져가게 하라고 하셨습니다."

"저기 물고기야…… 아니, 물고기 정령님. 비늘을 안 아프게 벗기려면 어떻게 해야 하죠?"

"제가 죽지 않으면 비늘을 벗겨 낼 수 없습니다. 비늘을 벗겨 낸 뒤 여왕벌의 모습을 하고 있는 또 다른 이 마을의 정령을 찾아가 꿀을 얻으십시오. 그리하여 날개옷에 저의 비늘과 꿀을 올려놓으면 빛을 내면서 다시 원래의 모습을 찾게 될 것입니다."

승우는 죽는다는 말이 무서웠다. 승우와 선녀 설희가 눈앞에 있는 물고

기 정령을 죽여야 한다니! 생선반찬을 자주 먹으면서도 정령을 죽인다는
건 너무 끔찍하다고 생각이 되었다.

"설희야 그건 안 돼. 정령님을 죽일 순 없어. 우리 다른 방법을 찾아보자."

"괜찮습니다. 저의 이 모습은 빌린 것뿐입니다. 선녀님을 위해 받은 목
숨, 선녀님을 위해 쓰게 되어 기쁠 뿐입니다. 선녀님과 나무꾼님의 빛을 지
닌 그 소년의 손을 얹는 것만으로도 충분히 가능할 것 같습니다."

승우와 선녀 설희는 동시에 말한다.

"나무꾼의 빛이라니?"

"선녀님에겐 느껴지지 않으신가요? 저 빛은 분명…… 세상을 떠돌던 나
무꾼님의 영혼에서 나온 빛입니다. 그걸 알고 같이 오신 줄 알았는데 아니
셨군요. 그 빛이 있어 제가 긴 잠에서 깨어날 수 있었던 겁니다. 소년의 몸
에는 그저 우연히 들어가게 된 것 같군요. 하지만 그저 우연으로만 볼 수 없
겠지요, 마지막이라고 느껴지는 그 영혼의 빛을 지니게 된 소년을 만나 제
앞에 나타나시다니…… 이 모든 게 정해진 운명이겠죠."

그래서 승우의 힘이 보태졌던 걸까, 하고 선녀 설희는 생각한다.

"그럼 미안하지만 비늘을 가져갈게. 그전에 들어야 할 이야기가 있어.
여왕벌 정령은 어떻게 찾지?"

"제가 사라질 때 생기는 빛에 반응하여 여왕벌을 따르는 누군가가 이곳
을 찾아올 겁니다. 그리고 비늘은 3일이 지나면 사라져 버리니 그전까지 꿀
을 얻으셔야 합니다."

승우와 선녀 설희가 물고기 정령의 몸에 손을 대자 눈부시지 않은 아주
따뜻한 빛이 손가락 사이로 빠져나오기 시작했다. 그렇게 남아버린 비늘은
비늘이라 부르기엔 아주 향기롭고 부드러우며 아름다웠다.

15

물고기 정령이 말한 것처럼 빛에 반응한 무엇인가가 선녀 설희와 승우에게로 가까워져 오고 있었다. 그것은 일벌이었다.

"네가 만나야 할 선녀가 여기 있어. 이리로 와."

이상하게도 벌은 선녀 설희와 승우가 있는 곳에 가까이 오려 하지 않았다. 빛에 의해 어쩔 수 없이 왔으나 가까스로 저항을 하는 것처럼 보였다. 그러자 선녀 설희가 꽃의 향기를 벌에게 뿌렸다. 벌은 자의인지 타의인지 향기에 이끌려 그제야 설희 손등 위에 날아와 앉았다.

"죄송합니다."

"이야기는 전부 들었어. 너희가 모시고 있는 여왕벌 정령은 어디에 있지?"

"죄송합니다. 말해 드릴 수 없어요."

승우와 선녀 설희는 깜짝 놀란다. 말해줄 수가 없다니! 승우가 벌을 손바닥으로 때려서 죽일 기세로 강하게 몰아붙였다.

"말할 수 없다는 게 말이 돼? 그것을 위해 물고기 정령이 목숨을 내주었어. 너는 그 목숨을 헛되게 만들 셈이야?"

"이 아이의 말이 맞아. 말하지 않는다면 나는 너를 죽일 수도 있어."

"죽어도 말을 할 수가 없어요. 말하면…… 말하면…….'"

승우는 믿을 수가 없었다. 벌이 울먹거리고 있었다. 승우는 천천히 그의 이야기를 들어주어야겠다고 생각했다. 선녀 설희도 같은 생각이었다.

"너를 죽일 생각은 없어. 이유라도 말해줘."

"내가 말하면…… 우리 여왕님은…… 물고기 정령처럼 죽게 돼요. 여왕님이 살아 계신 건 그 꿀이 있기 때문이니까요. 우리들은 언젠가 이런 날이

올 줄 알고 있었어요. 하지만, 그날이 오면 우리가 여왕님을 지켜야겠다고 생각했죠. 우리는 여왕님을 잃고 싶지 않아요."

승우는 우진이와 할머니, 마을 사람들 모두를, 특히 선녀 설희를 잃고 싶지 않은 마음과 같은 것이라고 생각했다.

"너의 마음은 알겠어. 하지만, 내가 하늘로 돌아가지 못한다면, 이 마을에 있는 모든 것들이 불행해져. 그건 너의 여왕님과 너희들도 마찬가지야. 지켜내기 위해서 필요한 거야. 부탁할게."

"그렇다면…… 여왕님의 꿀을 내놓지 않아도 결국…… 우리 여왕님은 죽게 되는 건가요?"

선녀 설희와 승우는 아무 말도 할 수 없었다.

"나에게 시간을 줘요. 그러기 싫다면 날 그냥 죽게 해줘요."

16

일벌이 약속했던 이튿날이 되었다. 그러나 일벌은 나타나지 않았다.

"결국 나타나지 않는 걸까? 벌써 이틀째야. 내일이면 이 비늘마저 없어져 버려……. 이건 모두 나 때문이야……."

"아니야, 승우야. 이건 누구의 책임도 아니야. 너도 나도 정령들도 마을 사람들도 선녀들도 모두…… 모두가 다, 선녀와 나무꾼을 사랑했기 때문이야."

"너무 어려워. 무슨 말인지 모르겠어."

그때 일벌이 나타났다. 그를 따라 무려 한 시간을 걸어 들어가서야 나무에 매달려 있는 벌집을 볼 수 있었다. 그러나 분위기가 심상치 않았다. 갑자기 벌집에서 벌떼들이 달려나와 승우의 몸을 에워싸기 시작했다. 선녀 설희가 손을 쓰기엔 속수무책이었다.

"이게 무슨 짓이야. 승우에게 손대면 정말 너희도 너희의 여왕벌도 무사하지 못해."

"너야말로 우리 여왕님에게 손대면 너도 이 아이도 무사하지 못할 거야."

그때 벌집에서 푸른빛을 내며 무엇인가가 선녀 설희의 곁으로 다가왔다. 그러자 승우를 에워싸고 있던 벌들 중 일부가 날아와 그 빛을 에워싸기 시작했다. 분명 여왕벌 정령이었다.

"안 됩니다, 여왕님. 스스로 나오시다니요."

"이게 무슨 짓들이냐? 나는 이제야 해야 할 일을 할 수 있게 되어서 그 어느 때보다도 기쁘거늘……. 어리석은 짓 하지 말고 어서 빨리 그에게서 떨어져라."

벌들의 움직임이 산만해지기 시작했다. 어찌할 줄 몰라 하는 것이었다.

"선녀님 죄송합니다. 원하시는 꿀은 바로 저입니다. 저를 물고기 정령의 비늘 위에 올려놓으시면 제 몸이 꿀처럼 녹아 빛을 만들어내고 그 빛이 비늘과 날개옷을 붙여서 원래의 모습으로 돌려놓을 것입니다. 자, 저를 데려가십시오."

승우는 울고 있었다. 벌들이 무서워서가 아니었다. 물고기 정령도 여왕벌 정령도 서슴없이 자신을 희생하는 모습이 이해가 가질 않았다. 그저 이 모든 게 다 자신 때문인 것만 같았다.

"나는 너희의 여왕을 데려갈 거야. 이제 선녀와 나무꾼을 생각하는 마음이 엇갈리지 않도록, 너희 여왕의 희생과 모두의 마음이 하나로 모일 수 있도록 내가 마지막으로 힘을 낼 테니까 부디 나를 믿어줘."

선녀 설희가 두 손 안에 여왕벌을 넣고 날아가지 않게 살짝 가둔 다음 눈을 감고 다시금 주문을 외우듯 입술을 움직인다. 그리고 두 손을 살짝 열어 보이자 푸른 빛과 하얀 꽃잎이 한 줄기로 섞이어 벌집 안으로 들어갔다. 그러자 모든 벌들이 그 빛을 따라서 벌집으로 들어갔다. 승우는 무슨 일이 일어났는지 알 수 없었지만, 벌들이 '고맙다' 고 하는 말을 들을 수 있었다.

17

이제 모든 준비가 끝났다. 승우는 선녀 설희를 처음 만났던 곳으로 함께 돌아와 있다. 선녀 설희는 곧 하늘로 돌아갈 것이고 잠들어 있는 우진이는 깨어날 것이고 마을에 재앙은 찾아오지 않을 것이다. 그리고 승우의 몸에 남아 있는 나무꾼의 마지막 영혼의 빛도 사라질 것이다. 더는 선녀와 나무꾼은 엇갈리지 않을 것이다. 달은 구름에 가리어 빛이 흐려져 있었다. 승우는 지금까지 일어났던 모든 일들이 마치 꿈만 같다.

"곧 의식이 시작될 거야. 의식이 끝나는 대로 나는 사라져버려. 그전에 하고 싶은 말이 있다면 해줘."

"그게…… 너에게 정말 미안했고……."

"미안해할 필요 없어. 승우 네가 이곳에 온 이유는 나무꾼의 영혼의 빛이 깃들어 있었기 때문이잖아. 그리고 너와 우진이의 일은 내가 돌아가서 잘 말해둘 테니 너무 염려 마. 그리고 또?"

"그게…… 그러니까……."

승우는 하염없이 흐르는 눈물에 말을 잇기가 어려웠다.

"다……시 만날 수…… 있는 거지?"

"더 이상 이곳에 올 수는 없을 거야. 마지막 꽃잎들이 이 마을에 사는 마지막 사람까지 지켜줄 테니까. 내가 할 일이 없어."

"왜 할 일이 없어! 나를 만나러 오면 되잖아!"

짧은 시간이었지만 승우는 선녀 설희가 너무나 좋았다. 더 예쁘고 아름다운 것들을 보여주고 싶었다. 더 많이 웃게 해주고 즐겁게 해주고 싶었다. 선녀 설희가 사는 곳이 어떤 세상인지는 모르겠지만 내가 사는 세상이 아름답다는 것을 보여주고 싶었다. 이 마을이 이렇게 아름다운 이유가 선녀의 마음씨 덕분이라니 더더욱 보여주고 알려주어야만 할 것들이 많았다.

"그러면 내가 물을게. 승우야, 나와 함께 내가 사는 세상으로 가지 않을래?"

그제야 승우는 눈물을 그쳤다. 그리고 선녀 설희의 눈가에 맺혀 있는 눈물을 보았다. 당장이라도 그런 설희의 손을 꼭 잡고 따라나서고 싶었지만, 나무꾼이 그랬던 것처럼 승우에게는 지키고 싶은 가족이 있었다. 그리고 친구가 있었다. 선녀가 실제로 있다는 것을 알게 된 유일한 친구가 떠나버리면 우진이는 얼마나 슬퍼할까? 많은 생각들이 떠올랐다.

"승우야, 난 말이야. 소중한 것이 '하나' 일 수 없다는 걸 알게 되었어. 하나만 선택한다는 것이 얼마나 어려운 일인지도 알게 되었고. 그리고 그것이 단 하나일지라도 소중한 마음이 클수록 지키기 힘들다는 것도 알게 되었지. 그건 정말 슬픈 일이야. 지금 우리가 헤어져야 하는 것처럼. 하지만, 그 마음은 세상에서 가장 따뜻하다는 걸 승우 네가 알려주었어. 너와 함께 할 순 없지만 너의 따뜻한 마음을 나누어 주어서 정말 고마워! 널 잊지 않을게!"

선녀 설희가 날개옷 위에 정령들이 나눠준 마음을 올려놓자 이제까지 단 한 번도 느껴보지 못한 너무나 따뜻한 빛이 뿜어져 나오기 시작했다. 그것은 사랑하는 사람의 품에 안겨 있는 것 같은 따뜻함이었다. 그 마음의 빛을 입은 선녀 설희가 형용할 수 없는 아름다운 몸짓으로 무언가를 그리자 그 빛이 마을을 뒤덮으면서 이내 하얀 꽃잎이 함박눈처럼 쏟아지기 시작했다. 승우의 몸에서도 한 줄기 빛이 새어나오기 시작했다. 선녀 설희가 내리게 한 하얀 꽃잎의 눈에 섞여 마을에 함께 내렸다.

그 한여름의 새하얀 눈꽃 잎은 너무나 아름다웠지만, 그것을 볼 수 있었던 사람은 오로지 승우뿐이었다. 승우는 사라져가는 설희를 바라보며 나지막하게 속삭였다.

"나도 널…… 잊지 않을게!"

선녀가 가르쳐 준 연날리기

정해민

　구름 한 점 없는 파란 하늘에 연 두 개가 날고 있습니다. 하나는 호랑이가 그려진 방패연이고, 다른 하나는 학이 날개를 편 모습을 하고 있는 가오리연입니다. 두 연은 멀찌감치 떨어졌다가도 이내 부딪힐 듯 거리를 좁힙니다. 서로 실을 부비며 빙글빙글 하늘을 납니다. 연싸움을 하는 것이지요.

　"이겨라! 이겨라!"

　"야, 일단 떨어져!"

　아이들은 두 패로 나뉘어 저마다 자기 패의 연을 응원합니다. 무리 가운데에는 실타래를 잡고 있는 아이들이 있습니다. 한 손으로 실타래를 잡고, 다른 손으로는 직접 실을 잡아 연을 조종하고 있습니다. 무영이도 그 아이들 중 하나입니다.

　"학이 감긴다!"

한 아이가 소리칩니다. 호랑이연이 빙글빙글 돌면서 학연의 실을 감고 있었습니다. 가오리연의 실은 얼마 지나지 않아 뚝 끊어지고 말았습니다.

"에이. 또 졌어?"

"몇 번째야."

"대보름 연싸움은 금당리가 이기겠네."

무영이를 둘러싼 친구들이 저마다 아쉬운 소리를 합니다. 반면 금당리의 친구들은 호랑이방패연의 주인인 기석이를 둘러싸고 환호성을 질렀습니다.

"봤지? 너희들은 아무리 해도 안 돼."

기석이와 금당리의 친구들이 의기양양하게 말했습니다. 삼거리마을 아이들은 분하지만 아무 말도 할 수 없었습니다. 정정당당하게 승부를 겨뤄서 졌으니까요.

무영이는 멍하니 학연을 보고 있었습니다. 실이 끊어진 학연은 춤추듯 바람을 타고 하늘 여기저기를 날고 있었습니다. 그러나 곧 산꼭대기 쪽에 내려앉아 모습을 감췄습니다.

"선녀탕 쪽에 떨어졌다."

한 아이가 말했습니다. 그러자 아이들은 모두 사색이 되어, 아무런 말도 않고 서로 끔뻑끔뻑 쳐다봤습니다. 무영이가 삼거리마을 아이들을 향해 말했습니다.

"연 가지러 가자."

무영이의 말을 듣고, 삼거리마을 아이들은 깜짝 놀라 고개를 설레설레 흔듭니다. 한 아이가 말했습니다.

"안 돼, 봤잖아? 선녀탕 쪽에 떨어진 거."

다른 아이들도 거듭니다.

"선녀탕에 사는 선녀는 말이 선녀지 알고 보면 귀신이래."

"하늘로 올라가려다 애기를 많이 낳는 바람에 못 올라갔다더라."

"우리 엄마도 선녀봉에는 가까이 가지 말라고 하셨어. 애들은 거기 가면 안 된대."

저마다 알고 있는 선녀탕의 전설을 말했습니다. 무영이도 선녀봉의 선녀탕 이야기는 잘 알고 있습니다. 선녀봉 꼭대기에 있는 샘인데, 선녀와 나무꾼에 나오는 선녀들이 목욕을 하는 곳이라고 합니다. 다만 동화 속의 선녀는 하늘로 올라갔지만, 사실은 애들을 다 안고 올라갈 수 없어서 지상에 남아있다는 이야기를 들은 적 있습니다.

"그럼 혼자라도 갈 테야."

무영이는 그렇게 말하고 성큼성큼 걸어갔습니다. 가는 길에 슬쩍 뒤돌아 봤지만, 친구들은 아무도 따라오지 않고, 무영이를 바라보고만 있었습니다. 차츰 숲은 깊어지고, 길은 험해졌으며, 눈 위에 찍힌 사람의 발자국도 점점 없어졌습니다. 이제 뒤를 돌아봐도 친구들의 모습은 보이지 않습니다. 게다가 눈길에 미끄러져 넘어지는 바람에 손에서는 피도 났지요. 무영이는 지금이라도 돌아가고 싶었지만, 그래도 연을 찾기 위해 계속해서 산을 올랐습니다.

어느덧 무영이는 선녀탕까지 왔습니다. 선녀탕에서는 맑은 물이 솟아나와 산 아래를 향해 흐르고 있었습니다. 무영이는 손으로 물을 떠서 마셨습니다.

"아. 시원하다."

차가운 물이 가슴을 지나가는 게 느껴졌습니다. 한숨 돌린 무영이는 연을 찾았습니다. 그런데 이게 어떻게 된 일일까요? 땅에 떨어진 게 분명한 연은 하늘 높이서 날고 있었습니다. 무영이는 서둘러 연이 날고 있는 곳으로 달려갔습니다. 숲을 가로질러 나간 곳에는 하얀 머리카락에 하얀 한복을 입은 할머니가 무영이의 연을 날리고 있었습니다. 무영이는 겁이 났습니다. 친구들이 이야기하던 아이 잡아먹는 선녀인 줄 알았거든요. 할머니의 얼굴은 깊은 주름이 여럿 나 있어서 무서운 얼굴이었습니다. 무영이는 나무그늘에 숨어서 할머니가 연을 놓고 가기만을 기다렸습니다.

그런데 어쩜, 할머니와 연을 바라보던 무영이는 입을 다물지 못합니다. 연이 마치 살아있는 학처럼 아름답게 날고 있거든요. 날갯짓을 하듯 너울너울 날다가도, 금세 먹이를 잡으려는 새처럼 총알처럼 날기도 합니다. 무영이는 넋을 잃고 연을 바라봤습니다.

"네 연이냐?"

무영이는 깜짝 놀랐습니다. 연에 정신이 팔린 사이, 할머니가 코앞까지 와 있었거든요. 무영이는 할머니의 주름진 얼굴이 무서워 대답은 못하고 고개만 끄덕였습니다. 할머니는 말없이 무영이의 손에 연실을 쥐어주었습니다. 그러다 상처 난 무영이의 손을 보시고는 "에그, 다쳤구나?" 하시며 손수건을 꺼내 손에 묶어주셨습니다.

"해지기 전에 어서 내려가거라."

무영이는 인사하는 것도 잊고, 그대로 줄행랑을 쳤습니다. 혹시 할머니가 쫓아오지나 않을까, 몇 번이나 뒤를 돌아보며 말이죠.

다음날 무영이는 마을 아이들의 영웅이 되었습니다. 혼자서 선녀봉에 가서 연을 찾아온 용감한 아이로 말이죠. 물론 엄마한테는 위험한 데 갔다고 혼났지만, 무영이는 그런 건 아무래도 좋았습니다. 무영이의 머릿속에선 아름답게 날던 학연의 모습이 지워지질 않았습니다. 혼자서 몇 번이나 날려보았지만 선녀봉의 할머니처럼 날리지는 못했습니다. 그처럼 날 수만 있다면 기석이 쯤은 쉽게 이길 수 있을 것 같았습니다.

결국 무영이는 다시 선녀봉을 올랐습니다. 한 손에는 연을 들고, 주머니에는 할머니의 손수건을 넣고요. 그리고 선녀탕에서 얼마 떨어지지 않은 곳에서 작은 초가집을 발견했습니다.

무영이는 조심조심 초가집의 문을 열었습니다. 안은 무영이가 봐왔던 어떤 집과도 달랐습니다. 벽에는 커다란 부처님 그림이 있고, 그 옆에는 붉은색의 한복이 걸려 있었습니다. 벽에는 붉은색으로 써진 한자가 여기저기 붙어 있었고, 방에는 제사 때 쓰는 향냄새가 가득했습니다.

"누구냐?"

무영이는 깜짝 놀라 뒤를 돌아봤습니다. 그곳에는 어제의 할머니가 있었습니다. 무영이는 우물쭈물, 말은 못하고 주머니에서 손수건을 꺼내 드렸습니다. 할머니는 손수건을 보시고는 "오호라, 어제 그 아이구나. 손수건을 돌려주러 왔니? 착하기도 하지." 하시며 상에서 곶감을 하나 집어 무영이에게 주었습니다.

"감사합니다."

무영이는 곶감을 받아 한 입 깨물었습니다. 집에서 먹는 것보다 달콤한 것 같습니다.

무영이는 용기를 내어 말했습니다.

"연 날리는 법을 가르쳐 주세요."

"연? 아니, 연이야 그냥 바람을 타면 되지."

"아니요. 할머니께서 했던 것처럼 날리고 싶어요."

무영이의 말에 할머니는 빙그레 웃으셨습니다. 무영이는 무섭기만 했던 할머니의 주름이 조금 펴진 것 같은 느낌이 들었습니다.

"그래, 이름은 뭐지? 손수건을 돌려주러 온 착한 애니까, 특별히 가르쳐 줘야겠구나."

그 후로 무영이에겐 남모를 비밀이 생겼습니다. 매일 선녀봉을 올라 연 날리기를 연습하는 것이지요. 선녀봉은 산꼭대기라 바람이 많이 불어서 연을 날리기에도 좋았고, 할머니는 연을 잘 날리는 방법을 많이 알고 있습니다. 연싸움에 좋다고 실에 풀을 발라 사기 가루를 발라주시기도 했습니다. 할머니에게 바람을 타는 법을 배운 무영이는, 누구보다 더 높이 연을 날릴 수 있게 되었고, 연을 자유자재로 움직일 수 있게 되었습니다.

하루는 무영이가 물었습니다.

"할머니는 어떻게 이렇게 연을 잘 날려요?"

무영이의 물음에 할머니의 주름이 인자하게 웃는 얼굴을 만듭니다.

"할머니는 선녀거든, 선녀는 날개옷을 입고 바람을 타야 하니까, 잘 알 수밖에 없지."

선녀라는 말에 무영이는 웃을 수밖에 없었습니다. 무영이가 알고 있던 선녀란 하늘에 사는 예쁘고 젊은 여자였거든요.

"피, 선녀봉에 산다고 선녀에요? 선녀는 하늘나라에 사는 거 아닌가?"

무영이의 말에 할머니의 주름이 한층 더 밝게 웃는 얼굴을 만듭니다. 무영이는 할머니가 진짜 선녀는 아니더라도 선녀처럼 고운 마음씨를 가지고 있다고 생각했습니다. 적어도 아이를 잡아먹지는 않는다고 말이죠.

할머니는 무영이가 올 때마다 꿀과 팥이 들어간 떡, 부추를 넣은 부침개, 곶감 등을 주셨습니다. 무영이는 할머니가 주시는 음식을 맛있게 먹고, 온 종일 연을 날리다 해가 질 때야 산을 내려왔습니다. 가끔 할머니가 무영이를 마을 어귀까지 데려다 주긴 했지만, 결코 마을에는 들어오지 않았습니다. 가끔 무영이가 마을에 놀러 오라고 하면, 할머니는 쓸쓸한 표정으로 웃을 뿐이었습니다. 그날도 할머니의 손을 잡고 마을 어귀까지 내려오는 중이었습니다.

"무영아!"

산 아래에선 엄마가 기다리고 있었습니다. 엄마는 성큼성큼 다가와 무영이의 엉덩이를 팡팡 때렸습니다.

"이 녀석아! 혼자 산에 올라가지 말라고 그랬지! 위험하다니까!"

무영이는 울면서 '잘못했어요. 잘못했어요.' 하며 빌었습니다. 엄마의 매가 평소보다 많이 아팠거든요. 엄마는 할머니에게 허리를 굽혀 인사하고는 무영이의 손을 잡아끌고 마을로 돌아갔습니다. 눈물 가득한 무영이의 눈에 홀로 서 있는 할머니의 모습이 들어왔습니다.

그날 밤, 무영이는 엄마에게 귀에 딱지가 앉도록 잔소리를 들었습니다. 엄마는 이제 선녀봉에 올라가지 말라고 합니다. 하지만 왜 올라가면 안 되는지는 말해주지 않습니다. 그저 혼자 산에 가면 위험하다고만 합니다. 무영이는 산에 가면 할머니가 있어서 괜찮다고 말하고 싶었지만, 꾹 참았습니다. 지금 말하면 왠지 더 혼날 것 같았거든요.

그렇게 혼났으면서도, 무영이는 다음날 선녀봉을 올랐습니다. 그런데 이번엔 평소와 달랐습니다. 보통 산은 조용하고 가끔 새소리만 들릴 뿐이었는데, 오늘은 선녀탕에 다가가기도 전부터 사람 소리와 방울 소리, 북소리가 들렸니다. 무영이는 할머니가 뭔가 하는가 보다고 서둘러 초가집으로 향했습니다.

　할머니는 평소와 달랐습니다. 인자했던 주름은 잔뜩 성난 얼굴이 되었고, 옷도 평소에 입던 옷과는 달리 온통 붉은색에, 모자도 붉었습니다. 부처님 옆에 걸려 있던 그 옷이었습니다. 그리고 방울을 어지럽게 흔들며 무영이가 알아듣지 못할 말을 중얼거리고 있었습니다. 할머니의 주위에는 마을 어른 몇몇이 양손을 맞대고 머리를 조아리고 있었습니다.

　무영이는 차마 나가지 못하고 나무 그늘에 숨어서 그 모습을 지켜봤습니다. 할머니의 춤이 잠깐 멈추는 듯했습니다. 그런데 이럴 수가! 할머니는 맨발로 커다란 칼 위로 올라서는 것이었습니다. 햇빛에 반짝이는 칼날은 무엇이든 벨 것처럼 날카로워 보였습니다. 그러나 할머니는 그 위에서 아무렇지도 않게 춤추고 노래를 부르는 것이 아니겠어요? 아이 잡아먹는 선녀 이야기가 떠올랐습니다. 그러자니 무서운 기분이 들어서 서둘러 산을 내려왔습니다. 그리고 다시는 선녀봉에 오르지 않았습니다. 할머니를 보고 싶은 마음은 있었지만, 평소의 할머니가 아니라 칼 위에서 춤을 추던 무서운 할머니를 만날까 봐 겁이 났거든요.

　그리고 드디어 정월 대보름이 다가왔습니다.
　무영이는 오늘을 기다리고 기다렸습니다. 매번 지기만 했던 금당리 아이들에게 그간의 설움을 풀 기회니까요.
　이윽고 연날리기 대회가 시작되었습니다.
　많은 연이 날아올랐습니다. 독수리가 그려진 연, 태극기가 그려진 연, 사람의 얼굴이 들어간 연. 가지각색의 연들이 하늘을 수놓았습니다. 연들은 서로 부딪히고 실을 끊으며 하나씩 바람을 타고 저 멀리 날아갔습니다. 마지막엔 무영이의 학연과 기석이의 호랑이연만이 남았지요.

"무영아 힘내!"

"기석이 이겨라! 파이팅!"

딱 두 사람 남게 되자 응원도 열기를 더해갔습니다. 사람들은 무영이와 기석이의 이름을 연신 외쳤습니다. 무영이는 할머니에게 배운 것들을 생각하며 조심조심 바람을 탔지요.

이윽고 두 연이 부딪히기 시작했습니다. 호랑이연은 마치 진짜 호랑이가 사냥하듯, 학연의 주위를 살피며 슬금슬금 돌아다녔습니다. 반면 학연은 바람을 타고 하늘을 나는 새처럼 호랑이 곁으로 갔다가도 금세 저 멀리 도망갔습니다.

기석이는 점점 초조해졌습니다. 학연이 평소와는 달리 쉽게 잡을 수 없었기 때문입니다. 반면 무영이는 호랑이연을 요리조리 피하며 기회를 엿보고 있었습니다.

"학연이 다가간다!"

누군가 소리쳤습니다. 말마따나, 학연이 놀라운 속도로 호랑이연을 향해 날아가고 있었습니다. 기석이는 이 기회를 놓칠세라, 재빨리 연을 몰아 학연을 덮쳤습니다. 하지만 학연은 순식간에 저 멀리 떨어져 호랑이연을 피하고, 다음 순간엔 다시 호랑이연에게 다가와 주위를 돌면서 실을 칭칭 감고 있었습니다.

"우와아."

"저, 학연 좀 보세."

구경꾼들 사이에서 감탄이 끊이지 않았습니다. 그 모습은 마치 진짜 학이 호랑이 주위를 나는 것 같았습니다. 칭칭 감긴 호랑이연의 실은 결국 끊어졌고, 하늘에는 학연만이 남게 되었습니다.

"학연이 이겼다!"

구경하던 사람들과 삼거리마을 아이들에게서 환호성이 터져 나왔습니다. 친구들은 무영이를 얼싸안고 승리를 축하했습니다.

"어쩜 그렇게 연이 빠를 수가 있어?"

"정말, 마치 진짜 학이 나는 것 같았어."

무영이도 친구들을 끌어안고 기쁨을 나눴습니다. 하지만 왠지 마음이 허전합니다. 기쁨을 나눌 사람은 따로 있는 것 같은 기분이 듭니다.

밤이 되었습니다.

대보름 축제도 이제 막바지입니다. 사람들은 달집을 태우려고 광장으로 모였습니다. 무영이도 그곳에 있었습니다. 높이 쌓인 나무에 불이 붙고, 마을 사람들은 저마다 달을 향해 소원을 빌었습니다. 곧 꽹과리 소리가 울려 퍼지고 농악대가 달집의 주위를 돌기 시작했습니다. 흥이 난 마을 사람들도 농악대와 함께 달집 주위를 돌며 춤을 춥니다. 무영이도 나가서 춤추며 놀고 싶었지만, 온종일 뛰어다녀 논 탓에, 피곤해서 눈이 감기려고 했습니다. 그래서 엄마 품에 안겨, 불타는 달집을 보며 눈을 떴다, 감았다 했습니다.

그때 무영이의 눈에 한 사람이 들어왔습니다. 붉은 한복을 곱게 차려입고, 마치 날개가 달린 듯 한삼을 나부끼며 춤을 추는 사람이었습니다. 주변의 나이 든 어른들은 그 사람을 향해 양손을 모으고 '선녀님, 선녀님' 하며 뭔가 빌고 있는 것 같았습니다. 무영이는 졸린 눈을 억지로 떠서 그 사람을 좀 더 자세히 보았습니다. 그런데 이럴 수가! 춤추는 사람은 선녀봉에 살고 있는 할머니가 아니겠어요? 단 한 번도 마을에 내려온 적이 없는 할머니가 마을 축제에, 그것도 모두의 앞에서 춤을 추고 있었습니다.

무영이는 가만히 할머니가 춤을 추는 모습을 봤습니다. 평소의 구부정한 할머니와는 달랐습니다. 허리는 곧게 폈고, 얼굴에는 주름이 안 보였고, 젊은 사람처럼 민첩하게 움직였습니다. 붉은 한복과 하얀 한삼은 칼 위에서 춤을 출 때와는 달리, 마치 나비가 바람을 타고 춤을 추듯 나풀거리며 움직였습니다. 무영이는 이 춤이 끝나면 할머니에게 달려갈 생각을 했습니다. 할머니 품에 안겨서, 춤 잘 춘다고 말해주려고 했습니다. 너무 피곤해서 잠들기 전까진 말이죠.

정월 대보름 축제가 끝나고 얼마가 지났습니다. 그동안 무영이는 가야지, 가야지 하면서도, 선녀봉 할머니에게 갈 수가 없었습니다. 이제 연날리기도 끝났고, 무엇보다 방학이 끝나서 학교에 가야 했거든요. 학교가 끝나면 숙제를 하고 부모님의 농사일을 돕느라 좀처럼 시간이 나지 않았습니다.

'오늘은 꼭 가야지.'

그렇게 마음먹은 어느 날이었습니다. 학교에서 돌아오는 길에 산에서 마을 어른들의 행렬이 내려오는 모습을 봤습니다. 어른들은 커다란 나무상자를 들고 줄줄이 읍내 쪽으로 걸어갔습니다. 딸랑딸랑 종소리를 울리며, 느릿느릿 사라졌습니다. 무영이는 무슨 일인가 궁금하긴 했지만, 서둘러 집으로 갔습니다. 가방을 놓고 산으로 올라가기 위해 말이죠.

무영이는 단숨에 산을 올랐습니다. 이제 무서운 할머니를 만날 걱정은 하지 않았습니다. 그보다 어서 할머니를 만나서 달집 태울 때 너무 예뻤다고 말씀드리고 싶었습니다. 무영이는 초가집에 도착하자마자 할머니를 불렀습니다.

"할머니! 저 왔어요!"

"할머니! 무영이가 왔다구요!"

"할머니!"

무영이는 몇 번이나 할머니를 불렀지만, 대답이 돌아오지 않았습니다. 무영이는 기다리다 못해 초가집 문을 열고 들어갔습니다. 향은 꺼져 있었지만 방 안에 향내가 가득했습니다, 초가집 안은 달라진 것이 없었습니다. 다만 한 가지, 부처님의 옆에 걸려 있던 그 옷이 없어졌습니다. 칼 위에서 춤을 출 때 입고, 달집을 태울 때 입었던 그 옷이 없어진 것입니다.

무영이는 해가 질 때까지 초가집에서 할머니를 기다렸지만 할머니는 돌아오지 않았습니다. 그 후로도 몇 번 더 왔지만, 할머니는 없었습니다.

그러던 사이 무영이는 문득 생각했습니다.

할머니가 하늘로 간 것이 아닐까 하고요.

붉은 옷을 입고 달집 앞에서 춤을 추던 할머니는 굉장히 아름다웠습니다. 아마 그 옷은 날개옷이 아닐까 생각했습니다. 대보름날 달집을 태운 연기를 타고 하늘로 돌아간 것이 아닐까 생각했습니다.

왜냐하면, 할머니는 선녀가 분명하니까요.

창작동화

단우와 여의주

이영미

　무더운 여름, 물장난치는 아이들로 바글거리는 신흥계곡에서 단우는 아이들과 떨어져 큰 바위 위에 누워 있었다. 단우는 자신의 전용 바위인 이곳에 누우면 한여름의 찜통 같은 더위도 잊을 정도로 시원했다. 나무 그늘 아래 누워 홀로 신선 놀음 하는 단우에게 시호가 물을 뿌렸다.

　"단우야! 이리 내려와서 같이 놀자!"

　"물 뿌리지 말라니까! 난 옷 젖는 거 싫어. 너네끼리 놀아."

　시호는 자신이 짝사랑하는 단우와 물장구도 치며 같이 놀고 싶었지만, 물에 들어가길 싫어하는 단우는 물놀이하자는 시호의 청을 매번 거절했다.

　시호는 3학년 새 학기가 시작될 무렵 전학을 왔다. 시호는 얼굴도 예쁘고 공부도 잘하고 못 하는 것이 없었지만, 항상 혼자였다. 반 친구들은 처음에는 전학 온 시호에게 다가가 친해지려 말을 걸었다. 하지만, 시호가 반 아이들을 냉담하게 대하고 거리를 두자, 아이들도 싸늘한 시호에게 더는 관심을 두지 않게 되었다. 그러나 단우는 예외였다. 단우는 시호에게 다가가 늘 먼저 말을 걸었고 언제부터인가 시호는 단우에게 마음의 문을 열기 시작했다. 동네 마당발인 단우와 친하게 지내게 되자 시호는 자연스레 또래 아이들과 같이 어울려 놀게 되었다. 곁에 다가만 가도 찬바람이 쌩 불었던 예전의 시호는 온데간데없고 친구들과 함께 웃고 떠들며 노는 시호가 된 것이다. 그리고 시호는 자신의 새로운 모습을 알게 해준 단우를 좋아하게 되었다. 그리고 단우를 늘 지켜봐 온 시호는 알고 있었다. 항상 밝은 모습의 단우도 자신처럼 마음속에 어두운 그늘이 있다는 것을.

단우는 '은혜 고아원' 에서 살고 있다. 옷이 젖은 채로 돌아가면 원장님 한테 잔소리를 들을 테고 단우는 원장님의 짜증 섞인 잔소리 듣는 게 세상에서 제일 싫다. 그래서 또래 아이들과 같이 어울려 물장난을 치지 않고 홀로 떨어져 있었다.

'오늘따라 잠도 안 오네.'

단우는 그늘 밑에 가만히 누워있는 게 지루한 나머지 버드나무 가지를 따서 버들피리를 삑삑 불며 산으로 올라갔다. 산길을 계속 따라 올라가다 보면 화암사가 나오고, 화암사에는 단우가 좋아하는 혜명 스님이 계신다. 혜명 스님은 단우가 오면 항상 따뜻한 웃음으로 맞아주시고 재밌는 옛날 이야기도 많이 해주신다. 이제 조금만 더 가면 화암사가 나온다.

그런데 단우의 앞에 구렁이와 두꺼비가 있는 것이 아닌가. 구렁이는 두 꺼비를 잡아먹으려 하고 두꺼비는 온 힘을 다해 구렁이와 싸우고 있었다.

단우가 나타나자 두꺼비는 애처로운 눈빛으로 마치 살려달라는 양 단우를 쳐다봤다. 마음 여린 단우는 길가에 있는 돌멩이를 주워 구렁이를 향해 던졌다.

"저리 가. 이 못된 구렁이야!"

단우의 계속된 돌팔매질에 구렁이는 눈앞의 먹잇감을 포기한 채 숲 속으로 사라졌다.

"이 산엔 구렁이가 많으니까 다른 곳에 가서 살아. 알았지?"

두꺼비는 단우의 말을 알아듣기라도 한 것처럼 꾸엑꾸엑 거리며 고개를 끄덕였다. 단우는 그런 두꺼비의 모습이 신기하기도 하고 귀엽기도 했다. 단우는 두꺼비에게 작별인사를 하고 화암사를 향해 올라갔다. 그런데 두꺼비는 단우가 화암사에 도착할 때까지 계속 졸졸 따라왔다. 마당을 쓸고 계신 혜명 스님을 보자 단우는 전속력으로 달려가 혜명 스님 품에 안겼다.

"혜명 스님!"

"허허. 그래 우리 단우 왔구나."

자신을 반갑게 맞아주시는 혜명 스님의 따뜻한 미소를 보면 단우는 가슴 속 한켠에 깊이 자리 잡은 외로움도 녹아 없어지는 것 같았다. 혜명 스님은 단우 옆에 서 있는 두꺼비를 보고서 "화암사에 손님이 또 한 분 오셨구나." 하며 웃었다. 단우는 스님에게 자신이 두꺼비를 구해주었는데, 그 뒤로 두꺼비가 계속 자신의 꽁무니를 따라다닌다고 말했다.

"허허. 예삿일은 아니구나. 아마도 두꺼비가 너에게 은혜를 갚고 싶어 네 뒤를 따라다니는 것 같구나."

혜명 스님이 웃으며 말했다. 두꺼비는 이번에도 꾸엑꾸엑 울면서 고개를 끄덕거렸다.

"그놈 참 신통한 놈일세."

단우는 말귀를 알아듣는 것만 같은 두꺼비가 마음에 들었다.

"흠…… 좋아. 이제부터 넌 내 애완 두꺼비다. 이리 와."

단우가 손바닥을 펴서 두꺼비에게 내밀자 두꺼비는 단우의 손바닥 위로 냉큼 올라갔다. 단우는 오늘도 어김없이 스님에게 옛날 얘기를 해달라고 졸랐다.

"그럼 오늘은 화암사 동종에 얽힌 전설을 이야기해줄까?"

"화암사 동종이요?"

"그래. 이 화암사 동종에는 예로부터 전해 내려오는 전설이 하나 있단다. 언제인지는 모르겠지만 아주 먼 옛날, 옥계천에는 이무기가 살고 있었단다. 천 년이란 기나긴 세월을 기다린 이무기는 드디어 용이 될 수 있었지. 옥계천은 온통 구름과 안개로 뒤덮이고 용은 비바람과 함께 하늘로 승천했단다. 그런데 그만 용이 하늘로 승천하던 중에 입에 물고 있던 여의주를 실수로 떨어뜨렸단다. 여의주를 잃어버린 용은 자신의 힘을 잃어버린 것과 마찬가지라 하늘로 갈 수도 없었고, 여의주를 되찾을 힘도 없어 옥계천에 머물며 울고만 있었지. 용의 울음소리는 그 소리가 우레와 같아 귀청이 찢어질 듯 요란하여 주민들은 도저히 살 수가 없었고, 법력이 뛰어난 포용 스님을 찾아가 도와달라고 했단다. 포용 스님은 옥계천으로 가서 짙은 안개를 뚫고 용을 찾았단다. 포용 스님은 천 년을 기다리다 드디어 용이 되었는데 여의주를 잃어버려 하늘로 승천하지 못한 용의 깊은 한을 풀어주기 위해 종을 만들었지. 그리고 그 종에 용의 혼을 담아 용을 잠재웠다고 한다. 바로 용의 혼이 담긴 그 종이 화암사의 동종이란다."

"그럼 그 용은 지금도 잠들어 있는 건가요?"

“아마도 그럴 게다. 여의주를 찾지 못했으니 말이다. 그 용이 잠들기 전 여의주를 자신에게 찾아주는 사람에게는 승천하기 전에 한 가지 소원을 들어주겠다고 했다는구나.”

“정말요? 여의주는 어떻게 찾죠?”

단우의 눈이 반짝였다.

“여의주를 찾는 법은 나도 잘 모른단다. 그건 오직 잠들어 있는 용만이 알고 있겠지.”

“하지만, 잠들어 있는 용에게 물어볼 순 없잖아요.”

“용을 깨울 수 있는 방법이 한 가지 있긴 하지.”

“그게 뭔데요? 네? 스님.”

“녀석, 재촉하기는. 보름달이 떠 음기가 충만한 밤, 어제와 오늘이 갈라지는 시각, 화암사 동종을 다섯 번 치면 용이 깨어난다고 하더구나.”

“어제와 오늘이 갈라지는 시각이라…… 밤 12시를 말하는 건가요?”

“글쎄다, 네 생각이 맞는 것 같구나. 하지만, 설마 진짜로 여의주를 찾아 나설 생각은 아니겠지? 이건 어디까지나 전설에 불과하단다. 괜히 밤에 여기 와서 헛수고하지 말고 잠이나 푹 자거라.”

“하지만, 스님…….”

“어허! 괜히 내가 쓸데없는 이야기를 들려준 것 같구나. 좀 있으면 해가 저물 테니 어서 집으로 돌아가거라.”

“예, 스님. 그럼 안녕히 계세요. 가자, 두껍아.”

스님의 호통에 단우는 절을 떠나 집으로 향했지만, 단우에게는 오래전부터 간절히 바라던 소원이 있었다. 단우는 어쩌면 그 소원을 전설의 용이 이루어줄지도 모르는데 순순히 포기할 순 없었다. 단우는 벌써 밤에 고아원을 몰래 빠져나올 궁리를 하느라 머리가 아팠다. 해가 뉘엿뉘엿 질 때쯤 단우는 고아원에 도착했다. 용식이랑 진수는 두꺼비를 손에 들고 오는 단우를 보며 말했다.

"두꺼비를 잡아오면 어떡해? 밤에 얼마나 시끄러울 텐데."

"얘는 괜찮아. 내가 울지 말라고 하면 찍소리도 안 하고 가만히 앉아있을 거야."

"말도 안 되는 소리 하지 말고 얼른 갖다 버리고 와. 두꺼비를 갖고 온 걸 보면 원장님한테 혼나"

"안 돼. 얘는 내 애완 두꺼비란 말야. 함부로 손대지 마."

"고집을 부리긴. 혼나봐야 너만 손해지. 가자 진수야."

용식이와 진수는 자리를 떴고, 단우는 두꺼비에게 말했다.

"시끄럽게 하면 안 돼. 알았지?"

두꺼비는 또다시 고개를 끄덕였다.

밤 9시가 되자 모두들 이불을 펴고 잠자리에 누웠다. 단우도 잠자리에 누워 눈을 감고 자는 척했다. 쏟아지는 잠을 억지로 쫓아내며 뻐꾸기시계가 11시를 알리자 단우는 조심스레 일어나 아무도 몰래 두꺼비를 데리고 밖으로 나왔다. 밤 공기는 스산했고 밤하늘엔 보름달이 떠 있었다. 그때였다. 마당으로 나오자마자 달빛을 받은 두꺼비가 환한 빛에 휩싸이며 아리따운 소녀로 변했다. 너무 놀란 단우는 외마디 비명을 지르며 뒤로 자빠졌다. 소녀는 얼른 단우의 입을 틀어막으며 비웃듯 말했다.

"겨우 이 정도에 놀라면서 어떻게 여의주를 찾으러 가겠다는 거야?"

단우는 두 눈을 비볐다.

"내가 결국엔 잠이 들었나? 지금 꿈을 꾸는 건가?"

"꿈 아니야. 난 섬백이라고 해. 난 원래 달에서 살고 있는 달두꺼비이지만 너무 심심하면 가끔 인간들이 사는 곳으로 놀러 오기도 해."

"그럼 외계인이란 말야?"

"외계인이라고? 훗. 마음대로 생각해."

"이렇게 사람으로 변할 수 있으면서 아까는 왜 두꺼비로 있었던 거야? 구렁이한테 잡아먹힐 뻔했잖아."

"구렁이 앞에선 사람으로 변할 수가 없어. 구렁이는 내 천적이니까. 그리고 사람으로 변신하면 귀찮은 게 한두 가지가 아냐. 너도 지금 보다시피 내가 한 미모 하잖아? 남자애들이 좀 귀찮게 해야 말이지."

"인제 보니 완전히 공주병에 걸린 두꺼비로구만……. 내가 보기엔 지금 모습보다 두꺼비로 있을 때가 훨씬 더 예쁘고 귀여운 것 같은데."

"뭐? 지금 제정신으로 그런 소릴 하는 거야?"

발끈하는 섬백의 모습이 귀여워 단우는 소리 내어 웃었다.

"근데 왜 날 따라온 거야?"

"그건…… 네가 내 생명의 은인이니까."

섬백이 얼굴을 붉히며 말했다. 섬백의 수줍어하는 모습에 단우도 괜스레 얼굴이 빨개졌다.

"이봐 넌 왜 얼굴이 빨개진 거야."

"그러는 넌."

"잠깐! 지금 이렇게 잡담하고 있을 때가 아닌 것 같은데? 서둘러 화암사로 가야지."

"아! 맞다! 여의주!"

단우는 자리에서 벌떡 일어나 뛰기 시작했다. 손목시계는 벌써 11시 30분을 가리키고 있었다.

"네가 갑자기 나타나 놀래키는 바람에 늦었잖아. 오늘 용을 깨우지 못하면 보름 동안 또 기다려야 한다고."

"오늘 못하면 그까짓 거 보름 동안 기다리면 되잖아."

"안 돼. 난 하루빨리 엄마를 보고 싶단 말이야!"

"네가 빌려고 하던 소원이 그거였어? 엄마를 다시 만나는 거?"

단우는 갑자기 멈춰 서서 말했다.

"응. 여섯 살 때 날 고아원에 맡긴 후로는 한 번도 찾아오지 않았어. 꼭 날 데리러 오겠다고 약속해놓고선…… 하루도 빠짐없이 기다렸어. 꿈속에서도…… 하지만……."

단우의 눈에는 어느새 구슬 같은 눈물이 맺혀 있었다. 단우는 소매로 눈물을 훔치며 말했다.

"빨리 가야 돼. 이럴 시간이 없어."

단우와 섬백은 다시 달리기 시작했고 아슬아슬하게 11시 59분에 화암사 동종 앞에 도착했다. 가쁜 숨을 가라앉히며 12시가 되자 단우는 있는 힘껏 종을 치기 시작했다.

'댕, 댕, 댕, 댕, 댕.'

다섯 번의 종소리가 울리자마자 화암사는 세찬 바람에 휩싸였고 연꽃잎이 사방으로 흩날렸다. 바람은 회오리를 치며 점점 더 강해졌고 단우와 섬백은 날아갈 것만 같았다. 단우는 한 손으로는 절 기둥을 있는 힘껏 잡았고, 다른 한 손으로는 바람에 떠밀려 날아갈 것 같은 섬백의 손을 꼭 잡았다. 잠시 후 바람은 언제 불었냐는 듯 잠잠해졌고 눈앞에는 화암사를 한입에 삼켜버릴 것만 같은 거대한 용이 눈을 번뜩이며 서 있었다. 용의 거대한 모습에 단우는 입을 쩍 벌린 채 다물 줄을 몰랐다.

"나를 깨운 자, 그대인가?"

용이 나지막하고도 깊은 울림이 있는 목소리로 물었다. 용의 목소리에 정신을 차린 단우가 대답했다.

"그렇습니다. 제가 여의주를 찾아오겠습니다."

"그대가?"

용이 큰 소리로 껄껄거리며 웃었다.

"그대 같은 작은 소년이 무슨 수로 여의주를 찾아오겠다는 것인가? 나를 오랜 잠에서 깨운 사람이 고작 꼬마였다니……."

용은 한숨을 내쉬었다.

"꼭 찾아오겠습니다. 방법만 알려 주십시오."

단우는 결의에 차고 단호한 목소리로 말했다. 용은 단우의 흔들림 없이 단호한 눈빛과 기개에 마음이 흔들렸다.

"흠…… 아직 소년이긴 하지만 당찬 구석이 있군."

용은 고개를 돌려 섬백을 바라보았다.

"달두꺼비와 함께라면 어쩌면 가능할지도 모르겠군. 좋아, 방법을 가르쳐주지. 먼저 여의주에 대해 말해주겠네. 여의주는 일종의 보석함과도 같아. 여의주 안에는 다섯 가지의 구슬이 들어 있는데, 여의주는 그 구슬을 모아놓는 역할을 하지. 그 구슬은 따로 떨어져 있으면 힘을 발휘하지 못하지만 한데 모아놓으면 엄청난 힘을 발휘한단다. 그런데 내가 여의주를 땅에 떨어뜨리는 순간 여의주는 깨져버렸고, 그 속에 들어 있던 다섯 개의 구슬도 모두 각기 흩어져 버렸지. 그리고 그 흩어진 구슬들은 구미호, 녹두군사,

불가사리, 이무기, 황충, 이 다섯 요괴가 가져가 버렸단다. 여의주를 잃은 나는 그 요괴들과 싸울 힘마저도 없었고 여의주를 다시 찾을 방도가 없었어. 그대가 나에게 여의주를 가져다주기 위해선 다섯 요괴와 싸워야 하지. 그럴 수 있겠는가?"

"싸우겠습니다. 그런데 그 다섯 요괴가 어디에 살고 있는지 어떻게 알죠?"

용은 단우에게 세월에 색이 바랜 누런 지도와 복주머니를 건네주며 말했다.

"이 지도에는 빨간 점 5개가 표시되어 있지. 바로 이 점들이 요괴가 살고 있는 곳을 나타낸다네. 요괴가 움직이면 빨간 점도 따라 움직이게 되지. 그리고 그대가 모은 구슬은 이 복주머니에 넣게."

"다섯 구슬은 제가 무슨 수를 써서라도 구해올 테니 그동안 마음 놓고 푹 주무시고 계세요."

용은 또 한 번 껄껄 웃었다.

"그 녀석 당돌한 줄만 알았더니 허풍도 세구나. 내 속는 셈치고 너를 믿어보겠다."

다시 세찬 회오리바람이 불었고 용은 연꽃잎과 함께 흔적도 없이 사라졌다. 순식간에 주위가 너무나 고요해졌다. 단우는 손에 들고 있는 누런 지도만 아니었다면 용을 만났던 일이 꿈이라고 믿었을 것이다. 섬백이 단우 옆구리를 쿡쿡 찌르며 말했다.

"이제 그만 정신 좀 차리지. 그 지도만 벌써 5분째 쳐다보고 있는 거 알아?"

"어느 요괴부터 잡아야 하지?"

"지금 한밤중인 거 안 보여? 오늘은 이만 돌아가서 자고 요괴 잡으러 가는 건 내일부터 하자. 마음 단단히 먹는 게 좋을 거야. 요괴는 쉬운 상대가 아니야. 그리고 이 약을 먹어."

섬백은 알사탕처럼 생긴 약을 단우에게 건네주었다.

"이게 뭔데?"

"너 같은 보통 사람들의 눈엔 요괴가 보이지 않아. 이 약을 먹으면 요괴를 볼 수 있을 거야."

단우는 고약한 냄새가 나는 약을 한입에 꿀꺽 삼켰다. 섬백은 다시 두꺼비로 변해 단우의 어깨 위로 올라갔고, 단우는 산을 내려와 고아원으로 돌아갔다.

밤에 일어났던 일들이 버거웠는지 단우는 늦잠을 잤다.

"김단우! 여름방학이라고 늦잠자는 걸 봐주지 않는다. 얼른 일어나!"

원장님의 카랑카랑한 목소리에 잠이 깬 단우는 서랍 속에서 지난밤 용이 준 지도를 찾아 두꺼비와 함께 서둘러 고아원을 나섰다. 고아원을 벗어나 인적이 드문 산길에 이르자 두꺼비는 다시 소녀 섬백으로 변했다.

"어느 요괴부터 잡으러 갈까?"

섬백은 신나서 물었다.

"넌 뭐가 그리 재밌냐? 무섭지도 않냐?"

"인제 보니 너 겁쟁이구나? 용을 봤을 때도 돌처럼 굳어서 입을 다물지도 못하더니. 크크"

"그거야 용이란 건 태어나서 생전 처음 본 거니까 놀라서 그런거고. 절대 겁먹어서 그런 거 아냐!"

"아…… 그러세요? 그럼 오늘은 구미호를 잡으러 가자."

"구…… 구미호? 좋아!"

"음…… 지도를 보니 구미호는 대둔산에 살고 있군. 대둔산으로 출발!"

"근데 구미호는 어떻게 잡지?"

"내가 누구냐? 이 섬백 님이 구미호를 물리치는 주문을 알고 있지."

섬백은 모처럼 만의 모험이 즐거워 깡충깡충 뛰며 단우를 앞서 나갔다. 반면 단우는 용 앞에서 큰소리를 치긴 했지만, 요괴 잡을 생각에 걱정돼 한숨을 푹푹 쉬며 섬백의 뒤를 터덜터덜 따라갔다.

대둔산은 등산객들로 바글거렸다.

"이렇게 사람들이 많은데 구미호가 어디 있다는 거야?"

"아마 인적이 드문 산골에 숨어 살고 있을 거야. 김단우! 그렇게 꾸물거리면 오늘 안으로 구미호를 못 찾을 수도 있어. 깜깜한 밤에 산속을 헤매고 싶지 않으면 서두르라고!"

지도에 표시된 대로 계속 가다 보니 단우는 어느새 구름다리 앞에 서 있었다.

"야호! 이 구름다리 정말 재밌다. 흔들거리는 게 정말 스릴 넘치는데."

섬백은 신이 나서 구름다리를 뛰면서 건너갔다.

"섬백! 위험해! 그렇게 뛰어다니면 안 돼."

단우는 구름다리 밑을 내려다보니 다리가 후들거렸지만, 섬백에게 질 수 없어 심호흡을 크게 한 뒤 구름다리 위로 발을 내디뎠다. 구름다리가 흔들거릴 때마다 단우의 가슴은 철렁 내려앉았다. 어느새 섬백은 다리를 다 건너 단우를 향해 어서 오라고 손을 흔들고 있었다. 단우는 자신의 맘처럼 움직여지지 않는 다리가 원망스러웠다.

"뭐야…… 이까짓 구름다리 건너는 데 30분이나 걸리다니. 정말 실망이다."

단우는 섬백의 말을 들은 체 만 체하며 앞서 나갔다. 어두워지기 시작한 하늘은 금세 밤이 되었고, 부엉이가 음산하게 울기 시작했다.

"벌써 밤이 됐네. 이게 다 네가 꾸물거려서야. 굼벵이 고기를 먹었는지 도대체 왜 이렇게 느린 거야."

볼멘소리로 섬백이 말하자, 가쁜 숨을 몰아쉬며 단우가 대답했다.

"도대체 넌 지치지도 않냐? 정말 외계인이 맞긴 맞나 보다."

섬백이 지도를 보며 말했다.

"쉿! 구미호가 이 근처에 있어."

섬백의 말이 끝나자마자 기다렸다는 듯 섬백과 단우 앞에 구미호가 나타났다. 마치 순간이동을 하는 것처럼 갑자기 구미호가 나타난 것이다. 도화지처럼 창백한 얼굴에 머리를 길게 내려뜨리고 꼬리 아홉 개가 넘실거리는 구미호의 모습에 섬백과 단우는 선 채로 굳어버렸다.

"오호…… 이게 웬 떡이냐. 달두꺼비와 싱싱한 소년의 냄새가 코를 찌르는구나. 달두꺼비를 잡아먹으면 영력이 높아진다는데 오랜만에 영양보충을 좀 해야겠다."

구미호는 날카롭고 긴 갈고리 같은 손톱을 치켜세우며 단우와 섬백을 향해 달려들었다. 그때였다.

"안 돼요!"

눈 깜짝할 새에 시호가 단우의 눈앞에 서 있었다. 시호는 두 팔을 벌려 단우를 보호했다.

"어머니, 이번 한 번만 봐주세요. 제발요. 이 아이가 제가 말했던 단우예
요."

"오호…… 이 아이가 네가 그토록 얘기하던 그 아이란 말이지? 그래. 좋
다. 저 사내아이는 살려 보내주지. 하지만, 저 달두꺼비는 안 된다."

"안 돼! 섬백이한테 손끝 하나 대지 마!"

단우가 소리쳤다.

"걱정 마, 단우야. 나한텐 비장의 무기가 있으니까."

섬백은 눈을 감고 주문을 외기 시작했다.

"나무금강반야바라밀경, 나무금강반야바라밀경, 나무금강반야바라밀
경……."

섬백이 주문을 외자 구미호는 귀를 부여잡으며 고통스러워했다.

"제발…… 제발…… 그만해……."

섬백이는 주문을 멈추고 말했다.

"내가 당신을 찾아온 건 용의 혼이 담긴 구슬 때문이에요. 그 구슬을 저
희에게 주셨으면 합니다."

구미호는 섬백이를 노려보며 말했다.

"내가 그 구슬을 어떻게 손에 넣었는데 순순히 내어줄 것 같으냐?"

순간 표정을 싹 바꾸며 구미호가 웃으며 말했다.

"그래 좋다. 그 구슬을 내줄 테니 그 대신 내 소원을 하나 들어주어야겠
다."

"그게 뭐죠?"

단우가 물었다.

"옥계천에 살고 있는 이무기 때문에 난 옥계천으로 20년 동안 내려갈 수

가 없었어. 그 이무기를 죽여준다면 너희들이 원하는 구슬을 내어주지. 이무기를 죽인 다음 이곳으로 다시 찾아오너라. 시호, 넌 이 녀석들을 따라가 정말로 이무기를 죽였는지 감시하거라."

구미호는 자기 할 말만 하고 또다시 순식간에 사라져버렸다. 단우는 어리둥절한 표정으로 시호를 쳐다보았다.

"윤시호. 대체 네 정체가 뭐야?"

"이 바보야. 넌 여태 저 여우 두 마리가 떠드는 소리도 못 들었니? 저 시호라는 여자애도 구미호잖아."

섬백이 시호를 째려보며 말했다.

"정말 그런 거야?"

믿기지 않는 듯 단우가 시호에게 물었다. 시호는 아무 말 없이 고개를 끄덕였다.

"그래 맞아. 내 어머니는 구미호야. 하지만, 난 엄밀히 말해서 백여우고 아직 구미호가 되진 못했어. 구미호가 되기엔 나이가 어리거든."

"말도 안 돼. 믿을 수 없어."

시호는 자신의 꼬리를 보여주었다. 분명히 시호 뒤에 꼬리 하나가 살랑살랑 흔들리고 있었다.

"이젠 믿겠니? 난 인간들의 세상에 적응하기 위해 속세로 내려갔어. 하지만, 처음 접하는 인간들의 세상에 적응하기는 너무 힘들었지. 그러다 단우 널 만났어. 너 때문에 난 인간세상에 적응할 수 있었고 친구들도 사귈 수 있었지. 단우야, 난 정말 널 좋아해. 어머니가 널 해치도록 가만있진 않을 거야."

"교활한 여우의 말은 믿을 수 없어."

섬백이 시호의 말을 중간에 가로챘다.

"네가 여우라 해도 상관없어. 그리고 난 널 믿어. 아까도 구미호가 우릴 해치려 할 때 네가 우리 앞을 막아줬으니까. 네 정체가 여우라 해도 넌 내가 알던 예전의 시호 그대로야."

단우가 말했다.

"고마워, 단우야."

시호가 눈물을 글썽거리며 웃었다. 섬백이는 입을 삐죽거리며 말했다.

"빨리 이무기가 있는 옥계천으로 가자."

"내 손을 잡아, 단우야. 그리고 달두꺼비 너도."

"나도 이름이 있어! 내 이름은 섬백이야!"

섬백이가 발끈 화내며 말했다.

"그래, 섬백이. 나도 어머니처럼 빨리 이동할 수 있어. 그러니 눈 깜짝할 새에 옥계천에 갈 수 있을 거야."

시호가 웃으며 말했다.

시호는 한 손은 단우를, 다른 한 손은 섬백을 잡고 정말 눈 깜짝할 새에 옥계천에 도착해 있었다.

"와……! 정말 대단한데……. 야, 섬백! 넌 이런 거 못해? 이런 능력이 있었으면 하루 종일 산만 오르내리는 고생은 안 했을 텐데."

섬백은 단우의 말이 끝나기가 무섭게 노려보았다.

"농담이야 농담. 그런데 이무기는 무슨 수로 무찌르지?"

섬백의 매서운 기세에 눌린 단우는 얼른 꼬리를 내렸다.

"버들피리 소리로 이무기를 잠재운 다음, 이무기 몸에 소금을 뿌리면 이무기는 불타 죽게 돼 있어."

섬백이 뾰로통한 목소리로 대꾸했다.

"버들피리? 그거라면 내게 맡겨."

단우가 자신 있게 말했다. 그때였다. 단우의 등 뒤에서 기분 나쁜 음산한 목소리가 들렸다.

"이런, 여우가 나타났군. 여우는 이 옥계천에 발을 들여놓지 말라고 내가 분명히 경고했을 텐데."

거대한 이무기가 시호를 바라보며 말했다. 단우 일행은 말이 끝나자마자 무섭게 달려드는 이무기를 피해 달리기 시작했다. 단우는 옆에 있는 버드나무에서 가지를 얼른 딴 다음 버들피리를 불기 시작했다. 단우의 피리 소리가 고요한 계곡을 뒤덮자 시호의 뒤를 쫓던 이무기는 스르륵 눈꺼풀을 감더니 잠들어버렸다. 섬백은 주머니에서 얼른 소금 자루를 꺼내 이무기의 몸에 뿌리기 시작했다. 소금은 이무기의 몸에 닿자마자 불타기 시작했고, 삽시간에 이무기의 몸은 불에 휩싸였다. 불길은 하늘 높이 치솟다가 한순간 재가 되고 말았다. 시호가 잿더미 속을 손으로 들춰보자, 그 속에는 옥계천의 맑은 물처럼 영롱하게 빛나는 푸른 색의 구슬이 있었다.

"자, 이제 빨리 어머니한테로 가자."

시호는 단우와 섬백의 손을 잡고 다시 대둔산으로 돌아갔다.

"어머니, 저희 왔어요. 이무기를 죽이고 왔어요."

구미호는 시호의 말이 끝나기가 무섭게 순식간에 나타났다.

"증거를 보여다오."

시호는 구미호에게 푸른 구슬을 보여주었다.

"좀 더 가까이 그 구슬을 보고 싶구나."

구미호가 푸른 구슬을 향해 손을 뻗자 단우는 그 앞을 막아서며 말했다.

"약속대로 이무기를 죽이고 돌아왔으니 약속하셨던 구슬을 주시죠."

"어머니……."

시호가 애원하듯 구미호를 쳐다보았다. 구미호는 순간 눈동자가 흔들리더니 자신이 가지고 있던 하얀 구슬을 내밀며 말했다.

"내 너희를 죽이고 푸른 구슬까지 손에 넣을 생각이었지만, 차마 내 딸 앞에서 한 약속을 어길 수가 없구나. 여기 약속한 구슬이다. 내 맘이 바뀌기 전에 어서 가거라."

"고맙습니다."

단우는 하얀 구슬을 받아들며 구미호를 향해 꾸벅 인사를 했다.

"어머니, 저도 단우와 함께 떠나고 싶어요."

구미호는 단우를 힐끗 쳐다보고는 말했다.

"네가 말한 대로 좋은 아이 같으니, 니 마음대로 하거라."

시호는 빙긋 웃으며 단우를 쳐다보았고, 단우도 시호를 바라보며 웃었다. 섬백은 또다시 입을 삐죽거리며 단우를 뒤에서 째려보았다.

"그럼 다녀오겠습니다."

"안녕히 계십시오, 어머님."

단우도 시호를 따라 인사했다.

"어머님? 거참 웃기는 녀석이구나. 어쨌든 만나서 반가웠다."

구미호도 단우가 싫지 않은 듯 미소를 띠며 말했고, 순식간에 사라져버렸다.

"다음 장소는 어디야?"

시호가 물었다.

"이번에는 천호산에 있는 녹두군사를 처치하러 가자. 근데 섬백아, 녹두군사가 뭐야?"

단우가 말했다.

"흥! 대체 요괴에 '요' 자도 모르면서 무슨 요괴를 잡겠다고 나섰는지……. 한심하군. 녹두군사는 말 그대로 녹두에서 생겨난 거야. 술법을 부리는 자가 녹두에게 술수를 건 뒤, 무덤이나 밭에 뿌리면 녹두는 녹두군사가 되지. 때로는 원귀가 된 자들의 분신일 수도 있어. 녹두군사는 누구처럼 머리는 나쁘지만 그 수가 많으면 상대하기 골치 아파지지. 멍청하긴 해도 힘은 세거든."

단우를 쳐다보며 섬백이 말했다.

"대체 왜 그렇게 심술을 부리면서 말하는 거야?"

"내가 무슨 심술을 부렸다고 그래? 누구처럼 머리 나쁘다는 말이 찔리나 보지? 어쨌든 이 녹두군사를 없애려면 쥐가 필요해. 쥐가 녹두를 다 갉아 먹어 버리거든."

"아…… 네가 구렁이를 보면 꼼짝 못하듯이 말야?"

시호가 둘을 막아서며 말했다.

"그만 싸워. 쥐는 내가 잡아올 테니 둘은 피곤할 텐데 잠이나 자둬."

"아냐 시호야. 너도 힘들 텐데 내가 도와줄게."

단우가 나섰다.

"아냐. 내가 보통 사람이랑 다르다는 걸 벌써 까먹은 건 아니지?"

시호는 빙긋 웃으며 순식간에 눈앞에서 사라졌다.

"맞아. 시호는 보통 사람이 아니었지. 꼬리만 없으면 연약한 소녀 그 자체인데."

"흥, 연약하긴 누가 연약하냐. 아마 자기 어머니처럼 피를 뚝뚝 흘리며 생고기를 뜯어 먹으며 살걸."

"섬백! 너 대체 왜 그래? 꽈배기처럼 비비 꼬여서는. 너랑 말다툼하기 싫어."

단우는 눈앞에 보이는 동굴로 가서 입고 있던 겉옷을 벗어 바닥에 깐 뒤 누워 잠을 청했다. 고단했는지 눕자마자 5분도 안 되어 단우는 코를 골며 깊은 잠에 빠져들었다.

"바보. 내 마음도 모르고. 여우 계집애만 보면 자기 간이라도 빼줄 것처럼 굴다니."

섬백은 무심히 잘도 자는 단우의 등을 바라보며 중얼거렸다. 그리곤 자신의 등짐에서 옷을 꺼내 단우를 덮어주었다.

시간이 얼마나 흘렀을까. 해가 떴다가 다시 져 다음날 저녁이 되었는데도 단우와 섬백은 여전히 꿈나라에서 헤매고 있었다. 자루 한가득 쥐를 잡아온 시호는 단우와 섬백을 흔들어 깨웠다.

"이제 그만 일어나. 천호산으로 가야지."

시호는 단우와 섬백의 손을 잡고 천호산으로 이동했다. 단우 일행 앞에는 버섯 모양의 '천호성지'라고 쓰인 석상이 서 있었다.

섬백이 말했다.

"여긴 병인박해 때 천주교도들이 깊숙한 산중으로 피신해 은거했던 곳이야. 많은 사람이 천주교를 믿는다는 이유로 죽었지. 이곳엔 아마 그 사람들의 원귀가 서려 녹두군사들이 생겨났을지도 몰라."

"그렇구나. 그런데 녹두군사는 왜 보이지 않지?"

단우가 물었다.

"평소 때엔 보이지 않아. 술법을 건 사람이 지목한 사람이 나타나야 그 모습을 드러내거든. 우린 목표물이 아니니 우리 앞에 나타나진 않을 거야. 하지만, 내가 주문을 외워 녹두군사들을 깨우면 그 모습이 보이겠지."

섬백은 눈을 감고 정신을 집중해 주문을 외우기 시작했다.

"깊고도 깊은 원한이 서린 원혼들이여, 그 모습을 나타내어라. 월령(月靈)의 이름으로 명하노니 달빛 아래 그 모습을 드러낼 지어다."

섬백이 주문을 외자 무덤 주변에서 녹두군사들이 하나둘씩 모습을 드러내기 시작했다. 달빛에 비친 녹두군사들의 수를 세어보니 대충 백 명도 넘는 것 같았다. 그들은 녹두빛 얼굴에 덩치는 2미터가 넘어 보였고 손에는 시퍼렇게 날선 창과 단우의 키만 한 방패를 들고 있었다. 그들은 자신들을 깨운 단우 일행을 향해 뿌연 먼지를 일으키며 돌진해 왔다.

"빨리 쥐를 풀어!"

섬백이 소리치자 단우는 시호가 자신에게 건네준 자루를 풀었다. 자루 속에서 쥐들이 뛰쳐나왔고, 이내 녹두군사를 향해 달려들어 순식간에 먹어 치웠다. 쥐떼가 지나가고 난 자리엔 녹두 빛깔의 초록색 구슬만이 남아있었다. 단우는 초록색 구슬을 집어들어 복주머니 속에 넣고선, 무덤을 향해 꾸벅 허리 굽혀 인사했다.

단우는 다음 요괴를 잡기 위해 지도를 펼쳐 보았다. 그런데 불가사리라는 요괴가 단우가 다니는 가천초등학교를 향해 움직이고 있는 것이 아닌가.

"불가사리가 우리 학교를 향해 가고 있어!"

단우가 소리쳤다.

"뭐라고? 빨리 가자."

시호는 단우와 섬백의 손을 잡고 바람보다 빠른 속도로 가천초등학교 운동장에 도착했다. 운동장에는 불가사리가 남기고 간 거대한 발자국이 푹푹 파여 있었다. 텔레비전에서 보던 공룡 발자국처럼 말이다. 불가사리의 발자국은 운동장을 지나 교실로 향해 있었다. 단우는 교실을 향해 뛰어갔다. 교실에서는 불가사리가 책상과 의자를 우걱우걱 씹어먹고 있었다. 자세히 보니 책상과 의자의 나무 널빤지는 떼어 던져버리고 철로 된 부분만 씹어먹고 있었다. 곰의 몸, 코끼리의 코, 물소의 눈, 소의 꼬리, 범의 다리를 가진 불가사리는 요괴라기보다는 해괴한 동물처럼 생겼다. 철을 뜯어 먹을수록 불가사리의 몸집은 점점 불어났다. 먹는 데에 너무 심취한 나머지 불가사리는 단우 일행을 보지 못한 듯했다.

"우리 학교를 저 녀석이 다 먹어 치워버리겠어! 게다가 먹을수록 점점 커지고 있잖아!"

단우가 다급하게 말했다.

"저대로 두었다간 아마 대둔산만큼 커질 거야"

시호가 말했다.

"맞아. 그리고 죽기 전까지 계속 저렇게 먹어 치울 거야. 그럼 이 동네는 쑥대밭이 되겠지. 불가사리의 피부는 무쇠 털로 덮여 있어 창이나 칼로 찔러도 간지럽지도 않을걸. 불가사리는 오직 불을 이용해서만 죽일 수 있어. 너희 선조들은 불가사리의 몸에 불화살을 쏴서 죽였다고도 해."

"하지만, 우린 화살이 없잖아."

"내가 누구냐! 이 섬백 님의 등짐에는 없는 게 없어."

섬백은 자신이 메고 있는 등짐에서 활과 화살을 꺼내 단우에게 건네주었다.

"시호야, 이번엔 너의 힘이 필요해. 같이 불의 주문을 외우자."

"알았어."

단우는 시위를 당겨 활을 쏠 준비를 하고, 섬백과 시호는 합창하듯 불의 주문을 외우기 시작했다.

"불을 관장하는 정령에게 비나이다. 불로써 만천하의 모든 것을 태울 수 있는 힘을 저희에게 주소서. 불을 관장하는 정령에게 비나이다. 불로써 만천하의 모든 것을 태울 수 있는 힘을 저희에게 주소서……."

주문이 시작되자 화살의 끝에서 불꽃이 타닥타닥 피어오르기 시작했고, 곧이어 화살 전체가 너울거리는 불에 휩싸였다. 타들어갈 듯한 불의 기운을 느낀 불가사리는 먹는 것을 멈추고 단우를 향해 고개를 돌렸다.

"이때야! 화살을 쏴!"

단우는 온 힘을 다해 시위를 당겼고 화살을 쏘았다. 하지만, 화살은 빗나가고 말았다.

"이 멍충아! 화살 하나 제대로 명중시키지도 못하냐!"

곧바로 섬백의 타박이 이어졌다. 불가사리는 자신을 향해 불화살을 쏜 단우에게 쿵쿵거리며 달려들었다. 단우는 비명을 지르며 운동장을 향해 달렸다.

"섬백아, 빨리 다시 불의 주문을 외우자. 저러다 단우가 잡아먹혀 버리겠어."

시호가 안절부절못하며 말했다.

"걱정 마. 저래 봬도 불가사리는 철만 먹지 고기는 안 먹으니까 사람을 죽이진 않아. 저런 한심한 녀석은 한번 혼나봐야 정신을 차려"

섬백이 태평하게 대꾸했다.

“시호야 살려줘…….”

단우가 불가사리에게 쫓기며 외쳤다. 섬백처럼 태평하게 두고 볼 수만은 없었던 시호는 다시 불의 주문을 외우기 시작했다. 시호가 불의 주문을 외우자 섬백도 못 이기는 척 같이 주문을 외웠다. 그러자 단우가 들고 있는 화살이 다시 불타오르기 시작했다. 단우는 여전히 불가사리에게 쫓기면서 시위를 당겼고, 마지막 순간에 멈춰 서서 심호흡을 한 뒤, 불가사리의 가슴을 향해 화살을 쐈다. 화살은 불가사리의 가슴 속으로 파고들어갔고, 불가사리의 몸은 거대한 불꽃에 휩싸여 활활 타올랐다. 불가사리의 괴성이 학교에 울려 퍼졌고, 곧이어 불가사리는 한 줌의 재가 되었다. 단우는 손으로 재를 털어낸 뒤 아직도 뜨끈뜨끈한 빨간 구슬을 집어 복주머니 속에 넣었다.

“넌 정말 잔인한 애야.”

단우가 섬백을 쳐다보며 볼멘소리로 말하자 섬백이 단우를 놀리며 말했다.

“네가 불가사리한테 쫓기는 모습이 얼마나 웃겼는지 알아? 크크. 비디오로 찍어놨어야 하는 건데 진짜 아쉽다.”

둘이 또 싸울 것 같자 시호는 둘 사이를 막으며 말했다.

“그만들 좀 해. 오늘은 그만 자고 내일은 마지막 남은 요괴를 처치하러 가자.”

벌써 새벽이 되었고, 칠흑같이 어두웠던 밤하늘은 사라지고 하늘 끝머리에선 이글이글 붉은 빛이 솟아나고 있었다.

“그래. 방학이라 학교에 아무도 없을 테니 오늘은 학교에서 자야겠다.”

단우는 교실로 들어가 책상 여러 개를 서로 붙여 놓고 그 위에 올라가 누웠다. 단우는 눈을 감았지만 잠이 오지 않았다. 평소 같았으면 벌써 꿈나라로 직행했을 텐데 말이다.

'이제 오늘 밤만 지나면…….'

오늘 밤 마지막 남은 요괴를 해치우고 나면 엄마를 볼 수 있을 거란 생각에 단우는 가슴이 벅차올랐다. 엄마를 못 본지 4년이 지났지만 단우는 엄마의 얼굴을 한시도 잊어본 적이 없었다. 엄마가 단우를 부르며 환하게 웃던 모습, 포근한 엄마의 품, 거칠지만 따뜻했던 엄마의 손도 잊을 수가 없었다. 시간이 지날수록 엄마에 대한 그리움이 사그라지기는커녕 오히려 점점 커져 단우의 텅 빈 마음은 엄마에 대한 그리움으로 가득 차버렸다. 한참을 뒤척이던 단우는 시호가 옆에서 불러주는 달콤하고도 나른한 자장가 소리에 겨우 잠들 수 있었다.

눈부신 여름 햇살에 잠이 깬 단우는 지도를 보고 있는 섬백과 시호에게 다가가 물었다.

"이번에 해치워야 할 요괴는 뭐야?"

"황충. 꽤 골치 아픈 요괴 중에 하나지. 떼로 몰려다니는데 메뚜기와 비슷하게 생겼어. 황충은 농작물이나 과일 등을 먹어치우는데 황충이 지나간 자리는 풀 한 포기 남지 않아. 그리고 다른 요괴와는 달리 낮에 활동하지."

섬백이 말했다.

"황충이 봉동읍을 향해 가고 있어. 혹시 포도밭을 향해 가고 있는 거 아닐까?"

시호가 단우를 쳐다보며 말했다.

"황충은 단 걸 좋아하니까 그럴 수도 있겠군. 황충을 없애려면 생강즙이 필요해. 생강즙을 뿌리면 황충은 녹아 없어지거든. 시간이 없어. 생강부터 구하러 가자."

시호는 단우와 섬백의 손을 잡고 봉동읍의 생강밭으로 이동했다.

"그런데 우리가 무슨 수로 생강을 사? 돈도 없잖아. 그렇다고 훔칠 수도 없고."

단우가 걱정하며 말하자 시호가 빙긋 웃으며 답했다.

"그런 거라면 걱정하지 마. 너희는 뒤에서 구경만 하고 있으면 돼."

시호는 생강밭에서 일하고 계신 박씨 아저씨를 찾아갔다. 단우와 섬백은 시호가 시킨 대로 커다란 고목나무 뒤에 숨어 시호가 어떻게 하는지 지켜보았다. 시호가 빙긋 웃으며 하얀 꼬리를 흔들자 아저씨는 시호에게 생강한 상자를 건네주고는 잘 가라고 손까지 흔들며 인사하는 것 아니겠는가.

"너도 봤지? 괜히 백여우가 아니라니까. 저게 바로 여우가 사람을 홀리는 거야. 마음만 먹으면 어떤 남자라도 홀릴 수 있어. 너도 조심하는 게 좋을걸."

섬백이 단우에게 말했다. 시호는 해맑게 웃으며 생강상자를 들고 단우와 섬백에게 다가왔다.

"정말 대단하다! 나라도 네가 그렇게 미소 지으며 부탁하는 모습을 보면 다이아몬드를 달라고 해도 안 줄 수가 없을 거야."

단우는 시호의 재주에 감탄하며 생강상자를 들어 옮겼다.

"벌써 홀린 것 같군."

섬백이 구시렁거리며 말했다. 섬백은 시호가 가지고 온 생강들을 대야에 담고 발로 짓뭉겠다. 섬백이 발로 살포시 생강을 밟기만 해도 생강은 흔적도 없이 사라지고 즙이 되었다. 단우와 시호는 또다시 시호가 아저씨한테서 빌려온 농약 뿌리는 분무기 통에 생강즙을 옮겨 담았다. 단우와 시호, 섬백은 생강즙이 들어 있는 분무기를 각자 한 통씩 어깨에 메고 포도밭으로 향했다. 벌써 황충들은 포도밭 하늘을 까맣게 뒤덮고 있었다. 단우 일행은 서둘러 분무기를 뿌리기 시작했고 생강즙을 뒤집어쓴 황충들은 녹아 형체가 없어져 버렸다. 워낙 황충의 수가 많은지라 분무기로 한참을 뿌린 후에야 황충들을 모두 없앨 수 있었다. 단우 일행은 포도밭을 샅샅이 뒤진 후에야 까만 구슬을 찾을 수 있었다. 단우는 떨리는 마음으로 까만 구슬을 복주머니에 넣었다. 그리곤 섬백과 함께 시호의 손을 잡고, 이 모든 여정의 시작점인 용이 잠들어 있는 화암사로 이동했다.

밤하늘엔 별이 총총히 떠 있었고, 화암사에는 여느 때와 마찬가지로 혜명 스님이 법전을 외는 소리가 청아하게 들리고 있었다. 단우는 화암사 동종 위에 복주머니를 올려놓았다. 그러자 세찬 회오리바람과 함께 연꽃잎이 날리면서 거대한 용이 나타났다. 용은 찬란하게 빛나는 연분홍색의 여의주를 입에 물고 있었다.

"소년이여, 여의주를 되찾아 왔구나. 내 이 은혜는 잊지 않을 테다. 오랜 세월 이날만을 기다리며 잠들어 있었는데 정말 고맙다. 내 하늘로 승천하기 전 너의 소원을 하나 들어줄 것이니 어서 말해 보거라."

단우는 떨리는 목소리로 말했다.

"엄마를 보고 싶어요. 다시 예전처럼 엄마와 같이 살고 싶어요."

용은 고개를 끄덕이며 말했다.

"너의 소원은 이루어질 것이다."

화암사는 구름과 안개로 뒤덮였고 용은 비바람과 함께 하늘로 승천했다. 그리고 잠시 후 화암사는 다시 고요해졌다.

용이 하늘로 승천한 지 일주일이 지났지만 아무 일도 일어나지 않았다. 화암사 동종 앞에 쭈그려 앉아 하루 종일 엄마를 기다리던 단우는 결국 혜명 스님과 함께 고아원으로 내려갔다. 고아원 원장님은 단우를 보고 처음에는 불같이 화를 내시더니 나중엔 눈물을 흘리시며 단우를 꼭 안아주셨다. 단우도 원장님 품에 안겨 펑펑 울었다. 섬백이는 단우와 함께 고아원에 남겠다고 하였고, 시호는 자신의 집으로 돌아갔다.

"다 거짓말이었어. 하늘로 돌아가더니 내 소원 같은 건 다 잊어버렸는지도 몰라."

단우는 애꿎은 돌을 발로 툭툭 치며 말했다.

"거짓말쟁이! 거짓말쟁이……!"

단우가 소리쳤다.

"용이 약속을 어길 리가 없어. 기다리면 어머니께서 널 꼭 찾으러 오실 거야."

섬백이 단우의 등을 토닥이며 말했다. 단우는 그 자리에 주저앉아 구슬 같은 눈물을 뚝뚝 흘리며 말했다.

"엄마도…… 용도…… 다 거짓말쟁이야. 꼭 날 찾으러 온다고 해놓구선 오지 않고…… 소원을 이루어주겠다고 했으면서 그냥 가버리고…… 모두 똑같아."

그때 저 멀리서 시호가 달려왔다.

"단우야, 단우야, 오셨어!"

시호가 숨차하며 말했다. 단우는 눈물을 훔치고 고개를 들어 시호를 바라보았다.

"너희 어머니가 오셨다구!"

단우는 시호가 가리키는 쪽으로 고개를 돌렸다. 그곳엔 정말로 단우의 어머니가 눈물을 흘리며 서 있었다.

"엄마……!"

단우는 힘차게 엄마를 부르며 달려갔고, 어머니는 두 팔 벌려 단우를 꼭 안아주셨다.

"단우야, 엄마가 너무 늦게 와서 미안해. 이제 다시는 단우 곁을 떠나지 않을 거야."

단우의 얼굴을 쓰다듬으며 어머니가 말씀하셨다. 단우는 두 팔로 어머니를 안고 머리를 어머니의 가슴에 푹 묻고는 말없이 울기만 했다. 한참을 울고 난 뒤에 단우는 고개를 들어 어머니의 얼굴을 쳐다보며 말했다. 오랫동안 가슴 속에서만 되뇌던 그 말을.

"엄마, 사랑해요."

엄마나무, 안녕?

강혜림

"언니. 그 오빠 이름이 뭐야?"

"누구?"

"아까 그 얼굴 하얀 오빠 있잖아. 전학 왔다는…."

"니가 알아서 뭐하게?"

"치이. 헥헥헥. 언니! 나 이제 가기 싫어. 언니 혼자 가!"

"그러니까 왜 따라와! 다 왔으니 좀만 참아."

"아이 너무 힘들단 말이야. 다리 아파"

"자꾸 애기처럼 굴 거야? 그러면 너 혼자 놓고 간다."

갑자기 숲 속의 나무들이 바스락바스락 소리내기 시작하면서 나뭇잎이
내 머리 위로 후드득 떨어졌습니다.

"엄마야! 언니 같이 가. 무섭단 말이야."

“강우야. 강우 오빠라고 불러. 됐지?”

“우와. 이름도 멋지다. 응!”

그리고선 난 신이 나서 따라가기 시작합니다.

언니는 산에 사는 다람쥐같이 이리저리 잘도 뛰어올라갑니다. 난 그런 언니를 쫓아가느라 쉬지도 못하고 숨도 제대로 뱉지 못합니다. 멀리서 볼 때, 가운데 우뚝 솟은 주봉이 나를 쳐다보면 그렇게 멋져 보였는데 막상 내가 그 주봉이 있는 산을 힘들게 오르니 여간 싫은 게 아닙니다. 산을 오른 지 한참 후에 언니가 멈춰 섰습니다. 그곳에서 보니 내가 사는 곳이 한눈에 잘도 들어오지만 떨어질까 무섭기도 합니다. 언니가 서 있는 곳에는 키도 작고 삐쩍 마르고 못생긴 나무 한 그루가 있습니다.

“인사해. 엄마야.”

“이게 무슨 엄마야. 나 참. 언니 바보지?”

언니는 나의 말에는 아랑곳하지 않고 나무를 살살 쓰다듬으며 내 이름을 말하기도 하고 귓속말을 하듯 소곤소곤 얘기합니다. 언니는 공부도 잘하고 참 똑똑한데 오늘따라 바보 같습니다. 어떻게 나무가 엄마가 될 수 있나요? 나무가 엄마가 아니라는 건 초등학교 1학년인 나조차도 다 아는 쉬운 사실입니다. 언니가 휴양림에 올 때마다 혼자 사라지는 것이 수상해 졸라서 따라왔더니 이상한 나무를 엄마라고 부르고 있고 힘들기만 하고 괜히 따라온 것 같습니다.

“자, 이거 받아. 잘 간직해.”

언니가 내민 것은 작게 접힌 종이였습니다. 펼쳐보니 색연필로 무언가가 아기자기하게 그려져 있습니다. 휴양림 산책길을 따라 안수산이 그려져 있고 빨간 하트가 무수히 그려진 ‘엄마 나무’가 표시되어 있습니다.

"치. 누가 다시 여기 온대? 안 와!"

"좋아, 아빠한테는 비밀이야. 만약 말하면 너랑 절대 안 놀아줄 거야!"

나는 언니가 나랑 안 놀아준다는 말이 가장 무섭습니다.

휴양림에 다다랐을 때는 쓰러질 듯 힘이 쫙 빠져 있었습니다. 하지만, 아빠를 찾으려고 휴양림 여기저기를 둘러보기 시작했습니다.

아빠가 일하시는 자연휴양림에 봄이 오면 크레파스 색깔보다 더 많은 아름다운 색깔들이 가득합니다. 철쭉, 산벚, 야생화처럼 예쁜 꽃들도 여기저기 가득하고 아빠 키보다 더 큰 나무들은 초록 잎을 나비처럼 팔랑팔랑거립니다. 게다가 청설모나 다람쥐, "까르르 깔깔……" 웃는 개구리처럼 귀여운 동물도 있고 열매가 쥐똥처럼 생긴 쥐똥나무, 가끔 언니가 나를 놀리며 부르는 애기똥풀처럼 웃긴 이름을 가진 식물들도 있습니다. 내가 기억할 수 있는 것이 더 많았으면 좋겠지만 이것만 기억하기에도 벅찹니다.

커다란 나무 위에 올라가서 무언가 하고 있는 아빠가 보였습니다. 나는 아빠를 발견하자마자 언니는 뒤로 한 채 아빠 곁으로 막 달려갔습니다. 아빠는 모르는 것이 없는 척척박사에다가 나무 의사입니다. 게다가 더욱 신기한 것은 꽃과 나무와 얘기를 할 수 있다는 사실입니다. 나는 궁금한 것이 많아 아빠가 꽃과 나무와 무슨 대화를 나누는지 매일매일 물어보고 아빠처럼 되려고 연습해보지만 잘 되지 않습니다.

"아빠!"

"은비 공주님 왔구나. 언니는?"

"응. 저기 오고 있어. 아빠. 나도 나도. 나무 위에 올라갈래."

"안 돼요, 위험해."

“그럼 아빠 왜 올라갔어?”

“나무 수술하지.”

“수술?”

“응.”

“나무가 아파?”

“응. 많이 아프대.”

“그걸 어떻게 알았어?”

“나무가 많이 아프니 빨리 오세요…… 이러면서 나뭇잎이 막 울면서 손짓하잖아. 그래서 와보니 무서운 바람이 나뭇가지와 줄기에 커다란 상처를 냈더라. 자, 다 됐다.”

아빠는 나무에서 내려와 나무를 처다보며 작은 소리로 중얼거렸습니다. 나도 아빠처럼 나무를 올려다보았습니다. 나뭇잎 사이로 쏟아지는 햇빛 때문에 눈이 부십니다.

“아빠 뭐라고 한 거야?”

“나무가 빨리 낫게 해달라고 주문을 외웠지.”

“주문? 나도 나도. 나도 가르쳐 줘.”

“은비한테는 너무 어려운데?”

“치. 아냐. 나도 잘할 수 있단 말이야!”

“그래? 음…… 그러면 잘 들어봐. 자하라 까무라 타무스 핑퐁핑퐁.”

“응 뭐라고? 자하라 까만 나무 퐁당퐁?”

“하하하. 자하라 까무라 타무스 핑퐁핑퐁.”

“자라 까만 나무 퐁퐁퐁?”

“어렵지? 이건 아빠만이 외울 수 있는 주문이거든. 잘못 외우면 나무가 더 아파요. 하하하.”

아빠가 가르쳐 준 주문을 외우는데 흠뻑 빠져 있어 언니가 다가온 줄도 모르고 있었습니다.

“은교 왔니? 학교에선 특별한 일 없었고?”

“응.”

그때서야 갑자기 할 얘기가 생각이 나서 아빠의 귀를 꼭 잡고 귓속말을 소곤거렸습니다. 언니는 강한 눈빛을 한번 주더니 모른 척 넘어갑니다. 엄마 나무에 대한 비밀은 말하지 않을 거란 걸 알고 있는 것일까요?

“은교! 오늘 멋진 남자친구 왔다며?”

“응. 전학.”

“TV에 나오는 탤런트처럼 잘 생겼다는데?”

“몰라.”

“같이 오지 그랬어?”

“그냥 집이 이 근처래. 길이 익숙하지 않다고 선생님이 같이 가래.”

시큰둥하게 대답한 언니는 왜 그걸 니가 말하냐는 투로 나를 힐끔 쳐다보았지만, 이번엔 내가 모른 척 꽃들을 바라봤습니다.

사실, 그렇게 멋진 친구가 생겼는데 어떻게 언니처럼 아무렇지 않을 수 있는지 참 의문입니다. 학교가 끝나고 언니를 기다리고 있는데 언니가 뽀얀 얼굴의 잘생긴 낯선 사람이랑 같이 나오는 걸 보았습니다. 아무리 생각해도 내가 태어나서 이렇게 하얀 피부를 가진 남자는 TV 빼고는 처음 본 것 같았습니다. 게다가 우리 반 코흘리개 남자애들하고는 비교할 수 없을 만큼 멋지게 생겼습니다. 나는 한참이나 물끄러미 바라보며 이렇게 멋진 오빠와 친구가 될 수 있는 언니가 참 부러웠습니다.

나도 언니처럼 예쁘면 좋겠습니다. 그러면 멋진 오빠랑 더 빨리 친해질 수 있을 것 같습니다. 늘 그렇지만 나와는 너무 다른 예쁜 언니와 닮고 싶습니다. 그래서 언니를 똑같이 따라 하면, 예쁘고 똑똑한 언니처럼 될 것 같아서 언니와 관계된 모든 것에 관심을 가지게 되는 것입니다.

항상 언니 뒤를 졸졸 따라다니던 어느 날 언니를 따라 강우 오빠네 집으로 가게 되었습니다. 강우 오빠네 집 마당도 휴양림처럼 예쁜 꽃들이 가득했습니다. 그리고 집 안에는 아름다운 아줌마가 계셨습니다. 강우 오빠 엄마랍니다.

난 엄마에 대한 기억이 별로 없습니다. 다만, 언니를 보면 엄마 같다는 생각이 듭니다. 아빠가 말하길 엄마는 선녀여서 원래 살던 고향으로 돌아갔다고 했습니다. 난 알고 있습니다. 선녀의 고향은 하늘나라인데 엄마가 하늘나라로 돌아갔다면 그렇다면 세상에 없다는 사실입니다. 그래서 내겐 아빠가 엄마이고, 언니가 엄마입니다. 지금도 행복하긴 하지만 만약 엄마가 있다면, 수업이 끝나고 나면 언니를 기다리지 않고 바로 집으로 달려갈 것입니다.

거실에는 영화극장에만 있을 것 같은 큰 소파에 큰 TV가 있었고 커다란 피아노까지 놓여 있었습니다. 의자에 앉아 건반을 눌러보는데 어느새 강우 오빠가 옆에 앉았습니다. 무슨 노래인지 모르지만 하얀 두 손을 이리저리 움직이며 연주하는데 너무 멋있어 보였습니다. 나는 강우 오빠를 빤히 쳐다보다가 강우 오빠가 나를 보고 웃자 얼굴이 뜨거워졌습니다. 강우 오빠는 연주를 멈추고 내 손가락을 잡고 건반을 하나씩 누르면서 가르쳐 줬습니다. 도레미파솔라시도.

갑자기 내 심장이 피아노 건반이 된 것처럼 콩콩거리며 울렸습니다.

"애들아, 이리 와서 간식 먹으렴."

강우 오빠 엄마가 가져다주신 접시에 놓인 과자는 가게에서 파는 과자와 비교할 수 없을 만큼 맛있었습니다.

"은비라고 했지? 잘 먹네. 많이 먹고 가. 은교 맞지? 근데 은교는 어쩌면 이렇게 이쁘니? 눈도 크고 얼굴도 하얗고. 오늘은 아주 핑크 공주님이네. 우리 강우랑 아주 잘 어울리네. 호호호."

아빠도 우리 보고 가끔 공주님이라고 했지만 아줌마는 핑크 공주라고 했습니다.

"언니, 핑크가 뭐야?"

"분홍색. 은교가 분홍 원피스에 분홍 신발 신었잖아."

강우 오빠가 언니를 보고 웃으며 대답했습니다.

'치이, 뭐야. 언니만 공주야?

아직 자고 있는 언니를 흔들어 깨우며 일어나라고 재촉합니다. 잠이 덜 깬 표정으로 나를 바라보다가 언니는 흠칫 놀라 일어납니다. 그리고선 후다닥 아빠가 계신 방으로 달려갑니다. 나도 "꺄르르" 웃으며 언니 따라 신나게 막 달려갔습니다. 방문을 열자 이제 막 잠에서 깬 아빠가 보입니다.

"응? 공주님들 행차하셨네? 아니 이런, 이게 무슨 일이야? 은비가 이렇게 일찍 일어나고?"

아빠에게 가려는데 언니가 나를 확 붙잡았습니다.

"야, 애기똥풀! 너 사람 놀래킬래?"

내가 일찍 일어나서 언니를 깨운 게 애기똥풀이라 부를 만큼 기분이 안

좋고 놀랄 일인가요? 참 알다가도 모를 언니의 행동 때문에 기분이 나빴지만, 강우 오빠를 볼 수 있게 된 것에 감사하며 참아야겠습니다. 내 손가락을 잡고 피아노를 가르쳐 주던 모습만 생각해도 절로 웃음이 나옵니다.

그리고 보니 놀랄 일이긴 합니다. 평상시에는 아빠도 깨우다 힘들면 아빠의 뾰족한 고슴도치 가시 같은 수염을 내 볼에 비벼대야 '앗! 따가' 소리 몇 번 지르고 이불을 돌돌 말았다 폈다를 반복하다 일어납니다. 일어나 보면 언니는 벌써 등교 준비를 다 해놓고 아빠를 도와 아침식사를 준비하고 있습니다. 사실, 청소며 옷 정리며 힘든 일은 언니가 하고 아빠를 도와 숟가락 젓가락 놓는 쉬운 일은 내 일인데 아침은 늦잠을 핑계로 그것도 언니가 하는 셈입니다. 마치 TV속 엄마들처럼.

강우 오빠를 볼 수 있다는 기대에 설레서 일찍 일어나긴 했지만, 아직도 방안에 앉아있습니다. 이렇게도 예쁜 옷이 하나도 없을 수가 있나요? 치마는 언니가 입던 치마가 전부이고 온통 유치한 모양이 그려진 옷들 아니면 알록달록 피에로 같은 옷뿐입니다. 이게 아빠가 내 옷을 고르는 어쩔 수 없는 기준입니다. 이렇게 입고 가면 강우 오빠가 나를 애기로 볼지 모르겠습니다. 그러고 보니 머리도 남자애들처럼 짧고 얼굴에 주근깨도 가득합니다. 그러면 진짜 못생긴 남자아이로 볼지도 모르겠습니다. 나도 여잔데 왜 은교 언니랑 다르게 생겼을까요?

"은비야…… 은비!"

언니가 들어왔습니다.

"아니 아직도? 뭐 하니?"

"예쁜 옷이 없어. 언니 옷 입을래……."

"니가 언니 옷이 맞겠니? 응? 얼른 준비해."

시간이 한참 지나도록 준비도 하지 않고 다시 이불 속에 들어가 애벌레처럼 이불을 뒤집어쓰고 있는 나를 보고 언니는 먼저 학교로 가버렸습니다.

'흥, 누가 같이 가자고 할까 봐!'

그때, 내 눈에 들어온 것은 얼마 전 언니가 입고 있던 분홍색 원피스와 머리띠였습니다. 이불 속에서 슬금슬금 나와 머리에 머리띠를 해 봅니다. 머리카락이 조금 더 길었으면 좋을 것 같긴 하지만 머리띠를 하니 남자애 같지는 않습니다. 분홍색 원피스도 입었습니다. 비록 언니 옷이지만 시간이 지나면 이 옷도 내 옷이 될 거니까 결국은 내 옷입니다. 조금 크지만 아주 마음에 쏙 듭니다. 나도 이제부터 핑크 공주입니다.

오늘 휴양림까지 오는 길은 정말 우울했습니다. 내 모습을 본 언니와 강우 오빠는 웃음을 참지 못하고 개구리보다 더 시끄럽게 "까르르 깔깔……" 웃기 시작했습니다.

"은비! 누가 언니 옷 입으래?"

"나도 핑크 공주 할 거야!"

강우 오빠 앞에서 웃음거리가 된 것 같아 화가 났습니다. 빨리 아빠가 계신 곳에 도착하고 싶었지만, 언니의 예쁜 구두까지 신고 나와 걸을 때마다 구두가 홀짝홀짝 벗겨질 것만 같아 힘이 들었습니다. 아빠가 너무나 보고 싶습니다. 휴양림에 도착했지만 아빠의 모습은 그리 쉽게 찾을 수 없습니다. 오늘도 아빠는 어디선가 꽃과 나무들과 지내고 있을 텐데 꼭꼭 숨어버린 것처럼 보이지 않습니다. 아빠를 찾는 사이 언니와 강우 오빠는 또 나를 혼자 두고 어디론가 사라졌습니다. 요즘, 강우 오빠와 함께 오는 날이면 언니와 오빠는 나를 두고 항상 사라졌습니다. 그리고 한참 후에 다정하게 나타나곤 했습니다. 나도 따라간다고 쫓아가기라도 한다면 어린애는 힘들어서 안 된다고 하면서 둘이서 날쌔게 도망가 버렸습니다.

"흥, 자기들은 어린이 아닌가? 나만 어린애 취급이야? 오늘은 꼭 찾을 거야. 근데 어딜 가서 찾지? 음……. 내가 힘들어서 못 간다고 했으니까……. 아! 그럼 엄마 나무?"

나는 가방을 뒤지기 시작했습니다. 언니가 줬던 엄마 나무가 있는 그림을 찾아야 합니다. 가방을 땅에 다 털고 나서야 꼬깃꼬깃 구겨진 종이를 찾았습니다.

그림을 따라 산을 오르기 시작했습니다. 평상시 같으면 오솔길에 난 작고 예쁜 꽃들에 한눈을 팔았을 텐데 지금은 그럴 시간이 없습니다. 나뭇가지에 언니의 분홍색 원피스가 자꾸 걸리고 귀찮게 합니다. 구두도 자꾸 벗겨집니다. 이럴 줄 알았으면 언니 구두는 신지 않는 건데 여간 불편한 게 아닙니다. 차라리 구두를 벗고 오르는 게 쉬운 것 같습니다. 양손에 구두끈을 잡고 마구 빙빙 돌리며 오르는데 순간 한쪽 구두가 나뭇가지에 걸려 힘이 들어가면서 끈이 '뚝' 끊어집니다. 언니가 구두를 보고 놀랄 생각을 하니 가슴이 뜨끔해집니다. 그러면서도 쌤통이다 싶은 게 콧노래가 흥얼거려집니다. 하지만, 콧노래 소리는 잠시뿐이었습니다. 다리도 아파오고 발도 너무나 아파서 다시 구두를 신고 걷는데, 끈이 끊어진 구두가 자꾸 말썽입니다. 이젠 숨소리조차 제대로 내기 어렵습니다. 시간이 얼마나 흘렀는지 모르겠지만 숲 속이 조금씩 어두워집니다. 나도 조금씩 무서워집니다.

'계곡이 있고 커다란 둥근 바위가 있고 바위를 살짝 돌고 그 밑에 낭떠러지. 앗, 저 나무다!

그림에 수많은 하트로 표시된 그 나무를 드디어 찾았습니다. 그런데 언니와 강우 오빠는 없습니다. 나 혼자만 남겨두고 다들 어디로 사라져 버린 걸까요? 멋진 강우 오빠를 혼자 차지하려고 나만 남겨 두고 가버린 언니가 너무 밉습니다.

"엄마 나무!"

아니 나무가 무슨 엄마야. 난 바보가 아닙니다.

"못생긴 나무야. 언니 여기 왔었니?"

대답이 없습니다.

"야, 언니 왔었냐고! 왜 대답 안 해? 날 무시하는 거야?"

언니도 아빠처럼 나무와 대화를 하는데 나에겐 작은 소리조차 내지 않습니다.

"대답 안 할 거야? 언니하고만 얘기할 거야? 너도 언니만 좋은 거야? 언니만 좋은 거냐구!"

나무를 붙잡고 마구 흔들었더니 떨어지는 잎과 함께 작은 가지 하나가 '툭' 하고 떨어집니다. 잠시 망설이다 조심스럽게 다른 가지 하나를 꺾었습니다. 구두끈이 떨어진 것보다 더 쌤통입니다. 가지 하나를 꺾고 다른 가지 하나를 꺾고 또 다른 가지 하나를 꺾고 여기저기 초록 살들이 생생하게 드러났습니다. 언니가 미운 만큼 가지를 꺾었습니다. 나무가 더 말라 보였습니다. 나는 부러진 가지 위에 앉아 씩씩거리며 산 아래로 보이는 풍경을 바라봅니다. 지금 이렇게 보니, 내 눈이 언니처럼 조금만 컸더라면 내가 사는 집도 찾을 수 있을 것 같습니다.

"은비야, 애기똥풀!"

"은비야!"

언니와 강우 오빠가 나를 부르고 있습니다. 아, 엄마 나무가 이렇게 된 것이 다 내가 한 짓이라는 사실을 언니가 알게 된다면 정말 불같이 화를 낼 것입니다. 나는 순간 바위 옆으로 몸을 숨겼습니다.

"헉헉, 여기가 비밀 장소야? 나도 올라오긴 힘든데?"

아, 그렇다면 언니와 강우 오빠는 여기에 한 번도 오지 않았던 것일까요? 그럼 그동안 어딜 갔었던 것일까요?

"응. 같이 데리고 갈걸 그랬어. 관찰학습에 방해될까 봐 그랬는데…….
정말 어디 갔을까?"

"다음부터 같이 가자. 그런데 은비가 여길 찾기나 할 수 있겠어?"

"그래도 혹시 내가 준 그림지도 보고 왔을까 봐……."

"은비가 지도를 읽을 줄이나 알겠니?"

강우 오빠는 나를 그림지도 하나도 제대로 못 읽는 어린아이 취급을 하고 있습니다. 슬퍼집니다.

"앗, 이게 뭐야?"

"응? 뭐가? 왜 그래?"

"엄마가 엄마가……"

"엄마?"

"응. 이 나무 우리 엄마야. 진짜 우리 엄마"

언니가 정말 많이 울고 있습니다. 그런데 진짜 엄마라니요?

"진짜 엄마?"

"응. 돌아가신 엄마. 엄마가 좋아하시는 느티나무를 심고 거기다 엄마의 하얀 가루를 뿌렸단 말이야……."

"……."

"몇 해 전에, 엄마 아빠는 가끔 새벽 산행을 가셨다가 아침에 돌아오곤

하셨어. 그날도 그렇게 새벽에 나갔는데 은비가 자고 있던 날 깨우면서 막 울더라. 돌아올 때가 훨씬 지난 때였는데 안 오셨던 거야. 어쩐지 무서워서 둘이서 막 울었을 거야. 그날 아빠 혼자 돌아오셨는데……. 엄마는 이 근처에서 돌아가셨어. 그래서 은비가 날 아침에 일찍 깨우면 지금도 무서워.”

그렇게 언니와 내가 울었는지 기억이 나지 않습니다.

“아빠는 가까운 곳에 이 나무를 심고 싶으셨지만, 엄마는 이곳에 묻어주길 바라셨대. 여기 서 있으면 우리가 사는 곳이 잘 보여서 영원히 지켜줄 수 있을 거라면서. 하지만, 아빠는 이곳에 오기가 무섭대. 자꾸 엄마 생각이 난다고. 위험한 곳이래. 그래서 여기에 못 오게 해. 나를 딱 한 번 데리고 오셨는데 그때 나는 거쳐 간 길을 지도로 그려서 수없이 외웠던 거야. 이젠 눈 감고도 올 수 있게.”

“…….”

“엄마. 많이 아프지. 조금만 참아. 내가 아빠 데리고 와서 고쳐줄게. 응”

그것은 진짜 엄마 나무였고 그리고 엄마를 아프게 한 사람은 나였습니다. 왜 언니는 그 사실을 제대로 알려주지 않은 걸까요? 아니 그토록 궁금한 것이 많은 내가 왜 엄마 나무인지 꼬치꼬치 묻지 않았을까요? 아빠가 외우던 주문을 가르쳐 달라고 조르던 것처럼.

참, 주문이 있었습니다. 나는 아빠가 외우던 아픈 나무를 낫게 하는 주문을 기억해 내려고 노력했습니다. 주문을 외우면 아픈 엄마 나무가 나을 테니까요.

‘엄마 나무야. 조금만 기다려. 내가 아빠처럼 주문을 외워서 낫게 해줄게.’

그런데 주문이 잘 기억나지 않았습니다.

'자라 까라 퐁퐁퐁? 자라 까라 나무 퐁퐁?

그러다 무릎을 꿇고 생각나는 대로 주문을 외우며 기도했습니다.

"엄마 나무 꼭 낫게 해주세요. 자라 까만 나무 퐁퐁퐁. 자라 까만 나무 퐁퐁퐁."

울음 속에 잠시 멈췄던 언니의 목소리가 다시 들립니다.

"분명 은비 짓이야."

"은비가?"

"응. 분명해. 뭔가에 심통이 나서는……. 못생긴 애기똥풀. 잡히면 가만 안 둘 거야!'

난 이미 눈물 콧물로 범벅되어버려서 더 못생긴 얼굴이 되었습니다. 엄마 나무를 아프게 한 것이 미안해서, 엄마 나무가 죽을까 봐 겁이 나서, 화가 날대로 화가 난 언니가 무서워서 슬금슬금 뒷걸음치기 시작합니다. 그러다 끈이 끊어진 그 말썽꾸러기 구두가 무언가에 탁 걸리더니 비명소리와 함께 내 몸은 산 아래로 구르다 멈춥니다. 눈물로 엉킨 몽롱한 내 눈에 선녀처럼 예쁜 엄마가 나를 안고 있는 모습이 보입니다.

온 세상이 하얗게 보이면 하늘나라일까요? 다시 깜깜해지면서 내 몸이 움직일 수 없습니다. 내가 너무 잘못해서 벌을 받은 것이 분명합니다. 만약 이곳이 하늘나라면 나를 안아주던 엄마를 만날 수 있겠지요? 아까는 얘기를 못 했는데 미안하다고 잘못했다고 말하면 엄마가 용서해줄까요? 그럼 이젠 아빠와 언니 그리고 강우 오빠는 볼 수 없는 것일까요? 너무 슬퍼집니다.

"은비야"

아빠의 목소리가 들립니다. 그런데 아빠 모습이 보이지 않습니다.

“아빠 나 죽은 거야? 엄마도 봤으니 진짜 죽은 거야? 엄마가 언니같이 생겼어. 나를 꼭 안아줬어.”

“야, 애기똥풀!’

언니의 목소리도 들리지만 언니의 모습도 보이지 않습니다.

“언니 나 죽은 거야? 엄마 옆에 은비 나무도 생긴 거야? 그럼 언니 매일 찾아올 거지?’

“니가 죽긴 왜 죽니?’

“근데 왜 안 보이고 목소리만 들려?’

“바보야. 눈을 떠야지!’

이제야 아빠도 보이고 언니도 보입니다. 하얀 벽도 보이고 올려진 내 하얀 다리도 보입니다.

“아빠. 어언……니……”

“바보야, 도망은 왜 가? 너땜에 내가 얼마나 놀랬는 줄 알아?’

“엄마…… 어엄마…… 아 앙…….’

나는 드디어 정말 큰소리로 울음을 터트렸습니다. 내 다리 하나가 다친 것도 아픈데 엄마는 얼마나 아팠을까 생각하니 눈물이 멈추지 않습니다.

“이게, 울긴 왜 울어!’

그러면서 언니도 눈물을 글썽이며 나를 안아줍니다. 엄마가 안아주는 것처럼 따뜻합니다. 그러고 보니 언니는 정말 엄마와 닮았습니다.

“엄마 나무는? 엄마 나무 어떡해? 내가 아프게 해서 엄마 또 죽으면 어떡해?’

이번엔 아빠가 나를 꼭 안아주십니다. 아빠의 고슴도치 같은 수염이 상처 난 내 얼굴을 찔러도 하나도 아프지 않고 슬프기만 합니다.

"엄마 나무는 죽지 않을 거야. 안수사 마당에 있는 수백 년 된 느티나무 알지? 그 나무처럼 엄마 나무도 아주 오래오래 살 거야. 우리 은교, 은비가 자랄 때마다 엄마 나무도 점점 자라면서 은교, 은비 잘 크고 있나 지켜볼 거라고 아빠랑 약속했거든."

"응. 그 나무 알아. 근데, 엄마 나무는 지금 많이 아파. 엄마 나무 낫게 해 달라고 주문을 외우는데 기억이 잘 안 나서 엉터리로 말했어. 엉터리로 말하면 안 된다고 아빠가 그랬잖아."

"괜찮아. 아빠가 엄마 금방 낫게 해줄게. 아빠랑 같이 주문을 말하면 금방 나을 거야."

"응. 아빠가 주문을 외우면 아픈 나무는 다 나아."

"자아…… 그럼. 하나씩 따라 말하기다. 자하라!"

"자하라!"

"까무라!"

"까무라!"

"타무스!"

"타무스!"

"핑퐁핑퐁!"

"핑퐁핑퐁! 그럼 이제 엄마 나무 낫는 거야?"

"그럼. 아마 벌써 나았을 거 같은데? 그러니까 예쁜 은비 공주님도 빨리 나아서 이젠 아빠랑 언니랑 엄마 보러 가야지?"

"응. 그럼 내 다리에도 주문할래."

"그럴까? 은비 공주님 다리 얼른 낫게 해 주세요…… 자하라 까무라 타무스 핑퐁핑퐁!"

“자하라! 까무라! 타무스! 핑퐁핑퐁!”

주문을 외우고 나니 다리가 다 나은 것처럼 가볍게 느껴집니다.

“자, 은비 빨리 나으라고 주는 선물이야.”

이 목소리는 강우 오빠! 강우 오빠가 있는 줄도 모르고 난 애기처럼 큰 소리로 시끄럽게 울어댄 것입니다. 너무 창피합니다.

“다리 빨리 나아서 커다란 언니 신발 말고 이 새 운동화 신고 다녀. 알았지? 핑크 공주……”

분홍색 예쁜 운동화. 그리고 강우 오빠가 불러 준 핑크 공주. 기분이 아주 좋습니다. 하지만, 내 기분이 정말 좋은 건 나도 이제 엄마라고 부를 수 있기 때문입니다. 엄마 나무가 언니와 나를 영원히 지켜줄 거라고 했듯이 나도 영원히 엄마 나무를 지켜 줄 것입니다. 얼른 나아서 이 새 신을 신고 아빠랑 언니랑 엄마 나무한테 달려가서 인사하고 싶습니다.

두메 장수와 연이

전경진

대둔산 끝자락의 한 시골마을에 김충적이라는 사람이 살았다.

벼슬은 진사요, 그의 명석함과 다정다감함은 동네 사람이라면 지나가던 꼬마도 고개를 끄덕일 정도였다. 하지만 아무리 잘 맺은 과실이라도 100개 중 하나는 썩은 것이 있는 법, 그래서 김 진사에게도 문제가 있었으니 바로 가난함이었다. 본디 부모가 농사꾼이었으나 일찍이 학문에 뜻을 뒀던 김 진사는 농사일은 배우지 않고 학문에만 몰두했다.

그러나 부모가 있어 그나마 입에 풀칠이나 할 수 있었던 터라, 부모가 돌아가시고 마음에 두었던 동네 처자와 혼인해 딸 셋을 두자 누군가 땅에 떨어뜨린 보리 한 알도 아쉬운 지경에 이르렀다.

그러던 어느 날 친구 집 감나무에 떨어진 감이라도 얻어 보려 집을 나선 김 진사는 동네 아낙네들의 시끄러운 수다 소리에 자연스레 귀를 기울이게 됐는데 그 말이 여간 재밌는 게 아니었다.

"아 그 말 들었나?"

한 아낙이 옆집 아낙으로 보이는 이에게 말을 걸었다.

"왜? 무슨 재밌는 말인데?"

"아 글쎄 저기 대둔산에 아주아주 못난 거지가 나타났더래."

"얼마나 못생겼으면 그리 험담하는가?"

듣던 아낙이 궁금해 죽겠다는 듯 눈을 동그랗게 뜨며 친구 아낙을 바라보았다.

"말도 하지 말라고, 저기……. 눈은 토끼처럼 빨갛고, 귀는 당나귀 귀처럼 크며, 머리숱은 적고, 코는 알아주는 주먹코에 입술은 보통 사람 세 배에다 몸집은 얼마나 보잘 것 없다는지……."

"에그, 그런 끔찍한 사람이 어찌 저리 위엄 있고 아름다운 대둔산에서 나왔다는 건가?"

설명하던 아낙은 고개를 크게 들썩들썩 거리며 우스워 죽겠다는 듯 한 바탕 큰 소리로 웃고 말을 잇는다.

"아 그게 또 얼마나 우스운 일인지 자신에게 시집올 여자를 찾으러 왔다는 것 아닌가? 혼수는 일절 안 챙겨 와도 되며 안방마님 모시듯 데려다 살겠으니 몸만 자신한테 오라며 말이지."

"에그, 그런 사람한테 그 누가 시집을 가겠는가? 딸 굶겨 죽을 정도로 가난한 이 아니면 말이네."

"아 누가 아니라겠는가?"

그러더니 호호호 웃고 쌩하며 지나가는 것이었다.

가만히 그 말을 듣던 김 진사는 '딸 굶겨 죽을 정도로 가난한 이가 바로 내가 아닌가. 너무 가난하여 내 어여쁜 딸들 시집 한번 못 보낼 처지가 바로 나 아닌가. 하물며 이러다간 우리 가족 모두 굶겨 죽일 지경인데.'

이래저래 생각하다 해는 저물고 감 하나 못 얻은 김 진사는 터덜터덜 걸어 집에 도착하여 딸 셋을 불러 모아 말했다.

"남부럽지 않게 어여삐 성장한 내 딸들아, 너희도 우리 가정이 많이 힘들다는 것을 다들 알고 있겠지?"

그러면서 헛기침을 한방 하는데 첫째가 "그럼요. 우리 동네 사람들은 모두 알지요. 창피해서 길을 걸어 다닐 수도 없어요."

그 말을 듣던 둘째가 고개를 끄덕이며 "맞아요. 제 친구 갑순이는 저보다 못난 것이 혼수를 잘 챙겨서 옆집 부잣집 도령에게 시집갔는데 배 아파 죽을 뻔했어요."

가만히 고개를 숙이며 딸들의 불평을 듣는데 셋째 연이만 말이 없어 "넌 뭐 할 말이 없느냐?" 했더니 조용히 조곤조곤 연이가 말했다.

"이 모든 것이 학문에 뜻을 두신 자랑스러운 아버지의 팔자가 저한테 온 것이온데 그 누구를 원망하겠습니까? 저는 괜찮습니다." 하며 웃는 것이었다.

그 모습을 보고 용기가 난 김 진사가 말했다.

"나도 너희들이 혼자서 나이 먹어가는 것이 언제나 안타깝고 미안했다. 그래서 말인데 한 청년이 자신에게 시집을 여인을 구한다더라. 혼수에 상관없이 몸만 오라 하더구나."

그 말을 들은 딸들은 눈에 빛을 내며 물었다.

"건넛마을에 부잣집 도령이라 하더이까?"

김 진사는 고개를 절레절레 흔들었다.

"아니면 저기 윤 진사 댁 잘생긴 도령입니까?"

또 고개를 절레절레 흔드는 김 진사를 본 딸들은 실망하여 퉁명스레 물었다.

"그럼 대체 누가 혼인할 여인을 구한다 하더이까?"

그 말에 잠시 당황한 김 진사는 땀을 닦고 눈치를 보며 개미 기어가는 소리로 말했다.

"저기 대둔산에서 내려온 못난 거지가 말하더라는 구나."

그러면서 오늘 들은 그 사내의 모습에 대해 차근차근 설명하자, 그 말을 들은 딸들은 기겁하며 눈이 소 눈만큼 커졌다. 딸들이 놀란 가슴 진정시키며 말했다.

"그 말의 뜻은 지금 그런 괴물 놈에게 저희를 시집보내려 한다는 말입니까?"

고개를 푹 숙인 김 진사가 그렇다고 말했더니 첫째 딸과 둘째 딸은 눈물을 주르륵 흘렸다. 그러면서 입을 모아 말하길 "저는 죽으면 죽었지. 그런 놈에게 시집 못 갑니다. 돈이 많아 저에게 배고픔 안 줄 위인도 아니거니와 얼굴이 고와 사랑할 수 있는 위인도 아닌 못난 괴물 같은 거지에게 시집가라 하시다니요? 이건 저에게 죽으라는 말과 같습니다. 차라리 칼을 들어 저를 치세요. 이런 가난한 집에 미련도 없거니와 그런 놈에게 시집갈 맘은 더더욱 없습니다."

김 진사는 자신이 너무 섣불리 사랑하는 딸들을 희생시키려 한 것 같아 고개를 들어 딸들 얼굴조차 똑바로 볼 수 없었다. 그때 연이가 입을 열었다.

"아버님 제가 가겠습니다. 대둔산이라면 누구나 인정할만한 아름다움을 지닌 산 아닙니까?

그런 산에서 나온 청년이라면 분명히 심성이 고운 이일 터, 저 한 몸 없어져 우리 식구 먹여 살릴 수 있다면야 기꺼이 그리하겠습니다.”

연이의 말을 들은 김 진사는 한편으로는 무척 고마웠으나 또 한편으로는 첫째와 둘째보다 얼굴은 못났지만 어릴 적부터 심성이 고와 다른 딸 몰래 더 아껴왔던 연이가 그러니 너무 미안했다. 생각이 여기까지 미치자 김 진사는 눈물을 떨어뜨리면서 “아니다. 내가 너무 섣불리 판단한 것 같구나. 내 사랑하는 딸들을 그런 놈에게 시집보내려 하다니 아무래도 가난함이 사람을 미치게 한 것 같구나. 미안하다. 그러니 아까 말은 넣어두고 이 일은 없던 걸로 하자.”라고 말했다.

그날 밤 연이는 식구들이 다 잘 때 남몰래 짐을 싸고 편지를 쓴 후 대둔산으로 길을 나섰다. 그러곤 생각하길 ‘아버님, 어머님 잘 계십시오. 그리고 내 사랑하는 언니들 역시 안녕히 계시옵소서. 이 몸 하나 희생하여 우리 식구 잘산다 하면 무슨 이유로 이런 제안을 거절하리오, 그저 모두 건강하시옵소서.’

그러면서 눈물을 흘리며 무작정 길을 걷는데 언제 어디서 나타났는지 한 사내가 연이 앞에 우뚝 서서 “당신이 내게 시집올 여인입니까?” 하고 묻는 것이었다. 연이가 고개를 들어 달빛에 드러난 사내 얼굴을 보자 과연 오늘 들은 그 기괴망측한 사람 같았다.

빨간 눈에 당나귀 귀 그리고 적은 머리숱에 주먹코, 큰 입술 자그마한 몸집까지 거기에 두르고 있는 찢어진 옷이 그가 얼마나 볼품없는지 알려주고 있었다.

하지만 집을 나서며 단단히 마음을 먹은 연이였던 만큼 웃어 보이며 “그러하옵니다.”라고 했더니 갑자기 사내가 나타났듯이 눈 깜짝할 새 연이는 옥계천에 발을 딛고 있었다.

너무 놀라 자초지종을 물으려 하자 사내는 말할 기회도 주지 않고 제 말을 하였다.

"시집온 아녀자로 몸단장을 깔끔히 하고 오세요. 이 옥계천에서 목욕을 하고 다 끝나면 저를 '두메야' 하고 부르십시오." 하는데 그 목소리가 마치 비단결이라 연이는 저도 모르게 목욕을 하러 옥계천에 들어가 있었다.

밤이라 물은 좀 차가운 듯했으나 달빛이 은은히 비춰 외롭거나 무섭진 않았다. 이윽고 목욕을 끝낸 연이가 천천히 바위에 발을 대는데, 바위가 갑자기 초록색 우아한 빛을 번쩍하며 내뿜더니 고운 옥으로 변했다. 그때였다. 하늘이 무너지고 땅이 갈라지는 듯한 소리가 울리더니 마치 도깨비에게 홀리듯이 어느새 연이는 대둔산 꼭대기에 서 있었다. 그곳에는 듣도 보도 못한 큰 집이 있었는데, 고래 10마리는 족히 돼 보이는 크기에 100명 정도 되는 여자와 남자가 나타나 '마님' 하고 자신을 모시는 게 아닌가. 이 해괴한 광경에 어찌할 줄 모르던 연이는 거지 청년이 자신을 부르라 했던 게 생각이 났다. "서방님, 이 연이가 부르옵니다." 하자 산 아래에서 만났던 거지 청년은 나오지 않고 옥 같은 얼굴에 풍채 좋고 상냥하게 생긴 청년이 나타났다. 연이는 놀라 그 청년에게 누구냐고 물었다.

연이의 물음에 청년은 "저는 당신이 오늘 본 거지 청년입니다. 저는 본디 이 대둔산의 신령과 옥계천에 목욕하러 내려온 선녀 사이에 생긴 장수로 두메장수라 합니다. 그런데 그만 아버님이 잠시 옥황상제님께 빌려온 세 가지 귀중한 보물들을 모두 망가뜨려 옥황상제님의 노여움을 샀습니다. 그래서 이런 흉측한 거지꼴로 100년을 대둔산 깊숙한 곳에서 숨어 지내게 되었는데, 저를 불쌍히 여기신 어머님이 하늘에서 내려와 심성이 옥같이 고와 바위도 옥으로 만들 수 있는 여인을 제 아내로 맞으면 저주가 풀린다고 알려주셨습니다. 그리고 이렇게 연이 씨를 만나게 된 것입니다."라고 말했다.

연이는 처음에는 믿을 수 없었으나 아까 거지 청년의 목소리와 이 두메장수의 목소리가 똑같아 그의 말을 믿고 눈앞의 커다란 집에 들어가 혼례를 올렸다. 두메장수와 오순도순 결혼 생활을 하던 어느 날 연이는 대둔산을 떠돌아다니던 개 한 마리가 새끼를 낳아 지극히 보살피는 것을 보고 개를 집에 거둬들이며 부모님 생각을 하였다.

'부모님은 날 거지 청년에게 시집보냈다 하여 매일 내 걱정일 텐데 내가 이리 잘사는 것을 보시면 얼마나 좋아하실까?' 하는 데까지 생각이 미친 연이는 삼사일을 밥도 먹지 않고 하염없이 하늘만 바라보았다. 연이의 이런 모습을 본 두메장수가 "왜 그러십니까?" 하고 물었다.

그러자 연이가 눈물을 흘리며 "서방님. 이곳은 온갖 물건이 다 있고 풍요로움이 넘치는 곳이긴 하지만 제 부모님이 없습니다. 부모님이 너무 그립사옵니다."라고 하는데 잠시 생각하던 두메장수는 곡식과 고기를 집에 보내고 잘 지낸다는 편지를 써 붙이라고 연이에게 말했다.

이 말을 들은 연이는 눈물을 멈추고 연꽃처럼 환한 웃음을 지으면서 "고맙사옵니다. 정말 고맙사옵니다." 하고서는 곧장 고운 종이에 안부편지를 쓰고 하인을 시켜 곡식과 고기를 싸게 했다. 자신의 방에 넘치고 넘치는 보석 몇 가지도 편지를 담은 통에 넣었다. 연이는 집에 보낼 편지와 선물들이 준비되자 두메장수에게 알렸다. 그러자 두메장수는 한번 웃어 보이더니 재주를 넘고서 뭐라 주문 같은 것을 외었다. 그랬더니 눈 깜짝할 새 편지와 곡식과 쌀이 없어졌다. 그러고는 큰 구슬을 주며 "이 구슬을 들여다보면 부모님의 모습이 보일 것입니다." 하는 것이 아닌가.

연이가 구슬을 들여다보자 과연 편지를 읽고 좋아하시는 부모님의 모습이 보였다. 부모님의 기뻐하는 모습을 본 연이는 이후 두메장수와 아무 탈 없이 오순도순 잘사는 듯했으나 이 부부에게 또 다른 시련이 닥쳐왔다.

연이는 구슬에서 부모님이 편지를 읽고 기뻐하는 모습만 보고선 두고두고 간직하려 자신의 보석함에 넣었는데 그게 화근이었다. 김 진사가 편지를 읽고 좋아하며 간만에 두 다리 뻗고 자보려 이부자리를 펴는데 첫째와 둘째가 나타나 물었다.

"아버지 생쥐 한 마리도 얼씬거리지 않던 우리 집 창고에 곡식과 고기가 가득 찼던데 이게 어찌 된 일인지요?" 하고 묻자, 김 진사는 너무 좋아 아무 생각 없이 있는 그대로 자초지종을 설명해준 것이다. 그러자 기뻐 날뛰어야 할 첫째와 둘째의 얼굴이 불꽃처럼 빨개지는 것이었다.

그러고선 김 진사에게 잘 자란 인사말도 없이 쌩하고 자기네들 방으로 가더니 연이에 대한 시기와 질투, 부러움에 이를 갈았다.

"아니 연이 고것이 무슨 운이 있길래 그런 호화로운 생활을 하며 산단 말이냐?"

"그러게 말이야. 얼굴도 우리 셋 중 제일 보잘 게 없는 애가 연이 아니냐고?"

"내 말이 그 말이다. 도저히 화가 나서 참을 수가 없어. 같이 사는 두메장수란 사람도 연이 고것보단 나와 같이 사는 것이 더 좋을 텐데 말이지."

"게다가 자랑하러 곡식과 고기를 보낸 것 좀 봐. 고것이 우리 약 올리려 작정한 거야. 모르지 또 매일 빨래한다 농사일한다 하면서 밖으로 나돌더니 거지의 정체를 알고 아버지가 이야기하실 때 바로 자기가 혼인한다고

한 것이 틀림없어!'

"그래 맞아. 분명히 그런 재물 있고 힘센 장수인 줄 알고 있었을 거야. 달랑 편지 하나 남겨놓고 정 없이 떠난 것 좀 봐."

"아이구, 불쌍한 두메장수님! 그런 독한 것 정체도 모르고 착한 애인 줄로만 알고 그렇게 혼인을 했으니 두메장수님은 얼마나 불쌍한 분이야?'

"그 사실을 알려줘야겠어! 그 머저리 같은 옥바위가 처음부터 문제였으니 거기다 오물을 뿌리면 두메장수도 아마 연이를 버리고 우리를 택하실 거야." 하는 것이 아닌가.

그러면서 날이 밝자마자 동네 개들의 똥부터 마을 입구 선비 집 오물까지 다 자루에 넣고서는 옥계천으로 가는데 오물을 가지고 다니다 보니 두 자매에게서 열 걸음 거리 안에서는 구린내가 폴폴 났다.

어쨌든 두 자매가 구린내를 풍기며 옥계천을 싹 살펴본 지 1시간 만에 반짝반짝 은은한 빛을 내는 옥바위를 발견해냈다.

"언니, 이제 여기다 똥칠만 하면 되는 거지?"

"그래, 어서 빨리 칠하자." 하는데 그 큰 자루에 나오는 오물을 한 번에 털어 내더니 그것도 모자라 맨손으로 오물을 손에 쥐고 척척 바위를 뒤덮어버리는 게 아닌가. 가뜩이나 냄새 나던 두 자매는 이제 삼십 걸음을 떨어져 걸어도 냄새가 날 정도였다. 그런데 이 오물이 바위를 다 덮고도 차고 넘을 정도로 남는 게 아닌가.

"언니, 남은 오물들은 어쩌지?"

"귀찮은데 그냥 대충 버려두고 가자."

"그래 아무도 우리가 한 줄 모를 텐데 뭔 상관이야. 이제 두메장수님이 나를 저 궁궐 같은 집으로 데려가시면 다 끝나는 거지." 하고 웃는데 가만히 듣던 첫째가 소리를 냅다 질렀다.

"무슨 말도 안 되는 소리야? 두메장수님은 나를 선택할 거야. 우리 자매 중 제일 예쁘고 똑똑한 나를 데려가시지 왜 널 데려간다는 거냐?"

"언니야말로 헛소리하지 마. 제일 예쁘고 똑똑한 건 나야." 하면서 치고 받고 싸우더니 서로 풀과 흙을 온몸에 묻혔는데 그 모습이 흡사 멧돼지 같았다.

그 모습으로 동네로 돌아오자 마을주민들이 기겁해 '멧돼지 잡아라.' 소리치며 동네 꼬맹이들까지 돌을 들고 와서 두 자매를 잡으려 하는데 그 모습을 보고 기겁한 자매는 뒤도 안 돌아보고 도망가다 동네에서도 저만치 떨어진 남의 조밭에서 지쳐 쓰러져 죽고 말았다.

어느 날 옥황상제는 선녀들에게 목욕도 할 겸 지상에 무슨 일이 있는지도 살펴보고자 옥계천에 내려가라 명했다. 그런데 내려간 지 얼마 되지 않아 선녀들이 울상을 하고 올라오는 게 아닌가.

옥황상제가 자초지종을 물으니 선녀들은 자신들이 설명을 못 하겠으니 직접 보시라고 대답했다. 이에 옥황상제가 하도 답답해 구름을 거두고 옥계천을 보니 그 꼴이 아주 가관이었다. 온갖 오물을 덮어쓴 옥계천은 파리로 뒤덮여 있었고 냄새는 돼지 열 마리를 가두고 한 달 청소 안 한 것과 같은 구린내가 났다. 옥계천의 아름다움에 빠져 아끼던 옥황상제는 이 모습을 보자 평소 어질던 모습은 온데간데없고 다짜고짜 그곳 관리인 두메장수를 불러 물었다.

"이놈, 두메장수야! 네가 전에 한 짓이 얼마나 큰 죄인 줄 알고 있으렷다! 허나 너를 위해 네가 옥같이 고운 처자를 만나 혼인하는 조건으로 최근에 용서했거늘, 너는 다시 아주 큰 죄를 지었도다. 보아라, 옥계천이 얼마나 망측스러운 모습인지. 대체 어떻게 된 일이냐?"

이에 두메장수가 그것은 자신이 한 일이 아니라며 자초지종을 설명하려는데 대로한 옥황상제는 두메장수의 말이 끝나기도 전에 "됐다. 이 일로 너는 다시 집을 잃고 예전 흉측했던 거지 모습으로 돌아가게 될 것이다."라면서 대둔산으로 돌려보냈다.

그러자 과연 옥황상제의 말대로 그 큰 집은 감쪽같이 없어지고 두메장수 역시 예전 그 모습으로 변해 있었다. 연이는 어쩔 줄 몰라 하며 두메장수를 안으면서 눈물을 줄줄 흘리는데 두메장수가 말했다.

"연이 씨, 당신은 다시 당신 집으로 돌아가세요, 제가 조금 챙겨뒀던 돈이 있습니다. 그걸 가지고 집에 돌아가 아버지와 사세요. 저는 괜찮습니다."라고 하는 것이었다.

연이는 그 말을 듣자 가슴을 치며 말했다.

"두메장수님을 떠나서 저 혼자만 잘살라니요? 그게 말이 된다고 보십니까? 아니면 두메장수님을 향한 제 마음이 그리 약하다고 생각되시나요? 재물이 없어도 두메장수님이 이런 모습이라도 저는 괜찮습니다. 죽더라도 같이 죽고 살더라도 같이 사는 게 부부 아닙니까?"

이에 두메장수 역시 눈물을 흘리며 "미안합니다. 하지만 저는 연이 씨가 고생하는 모습을 볼 수 없습니다. 당분간 예전에 살던 동굴에 들어가 수행해서 옥황상제님에게 용서를 구할 테니 그동안만이라도 연이 씨는 집에 가 쉬세요."라며 뜻을 굽히지 않고 떠나기 싫다는 연이를 떠밀다시피 해서 기어이 집으로 보냈다.

연이의 발소리가 가까이서 들리자 김 진사는 버선발로 뛰어나와 막내딸의 손을 잡고 안방에 들였다.

김 진사는 "그래 잘 지냈느냐? 네가 집을 나가고 나서 이 아비가 얼마나 가슴이 아팠는지 너는 모른다. 그나마 최근에 네가 보내준 편지를 읽고 얼마나 다행스러웠던지…… 니가 보내준 곡식과 고기를 먹으며 너에게 얼마나 고마운 마음이 들던지 그러면서도 니 얼굴을 얼마나 보고 싶었는지…… 잘 왔다. 정말 잘 왔어." 하며 기뻐했다. 그러고선 밥상을 내밀며 "여기까지 오느라 수고가 많았다. 많이 먹어라." 하는데 연이는 자신이 집에 오게 된 상황을 어떻게 설명할지 몰라 눈치만 보고 있었다. 그러다가 언니들이 보이지 않는 것을 알고 "그런데 언니들은 어째 안 보이네요, 아버지?" 하며 물었다.

사실 두메장수는 옥황상제에게 벌을 받기 바로 전에 연이의 언니들이 옥계천에 무슨 짓을 했는지 알아챘는데 연이가 그 소식을 듣고 슬퍼할 것을 염려해 일부러 연이에게는 말하지 않았다. 그러고선 언니들의 시신을 거둬 자신만이 아는 어느 구석진 곳에 몰래 묻어둔 것이었다. 이와 같은 상황을 모르는 것은 김 진사도 마찬가지였다.

"나도 모르겠다. 동네 사람들 말로는 마을의 온갖 오물을 모으더니 어디로 가더라고 하던데…… 나도 잘 모르겠구나. 그나마 네가 잘산다고 하여 발 쭉 뻗고 자려 하니 이번에는 너의 언니들이 문제구나. 뭐 나중에 너처럼 잘살기라도 하면 참 좋을 텐데……."

"네. 걱정이네요. 저기 아버지 또 걱정시켜 드리긴 정말 싫은데 할 말이 있어요."

"그래 무엇이냐?"

연이가 일의 자초지종을 설명하는데 처음에 밝았던 김 진사의 얼굴은 어느새 비 내리는 하늘처럼 어두워졌다.

"이를 어떡한단 말이냐? 이놈의 팔자가 드세서 내 이쁜 딸이 이리 고생을 하는구나. 일단 너의 지아비 말을 들어 여기서 머물 거라."

이렇게 해서 다시 집에 머물게 된 연이는 어느덧 백 일이 넘어가자 불안함을 못 이기고 짐을 싸 두메장수에게 가보려 하는데 집에 웬 허리 굽은 노파가 찾아왔다. 노파의 형색은 비록 초라했으나 얼굴에서 행동 하나하나까지 기품이 넘치는 노인이었다. 노파는 갑자기 노래를 했다.

"내 하나밖에 없던 아들이 자신이 짓지도 않은 죄 때문에 벌을 받아 또 동굴에 갇혀버렸네. 전에 내 아들 구해준 그 착한 옥 아가씨는 어디 있나? 그 아가씨 아니면 내 아들 구해줄 사람 하나 없건만."

노래를 듣던 연이는 한눈에 그 노파가 두메장수의 어머니라는 사실을 알아차리고 노파에게 절을 하며 "제가 어찌하면 제 지아비를 구할 수 있을까요?"라고 물었다.

그러자 구부정한 노파는 온데간데없고 아름다운 중년의 부인이 웃으며 말했다.

"당신이 정말 제 아들의 아내가 맞군요. 지금의 일은 당신도 알다시피 제 아들이 한 짓이 아닙니다. 그것을 제가 계속 아버지인 옥황상제께 말씀드려도 아버님의 화가 누그러지지 않는군요. 단 한 가지 방법이 있으나 이것은 바로 제 아들의 아내 즉 두메장수의 아내인 연이 씨 당신만이 할 수 있는 일입니다. 저나 다른 선녀들처럼 하늘나라 사람들은 자신이 한번 내려간 지역에서만 움직일 수 있기 때문이죠. 연이 씨 지금 제가 하는 말을 명심하세요. 옥황상제님은 생각만큼 그리 속 좁은 분이 아닙니다. 그렇지 않아도 자신의 세 가지 보물을 망가뜨린 제 아들이, 아끼는 옥계천 관리도 소홀히 하자 평소보다 화가 많이 나셔서 그런 것이지요. 그래서 생각해봤는데 연이 아가씨가 보물 세 가지를 가지고 옥황상제님께 가시면 아마 용서해주실 거라 생각됩니다. 그 보물들을 한번 구해 보시겠습니까?"

연이는 약간 당황이 되기도 하였으나 사랑하는 두메장수와 다시 잘살 수만 있다면 어떠한 위험도 두렵지 않으리라 생각하고 선녀에게 그렇게 하겠다고 말했다.

선녀는 옅은 미소를 지으며 말했다.

"연이 씨 지금 당장 송광사의 소조사 사천왕을 찾아가서 그들에게 악귀를 죽인 칼 한 자루만 달라 그러세요. 그들은 비록 무서운 얼굴에 큰 덩치를 가졌지만 연이 씨처럼 착하고 순수한 분들께는 한없이 너그러우신 분들입니다. 시험을 통해 연이 씨가 얼마나 순수한 사람인지 알아보고선 칼을 주시면 그 칼을 이 자루에 담으십시오. 이 자루는 아무리 무거운 물건을 넣더라도 들었을 때 무겁지 않은 주머니로 여행하실 때 아주 간편하실 것입니다." 하고 주머니를 주는데 예쁜 분홍비단에 나비모양을 수놓은 아주 아름다운 것이었다.

연이가 주머니를 두 손으로 받자 선녀가 말을 이었다.

"그러고선 수만천으로 향하세요, 여러 가지 물줄기 중에 제일 끝에 있는 마지막 만 번째 줄기에 가면 조그마한 이무기가 있을 것입니다. 그 이무기에게 지금 제가 드리는 구슬을 주면 아마 이무기가 품고 있던 비늘을 줄 것입니다. 그것을 찬물에 200번 씻으면 반짝이는 보석이 됩니다. 그것을 또 주머니에 넣으세요."

선녀가 건넨 구슬은 영롱한 빛을 띠는 아주 예쁜 구슬이었다. 그것 역시 연이가 조심스레 받자 선녀가 말을 이었다.

"그럼 마지막으로 천등산에 가세요. 그럼 천등장수가 자신의 부탁을 들어주면 아마 편지를 써줄 것입니다. 그것을 갖고 다시 대둔산에 돌아오시면 두메장수가 기다리고 있을 것입니다."라고 하더니 갑자기 '펑' 하며 사라지는데 어리둥절한 것도 잠시 연이는 송광사로 향했다.

쉬지 않고 걸어 석 달 만에 도착한 송광사 입구에는 과연 무시무시하게 생긴 사천왕이 두 눈을 부릅뜨며 연이에게 물었다.

"그대는 무엇 때문에 이곳을 찾았는가?"

"제 지아비인 두메장수를 구하러 왔습니다. 악귀를 죽인 칼 한 자루만 주세요."

사천왕은 하늘이 무너질 듯 크게 웃더니 북쪽에 있던 다문천왕이 말했다.

"그렇다면 그대는 저기 보이는 송광사 안쪽 나무에 핀 꽃 한 송이를 따오너라."

하여 안쪽 구석 나무로 가보았더니 과연 아름다운 꽃이 활짝 피어 있었다.

그런데 거기에는 두 송이의 꽃만 피어 있었는데 하나는 방금 핀 듯 아주 생기 있어 보이는 꽃이었고 하나는 이제 곧 떨어질 듯 시든 꽃이었다. 연이는 고민하다 어쩌면 사천왕께서 화를 낼 수도 있으나 생기 있는 꽃보다 시든 꽃을 따가는 것이 자연의 섭리를 그나마 거스르지 않을 것이라 생각해 시든 꽃을 사천왕께 바쳤다.

그러자 사천왕은 또 크게 허허 웃더니 "그대는 매우 현명하고 고운 처자로다. 자 여기 칼을 줄 테니 지아비를 구하거라." 하는 것이 아닌가. 연이는 너무 기뻐 감사하단 말을 전하고 주머니에 칼을 담은 후 수만천으로 향했다. 연이는 지친 줄도 모르고 걷다 또 석 달 만에 수만천에 다다랐다. 과연

만 번째 물줄기에는 조그마한 이무기가 있었다.

연이는 구슬을 꺼내 들고 말했다.

"이무기야 이 구슬 물고 비늘 한 조각만 내게 다오."라고 하자 이무기는 구슬을 물고 커다란 용으로 변했다. 연이는 그 광경이 무섭고도 신기해 입을 다물지 못하는데 용이 비늘 하나를 떨어뜨려 주고서는 "이 은혜 잊지 않겠습니다."라는 말을 남기고 하늘로 승천했다.

연이가 비늘을 꼭 쥐고 물에 씻으려 두 손을 넣었는데, 그 물이 얼마나 차가운지 간신히 200번을 씻어냈다. 연이의 손은 벌겋게 울퉁불퉁 퉁퉁 불어 있었고 두 손에 있던 비늘은 온데간데없고 빛나는 보석이 있었다.

연이는 손이 아픈 것도 잊고 다시 발걸음을 옮겨 이번에는 무려 일곱 달을 걸어 천등산에 도착했다.

아프지 않은 곳이 없는 데다 배고픔에 금방이라도 쓰러질 것만 같았으나 오직 두메장수만을 위해 천등산을 오른 연이 앞에 천등장수가 나타났다.

"천등장수님, 저는 두메장수의 아내로 당신의 편지를 구하러 왔습니다. 도와주십시오."

"두메장수가 최근에 참한 처자와 혼인했다고 하더니 지아비를 위해 이런 고생도 마다치 않는 처자를 신부로 맞은 두메장수는 얼마나 행운아인가!"

연이는 대체 무슨 말인가 싶어 고개를 갸우뚱하는데 천등장수가 말했다.

"전 여기서 태어나 이제껏 벗어난 적이 없습니다. 이 천등산은 길이 험하여 저는 머리털 나고 아가씨 한 번 본적이 없답니다. 또 저에게는 옆 불명산에 불명장수라 하여 친구가 하나 있는데 그 산은 험하지는 않으나 이상하게 처자들이 다니지 않아 그 친구 역시 장가를 못 들고 있지요. 어디 처자들을 소개해주면 제가 편지를 정성껏 써드리겠습니다."

연이는 고민스러웠다. 어릴 적부터 연이네는 가난하다 하여 동네의 놀림거리여서 친구 하나 없었기 때문이었다. 혼자 고민하고 있는데 웬 거지가 나타났다. 바로 두메장수였다. 연이가 너무 반가워 눈물을 흘리며 두메장수를 껴안는데 두메장수가 말했다.

"참 고생 많았습니다. 수고하셨어요. 그대가 너무 보고 싶어 기도를 끝내자마자 달려왔는데 무슨 고민이 있습니까?" 하여 자초지종을 설명하자 두메장수가 웃으며 말했다.

"당신의 언니들을 소개해주면 되겠군요. 잠시만 기다려보십시오." 하며 '펑' 하고 사라지더니 언니들을 데려왔다. 두메장수는 자신이 가진 온갖 재주를 써 죽은 언니들을 살린 것이었다.

놀란 연이를 보며 언니들이 말했다.

"연이야 오랜만이야. 잘 지냈니? 언니들은 네가 보내준 곡식을 먹으며 잘 지냈단다." 하는데 연이가 놀랄 정도로 언니들이 착해진 것이었다. 다시 태어나면서 두메장수의 신성한 기를 받은 덕택이었다. 그렇게 언니들을 천등장수와 불명장수에게 소개해주자 네 사람은 얼마 되지 않아 혼인하였고, 천둥장수는 거듭 고맙다며 편지를 정성스레 써주었다. 그렇게 연이와 두메장수가 옥황상제께 올라가 보물들을 바치며 용서를 구하자 옥황상제가 웃으며 말했다.

"내가 그때는 너무 화가 나서 판단을 잘못하였다. 이를 깨닫게 해주어 고맙구나. 두메장수에게는 다시 본래 모습과 집을 돌려주마. 아니지. 이것으로는 부족하겠구나. 무엇을 해주면 좋을까? 그래 두메장수는 이제 두메장군으로 두메장수의 부인 연이는 두메 부인으로 임명하겠다."

고마움에 어쩔 줄 몰라 계속 사양하던 두메장수와 연이는 결국 옥황상제의 명을 받들어 고맙다고 인사하고 나서 대둔산으로 집을 감추고 살았다.

둘은 아직도 대둔산에서 잘살고 있다 하는데 혹시라도 대둔산에 쓰레기를 버린다거나 불장난을 하는 등 해를 입히지 않는 게 좋다. 두메장군과 두메 부인이 언제 나타나서 작은 옥 조각으로 만들어 옥계천에 떨어뜨리고 갈지 모르기 때문이다.

루위유성과 김만수

박은숙

산이 깊고 물이 맑은 운장산 자락에 김만수라는 노총각이 살고 있었습니다. 효성이 지극한 만수는 원인도 없이 종기가 나서 살이 썩어 들어가는 병을 앓고 계신 홀어머니를 위해 산 좋고 물 좋다는 완주 땅을 찾아왔습니다.

사람들 발길이 많이 닿지 않아 유난히 물과 공기가 좋은 이곳은 마침 지척에 화심 온천이 있어 만수는 한 달에 사나흘씩 어머니를 업고 온천욕을 하러 갔습니다.

만수는 원래 불과 쇠를 다루는 대장장이였으나 지금은 산속에 들어가 약초를 캐고 나무를 해다 파는 산사람이 되었습니다.

그러던 어느 날 이웃마을에 사는 노총각 둘이 만수를 찾아왔습니다.

"여보게 만수, 우리와 함께 모악산에 있는 선녀 폭포를 찾아가지 않겠는가? 그곳에 가면 운 좋게 선녀와 혼인을 할 수도 있다더군."

그들은 그 이야기를 쌀 한 섬을 주고 방물장수에게 샀다고 했습니다. 만수도 함께 가고 싶었지만, 선녀 폭포가 있다는 모악산을 다녀오려면 어머니가 혼자서 며칠을 지내야 하는 것이 마음이 쓰여 도저히 갈 수가 없었습니다.

이웃마을 총각들이 선녀 폭포를 향해 길을 떠나자 만수는 어머니를 모시고 온천으로 갔습니다. 낮에는 온천욕을 하고 밤에는 송광사라고 하는 절에서 묵었습니다.

따뜻한 온천수에 몸을 담그고 있던 어머니가 이상한 듯 이야기를 하였습니다.

"참으로 이상하구나. 동이 트기 전이면 어김없이 청아한 종소리가 들리는데 오늘은 아무 소리도 듣지 못했구나."

만수는 집으로 돌아가기 전에 절에 한 번 더 들러 가기로 했습니다. 마침 송광사에서는 종이 울리지 않아 걱정하고 있었습니다.

"어제까지만 해도 분명히 소리가 울렸는데 오늘은 종을 쳐도 소리가 울리지 않습니다. 텅텅 부딪히는 소리만 날뿐 울려 퍼지지를 않는데 원인을 모르겠습니다. 종이 깨지기라도 한 걸까요?"

만수는 종을 이리저리 만져보고 두드려 보다가 바닥에 엎드려 종속을 들여다보았습니다. 그리고는 깜짝 놀라 엉덩이로 뒷걸음질을 쳐서 저만큼 물러나 앉았습니다.

"아이코, 스님! 이게 웬일입니까? 종속에 엄청나게 큰 구렁이가 들어 있습니다."

만수가 놀란 가슴을 쓸어내리며 찬물을 들이키고 돌아오니 종 밑에는 커다란 자루가 준비되어 있고 사람들은 구렁이를 꺼내느라 애를 쓰고 있었습니다.

만수가 자세히 들여다보니 구렁이는 몸통에 크게 찢어진 상처가 나 있었습니다.

"아마도 이 녀석은 상처가 아물 때까지 이곳에 몸을 숨기고 있을 작정이었나 봅니다. 상처가 다 나으면 스스로 돌아갈 터이니 걱정하지 않아도 되겠습니다."

만수는 구렁이의 몸에서 커다란 돌조각을 빼내고 약초를 찧어 바르고 무명천으로 묶어주었습니다.

그날 밤 잠이 오지 않은 만수는 구렁이가 궁금하여 종이 있는 십자각으로 갔습니다.

그런데 종속에 숨어 있던 구렁이는 온데간데없고 아주 아름다운 여인이 종각에 서 있었습니다. 그녀는 만수를 보자 큰절을 올리며 감사의 인사를 했습니다.

"제 이름은 루위유성입니다. 본래 저는 하늘의 선녀로 비를 관장하는 일을 맡고 있었습니다. 이 땅의 흙을 먹어보고 너무 마른 냄새가 나면 하늘에 고해 비를 내리게 하는 일을 하고 있습니다."

만수는 선녀라는 말에 무척이나 놀랐지만, 자기에게 큰절하는 이유가 무척 궁금했습니다.

"저는 나라 이곳저곳을 두루 다니며 물이 필요한 곳이 어딘지 살펴야 합니다. 낮에 사람들의 눈에 띄지 않으려고 구렁이의 몸을 하고 다닌답니다. 또 땅을 가장 잘 살피자면 구렁이의 몸만 한 것이 없지요."

"그런데 어찌하여 그렇게 큰 상처를 입었습니까?"

만수의 말에 선녀는 눈물을 글썽거렸습니다.

"제가 닷새 전에 산속을 지날 때였습니다. 웬 사내 두 명이 길을 가다 저를 발견하고는 커다란 돌멩이들을 마구 던지는 것이 아니겠습니까? 제가 그들을 위협한 것도 아닌데 어찌하여 저를 죽이려 했는지 모르겠습니다."

만수는 그들의 생김새를 묻고는 얼마 전 선녀 폭포로 길을 떠났던 이웃 마을 총각들임을 알았습니다.

"제 친구들이 선녀님께 해를 끼쳤군요. 이제 걱정하지 마십시오. 제가 이곳에 머물면서 당신의 상처를 치료할 약초를 구해보겠습니다. 마침 절에서도 그리하라고 하였습니다."

며칠을 송광사에 머물며 구렁이의 상처를 치료해준 만수는 어머니를 모시고 집으로 돌아왔습니다. 절에서는 고맙다며 쌀을 몇 가마 보내주었습니다. 어머니도 오랫동안 온천욕을 한 덕분인지 몸이 많이 좋아졌습니다. 만수는 당분간 양식 걱정을 덜어 한시름 놓았지만, 그날 밤 만났던 선녀가 몹시도 보고 싶었습니다.

어느 날 밤하늘의 많은 별들을 보며 한숨을 짓고 있는 만수의 눈에 아주 밝은 별이 하나 보였습니다. 그 별은 점점 커지더니 만수의 집 마당으로 내려왔습니다. 그 환한 빛에 눈이 부셔 손으로 가리고 있는 사이 어느새 별은 선녀가 되어 밝게 웃고 있었습니다. 큰절을 올린 선녀가 만수에게 물었습니다.

"생명의 은인이니 보답을 해 드리고 싶습니다. 어떤 것이든 좋으니 소원을 하나 말해 보세요."

만수는 안절부절못하며 망설이다가 아주 작은 소리로 이렇게 말했습니다.

"저어, 저와 혼인을 해주시겠습니까?"

선녀는 난처한 얼굴로 잠시 생각하다가 고개를 끄덕였습니다.

그렇게 만수는 선녀와 결혼을 하였습니다. 만수 부부는 어머니를 정성껏 모시며 아주 행복하게 살았습니다. 그렇게 2년이란 세월이 흘러 만수는 두 아이의 아버지가 되었습니다. 그해 겨울에는 유난히 눈도 많이 내리고 양식도 일찌감치 동났습니다. 어머니와 처자식이 배를 곯는 것이 마음이 아팠던 만수는 산속 이곳저곳에 덫을 놓아 산짐승을 잡아보려 하였지만, 번번이 허탕을 치고 말았습니다.

어느 날 산속에서 길을 잘못 들어 헤매던 만수는 한 노인을 만났습니다. 만수의 이야기를 들은 노인은 만수의 효심에 감동해 두루마리 하나를 건네주며 그곳에 적힌 주문대로 하면 호랑이로 변할 수 있으니 가족을 봉양하는 일에만 쓰라고 일러주고는 길을 떠났습니다.

집으로 돌아온 만수는 밤이 되길 기다렸다가 마당에 나와 주문을 외우고 재주를 넘었습니다. 그랬더니 정말 호랑이가 되었습니다. 만수는 그 길로 산속으로 들어가 멧돼지 한 마리를 잡아다 마당에 두고는 다시 주문을 외워 사람의 모습이 되었습니다.

아침이 되어 마당에 나간 아내는 깜짝 놀라 만수를 깨웠습니다.

"여보 밖에 웬 멧돼지가 있어요."

"아 그건 내가 쳐놓은 덫에 운 좋게 걸렸기에 내가 메고 왔소."

아내는 기뻐하며 요리를 하여 어머니께 드리고 마을 사람들에게도 나누어 주었습니다.

멧돼지고기가 떨어지자 만수는 다시 호랑이가 되어 산짐승을 잡아왔습니다. 그렇게 몇 번이고 고기가 생기자 이를 이상히 여긴 만수의 아내는 잠이 든 척 누워 있다가 만수가 일어나 호랑이로 변하는 것을 보고는 깜짝 놀랐습니다.

"아니 내 남편이 호랑이란 말인가? 이를 어쩌면 좋을까?"

만수가 보았던 두루마리를 펼쳐 등불에 비춰보던 아내는 그만 실수로 두루마리를 모두 태워버리고 말았습니다. 그것도 모르고 산짐승을 잡아 집으로 돌아온 만수는 두루마리가 타 없어진 것을 알고 크게 울부짖으며 산속으로 들어갔습니다. 만수의 가족은 날마다 숲 속을 바라보며 슬피 울었습니다. 호랑이가 된 만수도 산 중턱에 올라가 자기 집을 내려다보며 눈물을 흘렸습니다.

"어머니 곁에서 편하게 모시지 못하고 이렇게 험한 꼴을 한 불효자식을 용서하여 주세요."

만수는 그 후에도 산짐승을 잡아다 마당에 놓았습니다. 그러고는 어머니 방을 향해 절을 하고 산속으로 들어가곤 했습니다.

만수의 아내는 그 고기들을 마을 사람들에게 골고루 나누어주며 자신의 실수를 책망하며 하루하루를 살았습니다.

만수가 호랑이가 된 이야기가 이 마을 저 마을로 퍼져 나가자 이를 듣고 웬 노인이 찾아왔습니다.

"내 댁의 아드님 효성이 지극하여 가족을 부양할 방도를 알려 주었건만 도리어 화가 되었구려. 자 이 두루마리를 받아 호랑이가 내려오면 그 앞에 펼쳐놓아 주시오."

가족들은 호랑이가 된 만수가 내려오기만을 목이 빠지게 기다리다 그의 앞에 두루마리를 펼쳐놓았습니다. 주문을 외우고 재주를 넘으니 호랑이는 다시 만수가 되었습니다.

"아범아, 내가 다시는 고기를 먹지 않으련다. 나 때문에 네가 이렇게 고

생을 하다니."

어머니는 다시 찾은 아들을 얼싸안고 다짐했습니다.

"저도 이제 더 부지런히 일해서 제 힘으로 가족들을 부양하겠어요."

만수의 가족은 다시 행복을 찾았고 그의 효심 깊은 이야기는 널리 알려져 많은 사람들의 본보기가 되었습니다.

세월은 흘러 만수가 선녀와 혼인을 한 지 3년이 되었습니다. 웬일인지 온 나라에 가뭄이 들어 농작물이 타들어가고 먹을 물도 부족하게 되었습니다.

"휴…… 큰일이구려. 온 나라에 비가 내리지 않아 난리가 나고 임금님 사는 대궐에도 먹을 것이 없다는데 어찌 된 영문인지……?"

걱정하는 만수를 보며 아내는 깊은 시름에 빠졌습니다. 그 후로 날마다 야위어가는 아내를 보며 만수는 이상히 여겼습니다.

"여보시오 부인, 무슨 근심이라도 있소? 요즘 얼굴이 무척이나 야위었소."

아내는 깊은 한숨을 내쉬며 마지못해 대답했습니다.

"저를 처음 만나던 날 알려 드린 제 이름을 기억하시는지요?"

"글쎄 그때는 워낙 경황이 없어서 자세히 듣지 못했소. 그 이후에는 함께 살게 되어 너무 좋아 부인의 이름 같은 건 아무래도 상관없다 생각했고 그 이후에는 아이의 이름을 불렀으니…… 그러고 보니 내 부인의 이름을 알지 못하는구려."

아내는 아득하니 허공을 바라보았습니다.

"제 이름은 루위유성입니다. '눈물이 별이 되어 흐르다.' 라는 뜻이지요. 제가 세상의 기근과 가뭄을 보고 천 일에 한 번씩 하늘에 올라가 하나님께 고하며 눈물을 흘리면 그 눈물이 별이 되어 흐르다가 필요한 곳에 이르러

비가 되어 세상에 내리게 되지요."

만수는 아내의 말이 참인지 거짓인지 구분하기도 어렵지만, 고개를 끄덕이고 있었습니다.

"그런데 3년 전 서방님을 만나고 너무나 행복하게 이 땅에 살면서 다른 이들의 형편을 살피지 못했군요. 그로부터 천 일이 더 지났으니 이제 그만 저의 본분을 찾아 떠나야 할 것 같습니다."

만수는 울며 이야기하는 아내를 안고 함께 눈물을 흘렸지만 가지 말라고 잡을 수는 없었습니다.

아내는 처음 만나던 날 입었던 날개옷을 입고 하늘로 올라갔습니다.

"서방님, 천 일에 한 번씩 송광사 십자각에서 만날 수 있을 거예요. 우리 아이들을 잘 부탁해요."

아내의 약속을 믿으며 만수는 어머니와 아이들을 부양하며 살았습니다. 비록 천 일에 한 번이지만 아내를 만날 수 있다는 생각에 외로움을 견디어 냈습니다.

그렇게 천 일이 지나고, 또 천 일이 지나고 만수와 선녀가 된 아내는 아쉬운 만남을 이어갔습니다. 만날 때마다 만수는 나이가 들어갔고 어머니는 돌아가셨으며 아이들은 장성하여 가정을 이루었습니다.

어느덧 백발의 노인이 된 만수는 힘겹게 송광사를 찾아 십자각 아래 도착했습니다. 그리고 차가운 돌계단에 앉아 아내를 기다렸습니다.

그날 밤 초승달처럼 가늘게 눈을 뜬 만수는 눈이 부시게 환한 별이 내려오는 것을 보았습니다. 만수는 그 밝은 빛이 점점 가까워지는 것을 보며 미소를 지은 채 다시는 깨어날 수 없는 아주 깊은 잠속으로 빠져들었습니다.

선녀가 된 아내는 주름진 만수의 얼굴을 어루만지며 예전과 다름없이 희고 고운 자기의 손등에 하염없이 눈물을 흘렸습니다.

그 이후로도 그녀는 어김없이 천 일에 한 번씩 십자각에 내려왔고 그 해에는 유난히 큰비가 많이 내렸습니다.

물고기마을

채민경

　오늘은 보름달이 뜨는 날입니다. 밝은 보름달이 물고기마을을 환하게 비추고 있네요. 물고기마을에는 마을 중앙에 많은 물고기들이 있는 큰 연못이 있고, 그 가장자리로 열대어와 금붕어들이 있는 수족관과 갓 태어난 물고기들이 있는 작은 연못이 있습니다. 각 연못과 연못은 다리로 연결되어 있어 그곳을 인간들이 다닐 수 있도록 했답니다.

　큰 연못에 사는 물고기들은 수족관에 사는 열대어나 금붕어들을 무시합니다. 좁은 수족관에 갇혀 산다면서요. 많은 물고기들이 살고 있는 큰 연못은 무척 넓고 탁 트여 있는데다 오늘같이 보름달이 뜨는 날에는 보름달이 큰 연못을 더욱 환하게 비춰주거든요. 큰 연못에 사는 물고기들은 보름달을 제대로 보지도 못하고 바람에 흔들리는 물결을 느낄 수도 없는 수족관 안에 산다는 건 물고기로서 수치라고 생각한답니다.

그런데 평상시 같으면 잠을 자고 있을 큰 연못의 물고기들이 무슨 큰일이 있을 때마다 회의하는 거북 바위 밑으로 모여들고 있습니다. 무슨 일일까요?

"오늘은 기필코 이 일에 대해 결말이 나야 한다고!"

큰 덩치의 메기 아저씨가 덩치처럼 큰 목소리로 소리쳤습니다. 이 말에 모여든 물고기들도 모두 고개를 끄덕이며 웅성웅성하기 시작했습니다.

별광이 물고기마을의 최고령자인 비단잉어 홍백할배를 모시고 나오자, 웅성거리던 소리가 작아졌습니다. 올해 81세인 홍백할배는 나이만큼이나 아는 것이 많아, 물고기마을에서는 절대적인 존재입니다. '만약 홍백할배가 없다면, 나는 물 없는 곳에서 사는 것과 같을 거야.' 라고 말하는 물고기들이 있을 정도랍니다.

아, 여기서 잠깐! 무슨 잉어가 80년이 넘게 사느냐고 할 분이 있을까 봐, 미리 알려 드리는데요. 비단잉어의 평균적인 수명은 20~30년이지만, 70년에서 80년, 혹은 100년까지도 살 수 있습니다. 물론, 좋은 먹이를 먹고 좋은 환경에서 살아야 가능한 일이지만요.

다시 물고기들이 모인 곳으로 가볼까요?

홍백할배는 나이에 맞지 않게, 웬만한 어른 물고기보다 더 목소리가 우렁찼습니다. 자리에 모여든 물고기들을 둘러보고서 홍백할배는 헛기침을 했습니다. 이것은 곧 어떤 중요한 이야기를 시작한다는 뜻이지요.

"여러분, 오늘 이렇게 갑작스럽게 회의를 하게 된 이유는 잘 알 거로 생각합니다만, 지금까지 이런 적이 없었는데, 일주일 전부터 계속해서 우리 물고기들이 공격을 당하고 있어요. 인간들이 호기심에 던지는 거로 생각하고 참아왔지만, 이제는 참을 수가 없어요. 오늘, 동자개가 그 돌멩이에 맞아

하마터면 한쪽 눈을 심하게 다칠 뻔했습니다. 동자개가 앞으로 저 보름달을 다신 볼 수 없을 줄 알았어요."

말을 멈추고 홍백할배는 자신을 바라보는 물고기들을 찬찬히 둘러봤습니다. 그리고는 호흡을 가다듬고 다시 말을 시작했습니다.

"'누가 우리에게 돌을 던지나' 이게 지금 우리의 가장 큰 문제에요. 그래서 이에 대한 대책 회의를 하려고 모이라고 한 겁니다. 이럴 때는 갇혀 사는 열대어나 금붕어가 부럽기도 하네요. 일주일 동안 계속된 공격을 이제는 마냥 당할 수는 없습니다. 우선, 공격을 하는 그 못된 인간을 본 물고기가 있는지 물어보겠습니다."

홍백할배는 조용히 자신만을 쳐다보는 물고기들을 계속해서 바라보았지만, 아무도 손을 들지 않았습니다.

"아마도, 인간들이 잔뜩 몰려올 때마다 공격하는 모양입니다. 들키지 않게 공격하는 걸 보니 대단히 똑똑한 인간이에요."

홍백할배가 고개를 끄덕이며 인간을 칭찬하자, 메기가 기분 나쁘다는 듯이 홍백할배를 쳐다보았습니다. 홍백할배는 고개를 끄덕이다가 메기와 눈을 마주치고는 웃어주었습니다. 메기는 오히려 당황해 얼굴이 빨개졌답니다.

"일주일 동안 누구도 우리에게 돌멩이를 던지는 인간을 보지 못했다니, 신기한 일이네요. 어쩌면 작은 인간 아이일지도 모르겠습니다. 작아서 잘 안 보이니 우리가 못 봤을 수도 있어요. 앞으로 우리를 공격하는 인간을 찾기 위해 보초를 서겠습니다. 항상 오전에 그런 일이 일어나니까 오전에만 보초를 서면 될 것 같아요. 인면어가 서쪽에서 살펴주세요. 동쪽은 잉붕어, 북쪽은 메기, 남쪽은 향어가 담당하세요. 혹시 모르니 오후에는 동서남북을

각각 백사, 황사, 비사, 적사가 보초를 서 주시고요. 모두들 불만 없지요?'

홍백할배의 질문에 인간의 얼굴 모습을 닮았다고 인간들에게 유난히 많은 관심을 받고 있는 인면어가 불만에 찬 소리로 말했습니다.

"아침 시간 서쪽이 얼마나 시끄러운 줄 아세요? 거기가 인간들이 중간에 쉬는 곳이잖아요. 게다가 난 워낙 인기가 많아서 사람들이 보려고 얼마나 많이 몰려드는지 아세요? 그런 피곤한 아침부터 서쪽을 맡으라니 홍백할배님, 너무하세요."

홍백할배는 인면어를 유심히 바라보다가 대답했습니다.

"소원을 이뤄준다는 인면어야. 우리의 소원을 이뤄주도록 조금만 노력해다오."

차분히 가라앉은 홍백할배의 목소리는 밤의 공기 속에 쩡쩡 울렸고, 그 소리에 얼굴이 빨개진 인면어는 고개를 끄덕거리며 다른 곳으로 눈을 돌렸습니다. 아마, 자신이 한 말이 창피했던 모양입니다.

사실, 인면어가 그런 말을 하자, 모여든 물고기들이 모두 인면어를 째려봤거든요.

홍백할배는 별광과 함께 집으로 돌아갔고, 자리에 모였던 다른 물고기들도 모두 각자 자러 갔습니다. 그러나 온몸이 검정색이며 행운이 온다는 비단잉어 검은천사는 그 자리에 가만히 서 있었습니다.

별들이 홀로 남은 검은천사의 등을 비추었습니다. 혼자서 무슨 생각을 하느라고 검은천사는 밤이 깊도록 자러 가지 않는 걸까요?

'큰일이야. 나는 우리에게 돌멩이를 던지는 인간 아이를 아는데, 안다고 할 수 없었어. 그 아이의 눈이 너무 슬퍼 보여서 돌멩이 던지는 걸 계속 보

고 말았는데. 어쩌지.'

검은천사는 깊은 고민에 빠졌습니다. 검은천사는 일주일 전에 그 아이를 봤습니다. 눈에 슬픔이 가득 담겨 있는 것 같은 인간 아이라 저절로 쳐다보게 됐습니다. 왠지 저 눈을 예전에 엄마에게서도 본 것 같았거든요. 검은천사의 엄마는 2년 전에 물고기들이 걸리는 병인, 병어에 걸려 10일 만에 하늘나라로 갔습니다. 검은천사는 인간 아이를 보면서 병에 걸려 아팠을 때의 엄마 눈이 생각났던 거예요.

이상하게 그 인간 아이는 인간 아이의 엄마가 부르는데도 계속해서 물고기들만 쳐다봤습니다. 인간 아이의 엄마가 와서 아이의 엉덩이를 때리며 끌고 갔죠. 그때 아이가 갑자기 돌멩이를 던졌습니다. 인간 아이의 엄마는 그 인간 아이의 손을 펴고는 다시 한 번 때렸습니다.

검은천사는 돌멩이를 던질 때의 아이 눈을 잊을 수가 없었습니다. 물고기들을 하염없이 바라볼 때보다 더욱 슬퍼 보였거든요.

인간 아이는 검은천사가 처음 봤을 때처럼 매일매일 엄마에게 혼나고, 돌을 던졌어요. 그게 일주일이나 계속됐던 거예요. 그러다 결국 그 돌멩이에 동자개가 크게 다치는 사고가 일어났고, 물고기들이 화가 나서 모여든 것이지요. 그러니 더욱 검은천사는 어른 물고기들에게 말을 할 수가 없었습니다. 친구 물고기들에게도 말할 수 없었어요.

인간 아이가 돌멩이를 던지는 장소는 인간들 눈에도 잘 보이지 않는 구석진 곳인데, 그곳은 성격 급한 메기가 보초를 서게 된 북쪽입니다. 메기는 성격이 급할 뿐만 아니라 대단히 힘도 세고, 약한 물고기들을 괴롭히는 취미가 있는 물고기라 검은천사는 별로 좋아하지 않는 어른 물고기죠.

검은천사는 인간 아이가 걱정되었습니다. 왠지 검은천사가 보기에 그 아이는 물고기들에게 상처를 입히고 싶어서가 아니라, 자기 마음을 열면서 얘기를 하고 싶어 하는 것 같았거든요.

한참을 고민하던 검은천사는 조금은 무섭지만, 그 아이에게 다가가 이야기하기로 마음을 먹었습니다. 자기와 이야기를 하면 돌멩이를 던지지 않을 거로 생각했거든요. 자신의 생각이 마음에 든 검은천사는 씨익 웃으며 편한 마음으로 자러 갔습니다.

다음날, 검은천사는 허둥지둥 일어나 북쪽을 향해 갔습니다. 지난밤에 너무 늦게 자느라 늦잠을 자고 말았거든요. 인간 아이가 늘 앉는 곳으로 갔는데, 마침 그 인간 아이도 난간을 손으로 잡고 물속을 빤히 쳐다보려고 고개를 내리고 있었습니다. 그때 검은천사와 인간 아이는 눈이 마주쳤습니다. 둘은 계속해서 쳐다봤습니다. 그러고는 느꼈습니다. 서로 친구가 될 수 있으리라는 것을요.

인간 아이는 손을 뻗어서 검은천사를 만지려 했지만, 닿지 않았습니다. 인간 아이는 화가 났습니다. 소리를 지를 정도로 말이죠. 검은천사는 놀란 눈으로 인간 아이를 쳐다보았습니다. 소리를 지르다 검은천사와 눈이 마주친 인간 아이는 소리를 뚝 그쳤습니다. 검은천사가 놀랐다는 것을 느꼈거든요. 그리고 친구를 잃을까 봐 겁도 났고요. 또한, 만지는 것을 싫어한다는 것도 알았습니다. 인간 아이와 검은천사는 서로 쳐다보면서 눈으로 말을 했어요.

어떻게 그럴 수 있지? 무척 신기한 일이지만, 세상엔 신기한 일이 너무나 많답니다.

검은천사는 인간 아이에게 물었습니다.

'넌 왜 항상 그런 슬픈 눈으로 우리들을 보는 거지? 그리고 돌멩이는 왜 던지는 거야? 며칠 전에 비단잉어 사슴무늬 누나가 그 돌멩이에 맞아 등지느러미에 상처가 생겼어. 어제는 내 친구 동자개가 크게 다쳤고. 하마터면 눈이 안 보일 뻔할 정도였다고.'

인간 아이는 깜짝 놀랐습니다. 자기의 행동이, 자기가 좋아하는 물고기들에게 상처를 주는 줄은 정말 몰랐거든요. 항상 물고기마을에 오기 전에 돌멩이를 주머니에 넣고, 엄마가 때릴 때마다 손으로 꽉 움켜잡고 있다가 물속에 던졌는데, 그것은 엄마를 더욱 화나게 하기 위해서였거든요. 그게 물고기들을 아프게 하는 줄은 몰라서 인간 아이는 마음이 아려왔습니다. 인간 아이가 그런 행동을 하는 이유는, 꽉 움켜잡은 손에서 피가 나오는데도 엄마가 보아주지 않아서, 보아주길 바라는 마음으로 그런 행동을 계속한 것이었죠.

'미안해. 나는 몰랐어. 나는 너희들이 좋아서 항상 엄마를 졸라 여길 오는데, 엄마는 그게 싫은가 봐. 날마다 간다고 조르는 나에게 화만 내. 내 동생이 태어난 후론 엄마는 내게 잘 웃어주지도 않아. 그래서 나도 엄마를 보고 웃지 않고, 말도 안 해.'

인간 아이는 눈물을 흘렸습니다. 검은천사는 마음이 아팠습니다. 그리고 인간 아이처럼 울고 싶어졌습니다. 너무나 슬펐거든요.

'내 동생들은 엄마와 함께 떠났어. 몇 년 전에 전염병이 생겼거든. 그 병 때문에 많은 물고기들이 하늘나라로 떠나 버렸어. 나와 아빠는 간신히 살았지만, 나는 지금도 엄마가 너무 보고 싶어. 귀찮은 동생들도. 나도 동생들이 생기고 엄마가 날 싫어한다고 생각했었는데, 아니더라고. 엄마가 하늘나라로 가기 전에 아빠를 잘 부탁한다면서 나에게 사랑한다고 했거든.'

검은천사는 결국 울고 말았습니다. 하늘나라로 간 엄마와 동생들 생각 때문에 너무 슬퍼졌거든요. 검은천사는 엄마가 자신이 싫어서 덜 챙겨준 게 아니란 걸 깨달았었죠. 그러나 엄마가 조금만 더 관심을 보였다면, 하는 아쉬움이 있는 것도 사실이랍니다. 인간 아이와 검은천사는 조용히 울었습니다. 시간이 얼마나 흘렀을까요? 인간 아이는 검은천사를 보며 웃었습니다.

'너, 행운이 온다는 검은천사 맞지? 전에 엄마가 가르쳐 줬었어. 검은천사와 친하게 지내면 행운이 올 거라고. 너, 우리 집에 가지 않을래?

검은천사는 깜짝 놀랐습니다. 가끔 아저씨 물고기나 친구, 동생 물고기들이 인간 집에 가는 걸 보긴 했지만, 자기와는 상관없는 일이라 생각하고 있었거든요. 방긋 웃는 인간 아이의 모습은 정말 귀여웠습니다. 그러나 검은천사는 아빠와 헤어지고 싶지 않았어요.

그때 인간 아이의 엄마가 왔습니다.

"물고기 보는 거 지겹지도 않아? 엄마가 부르는 거 못 들었어? 왜 만날 말도 안 듣고, 말도 안 하고. 엄마를 이리 힘들게 하는 거야? 응?"

인간 아이의 엄마는 인간 아이를 보자마자 소리부터 질렀습니다. 인간 아이는 어깨를 떨다가 손을 들어 검은천사 쪽을 가리켰습니다. 인간 아이의 엄마는 인간 아이의 손을 잡고 뒤돌아서다가 인간 아이가 가리킨 검은천사를 보고는 눈을 크게 떴습니다.

"어머, 검은천사네. 세상에. 여기 매일 오면서도 못 봤는데, 날마다 검은천사 찾고 있었던 거야?'

인간 아이의 엄마는 인간 아이를 보면서 조금은 화가 풀린 목소리로 말했습니다. 인간 아이는 엄마에게 처음으로 마음속 말을 꺼냈습니다. 검은천사를 보고는 용기가 생겼거든요.

"엄마 보여주려고 매일 찾았는데, 오늘 찾았어. 집에 데리고 가면 엄마가 매일매일 행복할 것 같아서. 엄마가 검은천사를 보면 나에게 화도 안 내고, 전처럼 날마다 웃어줄 것 같아서."

인간 아이는 눈물을 흘렸습니다. 갑자기 너무나 슬퍼졌거든요. 이제는 엄마가 자신을 더는 사랑하지 않는 건 아닐까, 무서워지기도 했습니다. 인간 아이의 엄마는 인간 아이를 쳐다보다가 끌어당겨서 포옥 안아주었습니다.

"우리 아들, 얼마 만에 말하는지 아니? 엄마가 몰랐네. 우리 귀염둥이 아들이 이렇게나 힘들어하는 줄 몰랐구나. 미안해, 정말 미안해."

인간 아이의 엄마는 계속 인간 아이를 끌어안고서는 미안하다고 했습니다. 엄마는 동생이 생긴 후로는 인간 아이를 소홀히 한 것에 너무나 미안해졌거든요. 인간 아이가 그것에 상처를 받아왔다는 것을 몰랐거든요. 동생이 아기라 더욱 챙겨줘야 하니, 그것을 이해해 줄 거라 엄마 마음대로 생각했거든요.

검은천사는 마음이 찡하면서도 인간 아이의 울면서 웃는 표정이 너무나 신기해 계속 쳐다보았어요. 그러다 갑자기 아빠가 생각났습니다. 요새 말썽을 많이 부린 일이 떠올랐거든요. 아빠를 보면 꼬옥 끌어안아 줘야겠다고 다짐했습니다. 그리고 사랑한다는 표현을 매일매일 하기로 했답니다.

인간 아이는 검은천사를 쳐다보면서 말했습니다.

'고마워. 그리고 이젠 절대 돌멩이 던지지 않을게. 넌 정말 행운의 검은천사야. 매일매일 여기 와도 되지?

'그럼. 매일매일 여기 물고기마을에 와. 다음에는 내가 좋아하는 별광 형을 소개해줄게. 비단잉어 별광 형은 진짜 멋지거든.'

검은천사는 웃으며 떠나는 인간 아이를 한참 동안 쳐다보았습니다. 그리고 아빠가 있는 서쪽으로 향했습니다. 아마도 인면어 아저씨와 물방울 만들기 내기를 하고 있을 거거든요. 참, 그리고 보니 메기 아저씨의 모습이 보이지 않습니다. 어디로 간 걸까요? 설마 사슴무늬 누나가 있는 곳으로 간 걸까요? 사슴무늬 누나는 메기 아저씨의 병문안 때문에 더 아플 지경이라고 하네요.

스토리텔링으로 만난 완주

김종필 동화작가

　전래동화 부문 12편과 창작동화 부문 10편이 예심을 통과해 본심에 올라왔다. 모두가 만만치 않은 실력을 갖추고 있었다. 좋은 글을 쓰기 위하여 겪었을 작가들의 노고에 경의를 표한다. 그러나 순위를 매기는 일이 심사자의 일인지라 행복 속의 고통이 적지 않았음을 밝힌다.

　전래동화 부문을 창작동화 부문보다 더 즐겁게 읽었음을 고백한다.

　'콩쥐 팥쥐'와 '선녀와 나무꾼'을 다양한 방법으로 패러디했으며 그 소재의 기발함에 박수를 쳤고 이야기의 반전에 숨을 죽였다. 스토리텔링의 참맛을 알게 해주었다.

　특히 「필리핀 엄마」는 가슴을 졸이게 했다. 문학이 왜 사회를 비춰주는 거울이라고 하는지 생각해 보게 한 작품이었다. 어른의 문제가 곧 아이의 문제라는 작가의 폭넓은 사고에 박수를 보낸다. 이야기의 전개가 자연스러웠고 갈등을 통하여 긴장을 유지한 것도 장점이었다. 세세한 문장 표현에는 빈틈도 있었으나 감동이 그를 상쇄하고도 남았다.

「팥쥐는 왜?」는 구성이 뛰어났고 군더더기가 전혀 없어 오랫동안 글을 써온 작가라고 짐작할 수 있었다. 전혀 반대되는 상황 설정과 작가의 상상력이 즐거웠으며 간간이 완주의 지역 특색을 소개하는 센스는 주최 측 의도와 잘 맞아떨어졌다고 본다.

「목남과 부선의 사랑이야기」는 복선을 적절히 깔아 소설적 요소를 더했고, 호기심을 불러 일으켰다. 시대적 상황에 맞게 '보호냐 개발이냐'의 문제를 다룬 것도 적절했다. 고학년이 보기에 적합했는데 인물 간의 관계를 너무 쉽게 예상할 수 있었던 것은 단점이었다.

창작동화 부문에서는 아래의 작품들이 마지막까지 눈에 들어왔다.

「단우와 여의주」는 단우를 놓고 다투는 시호와 섬백의 갈등이 재미를 더했다. 판타지 요소가 풍부했으며 완주군의 여러 지역을 자연스럽게 잘 소개했다.

「엄마 나무, 안녕」은 아이의 심리 묘사가 눈에 띄었다. 낮은 학년이 읽기에 무난했으나 긴장감이 좀 부족했다. 그러나 결말을 잘 매듭지음으로써 어린 독자들에게 안정감을 주는 것은 장점이었다.

「두메장수와 연이」는 옥계천에 얽힌 이야기인데 전래동화에 가까운 글이었다. 재미있었고 아이디어와 이야기 구조가 우수했다. 부탁한다면 좀 더 오래 퇴고를 거치길 바란다.

창작동화 부문에서 아쉬움이 남는 것은, 아무래도 마음에서 스스로 올라올 때까지 푹 삭혀서 쓴 글이 아니라 '의도'를 가지고 쓴 글이기 때문일 것이다.

이번 완주군에서 야심차게 준비한 행사는 방방곡곡의 큰 호응을 얻었다. 스토리텔링을 통하여 과거와 현재가 만났고, 산촌과 도시가 만났고, 자연과 사람이 만났다. 이런 호응이 잊혀져가는 지역 문화를 살려낼 것이라고 믿는다. 글을 쓰면서 완주의 자연과 역사와 문화를 생각했을 것이고, 원고를 보내고 완주 소식에 귀 기울였을 것이다.

귀중한 옥고를 보내 주신 모든 작가들에게 깊이 감사드리며 문운을 빈다.

전율을 느껴야 했던 캐릭터 공모전

정성환 전북대학교 교수

감히 전율을 느꼈다는 말을 해야겠다.

솔직히 평소에 크고 작은 여러 심사에 참여한 경험으로 이번 심사의뢰를 받았지만 큰 기대는 무리일 것이라고 생각했었다. 왜냐하면, 몇 해째 공들여 많은 상금과 부상, 취업의 기회를 부여하는 많은 기업의 공모전에도 출품되는 작품 수와 질이 그리 높지 않은 것은 이미 공공연한 사실이라고 할 수 있기 때문이다.

이번 캐릭터 공모전은 소재가 일반적으로 잘 알려져 있어 접근은 쉬웠지만 이미 많은 캐릭터 혹은 일러스트레이션 등이 공개된 만큼 차별화와 독창성이 참가 디자이너들에게 큰 고민거리였음은 불문가지이다. 그럼에도 불구하고 지방자치단체가 주최한 공모전이 일반 기업체의 공모전과의 차별화에 성공했으며 그래서 소기의 목적을 달성했다고 할 수 있다. 이는 공모전의 정확한 목적과 그 목적을 위한 방법이라는 문제를 동시에 해결했다고 할 수 있다.

위와 같은 성과와 함께 아쉬웠던 점은 첫째, 캐릭터와 일러스트레이션의 목적과 제작방법론이 다름에도 혼동이 된 작품들이 있었다는 것. 둘째, 출품 시 작품크기의 제한 때문이라고도 할 수 있겠지만, 대부분의 작품이 캐릭터의 정면만을 제출하여 아주 기본적인 동작과 활용방법, 측면, 후면 등을 입체적으로 파악하기 힘들었다는 것이다.

주최 측에도 아쉬웠던 점은 물론 많은 작품과 높은 질이 예상을 뛰어넘어 출품된 탓에, 제대로 준비하지 못했으리라 이해는 되지만, 좀 더 많은 작품에 대한 시상이 필요했었다는 것이다.

이번에 당선된 작품들은 기존 캐릭터의 일반적인 전형성을 벗어난 작품을 선정하였다. 따라서 공모한 캐릭터가 일과성의 공모전, 전시에 그치지 않고 지속적으로 활용되도록 하고자 심사에 골몰하였다는 말씀을 드린다. 또한 그런 기준을 정하고도 당선작 선정이 어려웠다는 점에서 매우 고무적이었다는 말씀을 참가하신 모든 디자이너에게 감사의 말씀과 함께 드린다.

심사자의 한 사람으로서 이런 훌륭한 기획과 준비를 해주신 모든 분들에게 감사드리며 앞으로 준비와 기획만큼 캐릭터를 활용한 훌륭한 결과를 많이 만들어 주시기 바란다.